자작나무 숲

자작나무 숲

김인숙 장편소설

차례

세상의 모든 꽃들과 그 꽃들의 밤 — 7

유리 저편 유리 — 133

타는 숲처럼 — 275

해설 | 냄새 입히는 여자들_최가은 — 367

작가의 말 — 382

세상의 모든 꽃들과 그 꽃들의 밤

1장

1

자작나무 숲은 임도를 30분쯤 달렸을 때 나왔다. 해가 완전히 저문 후였는데 갑자기 눈앞이 환했다. 달빛이었다.

숲속을 달리는 동안 내내 숨어 있던 달이 불쑥 문밖으로 뛰어나오듯 나타나 숲을 밝혔다. 숲의 달이 그렇게 밝을 줄 몰랐다. 달빛으로 환히 빛나는 숲은 눈부시게 아름다웠다.

그런데 눈부시다니. 고작 그렇게밖에 말할 수 없는 것일까. 그러나 서럽도록 아름답다거나 가슴이 무너지도록 그렇다고 말하는 것보다는 나을 것 같았다. 그런 수식어들은 쓰레기처럼 의미에 냄새를 입힐 뿐이다.

차를 세우기는 했으나 내리지는 못한 채 숲을 바라보았다. 하얗게 서 있는 나무들의 숲이었다. 하얗고, 곧게. 그리고 빛을 뿜어내는 숲이었다.

할머니.

소리 내 할머니를 부르지 않을 수 없었다. 그러려고 숲을 찾아온 것이 아니었으나 마침내 이르렀으므로.

할머니, 자작나무 숲이야.

할머니는 대답하지 않았다. 당연한 일이다. 죽은 사람은 대답할 수 없다. 죽은 할머니는 지금 내 차 안에 있고, 나는 그런 할머니를 버리러 가는 길이다.

그런데 궁금해진다. 죽은 사람은 과연 대답할 수 없는 것일까.

2

그해 8월, 쓰레기집에서 살던 쓰레기 노인이 사망했다. 도시 괴담 방송을 하는 유튜버가 산 밑에 외따로 있는 집을 촬영하다가 무너진 폐가구와 쓰레기에 깔린 시신을 발견했다. 구급대와 경찰이 출동했다. 그리고 특수청소업체 역시 동원됐다. 크기가 다른 트럭 세 대가

같이 왔는데, 업체 책임자는 현장에 도착하자마자 망연자실한 표정으로 고개를 저었다. 엄청난 양의 쓰레기 때문이 아니었다. 어디든 건드리는 순간 집이 송두리째 무너질 것 같았기 때문이다.

3

정보하는 경찰에게서 연락을 받았다. 청소업체 협조 요청 때문이었다. 정보하가 곡교동 산1번지 담당을 그만둔 것은 이미 2년 전이었다. 그러나 공교롭게도 현 담당자와 직전 담당자가 동시에 휴가 중이었다.

노인을 만난 것도 2년 전이 마지막이었다. 담당자가 바뀌는 걸 고지하기 위해 노인의 집을 방문했었는데, 그때도 빨리 용건을 끝내고 싶은 마음뿐이었다. 돌이켜보니 그때도 8월이었고, 폭염이었다. 문 앞에서 노인을 기다리는 동안 파리 떼가 마치 벌떼처럼 날아와 달라붙었다. 그 집, 산1번지에 이르면 쓰레기와 쓰레기 아닌 것의 차이가 무의미해졌다. 별별 날것과 벌레들이 달려들었고, 옷에는 냄새가 들러붙었다. 쥐가 도망도 가지 않고 빨빨빨빨 다가온 적도 있었다.

정보하는 노인이 사망한 채 발견되었다는 경찰의

말을 듣고 놀라기는 했지만 충격을 받았다고까지는 말할 수 없었다. 언젠가는 벌어질 일이었고 마침내 벌어졌을 뿐이라는 생각이 먼저 들었다. 오히려 놀라운 건 노인이 그렇게 죽었다는 사실이 아니라 노인이 그런 집에서 지금까지 그렇게 살아 있었다는 사실인 것 같기도 했다.

정보하는 핸드폰을 뒤져 특수청소업체 전화번호를 찾았다. 산1번지를 담당하는 동안 친분이 쌓였던 팀장이 자리에 없어서 직원에게 상황을 설명해야 했다. 몇 톤 정도 나오겠습니까? 익숙한 일이라는 듯 직원이 물었을 때는 곧바로 대답이 나오지 않았다. 가늠이 되지 않았기 때문이다. 도대체 그렇게나 많은 것은 몇 톤이나 될까. 게다가 지난 2년 동안 그 집에는 또 몇 톤이나 더 쌓였을까.

4

곡교 혹은 고꾜.

구부러진 다리라는 뜻으로부터 온 지명이다. 최근 다시 옛 지명인 '굽다리'로 복원을 시도 중인데, 정작 주민들은 지자체 사업에 별 관심이 없었다. 동네 이름은 뭐 하러 바꾼단 말인가. 재개발이 되면 어차피 새 동네가 될 텐데. 주민들의 생각은 그런 것 같았다.

정보하는 어려서 곡교에서 산 적이 있었다. 그때는 누구나 곡교를 '고꾜'라고 불렀다. 쓸 때도 그렇게 쓰는 사람이 많았다. 그리고 아이들은 산1번지 그 집을 고꾜 귀신집이라고 불렀다.

그 집은 그때도 쓰레기 천지였다. 그러니 그 집을 귀신 나올 집이라 하고, 아예 딱 잘라 귀신집이라고 부르는 건 이상한 일이 아니었다. 아이들이 그 집을 호시탐탐 기웃거렸던 것 역시 마찬가지였다. 정보하는 그 집 담장을 넘은 적도 있었다. 그때 노인에게 들켜 몽둥이 같은 걸로 머리를 얻어맞았는데, 그 흉터가 여전히 남아 있었다. 군대 시절 정보하의 별명은 땜빵이었다.

곡교는 공무원이 된 후 첫 번째 발령지였다. 처음부터 산1번지 담당이었던 건 아니었는데, 현장 업무로 곡교에 갈 때가 있으면 꼭 산1번지 쪽을 바라보게 되었다. 희미한 악취 때문이었다. 산1번지가 산 밑에 외따로 있는 집이라 냄새가 동네까지 오지 않는다는 걸 알면서도 그랬다.

노인의 시신이 발견된 날도 마찬가지였다. 산1번지로 넘어가는 다리를 건너기 전부터 벌써 악취가 나는 것 같았다. 바람이 산 쪽에서 불어왔다. 그렇더라도 아직 냄새가 풍길 만한 거리는 아니었다. 산1번지를 담당하던 1년 동안 정보하는 그 집 냄새에 민감해졌다. 몸에 밴 게 아니라 기억에 배어버렸다.

다리를 건너 산1번지 쪽으로 접어들자 더는 의심할 수 없을 만큼 악취가 뚜렷해졌다. 깔리고 묻혀 있던 것들의 냄새가 다 쏟아져 나온 듯했다. 코와 입을 가린 채 몰려서 있는 동네 사람들이 보였다. 냄새도 냄새였지만 먼지도 지독했다.

평소라면 인사를 건넸을 얼굴들이 여럿 있었다. 곡교는 토박이가 많이 사는 지역이었다. 개발제한구역에 오래 묶여 있었던 탓이었다. 떠나지 않은 게 아니라 떠나지 못한 사람들. 이제는 떠날 생각이 없어진 사람들. 재개발이 곧 될 것이고, 이제 곡교의 땅값은 그냥 땅값이 아니었다. 넘치는 미래의 값이었다.

구급차가 보이고 구급대원들도 보였다. 구급대원들이 여전히 현장에 있는 걸 보면 아직 시신을 구조해내지 못한 모양이었다. 그런데 죽은 사람을 구조하다니, 이게 말이 되는 소린가. 협조를 요청하던 경찰에게서 들었던 말일 것이다. 길을 먼저 터야 무너진 걸 들어내고 시신을 구조할 수 있다고. 그러나 어쩌면 혼자 상상해낸 말일지도 몰랐다. 시신이라도 구조되기를 바라는 마음으로.

노인은 모유리의 할머니였고, 모유리는 정보하와 한때 만나던 사이였다.

경찰과 함께 있는 사람이 보였는데, 들고 있는 장비를 보니 신고자인 것 같았다. '도시 흉가 체험'이라는 제목으로 방송하는 유튜버라는데 드론까지 동원해 산1번지를 촬영하다가 무너진 것에 깔려 있는 노인을 발견했다는 것이다. 1층 현관 입구를 찍고 있을 때 유튜버는 드론의 고도를 낮췄다. 처음에는 '저게 뭔가' 싶었다고 했다. 저게 마네킹인가 생각하기도 했다는 것이다. 마당에 쌓인 고물과 쓰레기들 사이에 없는 게 없어서 마네킹이 거기에 있다고 해도 이상할 건 없는 일이라고 여겼다. 그러나 다시 보니 마네킹은 아닌 것 같았고. 그럼 뭔가, 저게 호박 덩어리인가 다시 생각하기도 했다는 것이다.

유튜버다운 과장이었다. 곡교 쓰레기집 노인은 쪼그라들 대로 쪼그라든 노인네였다. 호박 덩어리가 아니라 말라비틀어진 오이 쪼가리 같았다고 했다면 정보하도 그 말을 그럴듯하다고 생각했을 것이다.

아무리 쓰레기집이라고는 해도 사유지의 내부 촬영이 법적으로 자유로운 것일 리는 없었다. 그러나 산1번지를 촬영하고 방송한 유튜버가 한둘이 아니었다. 더러운 집, 위험한 집, 소름 끼치는 집…… 제목도 다양했다.

세상의 모든 꽃들과 그 꽃들의 밤

공중파에서도 방송한 적이 있었다. 물론 유튜브와는 성격이 달랐다. 쓰레기집 그 자체보다는 그런 집에서 사는 노인에게 더 초점을 맞췄고, 지자체의 복지행정에 의문을 제기했다. 방송에서는 산1번지의 쓰레기가 치워지는 과정이 길게 나왔다. 쓰레기를 다 비운 후에는 마루를 다시 깔고 벽지를 새로 발라 아예 새집을 만들어 주었다. 그러나 그 집이 다시 쓰레기집으로 원상 복구되기까지가 순식간이었다. 그래서 다시 쓰레기집이 된 그 집을 방송한 유튜브 영상 제목 중에는 '방송 후 1년' '방송 후 5년' 이런 것들도 있었다.

방송 후 10년, 노인은 지금 자기가 쌓아 올린 쓰레기에 깔려 있다.

청소업체는 이미 도착해 있었다. 2층에서 먼저 작업을 시작한 모양인데, 아직 꺼내지 못한 시신을 피하느라 그런 것 같았다. 어마어마한 양의 쓰레기들이 2층에서 마당으로 던져지고 있었다. 업체 직원이 구경꾼들을 향해 조심하라고 소리를 지르고, 여기 무너진다! 악을 쓰기도 했다. 그때마다 구경꾼들도 같이 먼지를 뒤집어쓰고, 경찰들마저 두 손으로 머리를 감싸고 주저앉았다.

구경꾼들과 떨어져 한쪽에 서 있던 최 팀장이 손을 들어 정보하에게 알은체를 해 보였다.

"죽어도 어떻게 저렇게 죽냐. 깔려 죽을 건 또 뭐야."

정보하가 인사를 건네기도 전에 최 팀장은 쯧쯧 혀부터 찼다.

최 팀장과는 산1번지 때문에 친분이 생겼다. 그때 상의할 일이 많았었다. 산1번지에 관해서는 확실한 대책이나 새로운 해결 방안이랄 게 없다는 건 정보하도 알고 최 팀장도 알고 심지어 윗분들도 아는 사실이었다. 공무원 사회에서는 그래도 뭔가를 했다는 증빙을 남기는 게 중요했다. 그래서 최 팀장을 만나곤 했으나 만나서는 농담이나 했다. 그때 최 팀장이 말하고는 했었다. 그 할머니 금방 가실 때 됐잖아. 쫌만 기다려봐.

최 팀장은 사람의 죽음에 대해 참 쉽게 말했다. 이해 못 할 바는 아니었다. 별별 죽음의 온갖 흔적을 청소하는 사람이니 그럴 만하다고 생각할 수도 있었다. 그러나 산1번지 노인은 그냥 평범한 노인이 아니라 모유리의 할머니였다.

그러나 바로 그 때문에 자신 역시 최 팀장과 같은 생각을 했다는 걸 고백하지 않을 수 없다. 그러고 사느니 차라리 빨리 돌아가시는 게 좋지 않을까. 그냥 빨리 죽는 게 낫지 않을까. 그렇게 치워져야 하지 않을까. 마치 노인이 쓰레기이기라도 한 것처럼. 그래야 모유리라도 살지 않을까 생각하면서.

"어쩌다 그렇게 되신 거래요?"

정보하가 최 팀장에게 물었다.

"내가 아나. 꺼내봐야 알지. 꺼내서 얼굴 덮어야 끝인데 꺼내지를 못하고 있잖아. 저기 쌓인 거 다 들어내기 전에는 시신이고 뭐고 꺼내지를 못해. 그냥 꺼내려다간 꺼내러 들어간 사람도 깔리게 생겼어."

구경꾼들이 많아 정보하는 산1번지를 바라보기 위해 발돋움을 해야 했다. 발돋움을 해도 보이는 건 쓰레기뿐이었다.

이층집인 산1번지는 멀쩡하기만 하다면 저택이라 불릴 만한 집이었다. 그것도 대저택. 지어진 지 100년 가까이 된 집이라는데, 서구풍으로 공을 들인 석조 저택이 요즘 집들보다 더 튼튼하게 보였다. 외벽만 보면 그랬다. 외벽이 보이기라도 했을 때는 그랬다는 뜻이다. 지금은 외벽이고 내벽이고 보이는 데가 없었다. 집을 쓰레기가 아예 먹어버린 꼴이었다.

담당 시절 노인을 쫓아 집 안에 들어가본 적이 있었다. 실은 그러려는 시도까지만 했었다. 노인이 따라 들어오라며 요리조리 들어가는 길을 정보하는 도무지 쫓아 들어갈 수가 없었다. 집 안에는 온갖 것들이 천장

높이까지 쌓여 기둥 구실을 하고 있었는데, 쌓인 것들은 아슬아슬하기 짝이 없었고, 그 사이로 난 길은 더욱 그랬다. 새끼 고양이 한 마리가 겨우 지나갈 수 있을 것 같은 길이었다. 정보하는 아무것도 건드리지 않고, 그러니까 아무것도 무너뜨리지 않고 노인을 쫓아 들어갈 자신이 없었다. 노인은 아니었다. 노인은 그 무엇도 건드리지 않았다. 고양이보다 더 날쌔 보였다.

그때 정보하는 보고서를 있는 그대로 쓸 수 없었다. 산1번지 내부를 전수조사 했다고까지는 쓰지 않았지만 현관문 안쪽으로는 발만 담갔다고 쓸 수도 없었다. 그렇더라도 노인이 매우 위험한 환경에서 거주하고 있다는 사실만큼은 강조했다. 그래봤자 무슨 소용이겠는가. 그건 누구나 알고 있는 사실이었다.

그런데 모두가 알고 있는 것에 대해서가 아니라 혹시 다른 내용을 쓸 수 있었다면, 책임지지 않아도 되는 말을 써도 됐다면 이런 말을 덧붙이고 싶지 않았을까. 노인이 어찌나 그 좁은 길을 날쌔게 오가는지 적어도 노인에게는 그 집이 요새처럼 안전해 보였다고.

그런데 깔려 죽었다.

경찰차 한 대가 또 도착했다. 두 명이 내렸는데, 차에서 내리면서 소리부터 질러대는 것을 보니 아마 높은 위치의 경찰들인 모양이었다. 카메라, 방송 운운하는 소리가 들렸다. 기자들이 몰려오고 있다는 소리인지, 경찰 몰래 촬영 중인 유튜버를 막으라는 소리인지는 잘 알 아들을 수 없었으나 긴급한 어조인 것만큼은 분명했다. 쓰레기집에서 혼자 사는 노인이 자신이 쌓아놓은 쓰레기에 깔려 죽었다. 그 책임을 경찰이 질 일은 아닐 것이다. 고위험군 독거노인을 제대로 관리하지 못한 지자체에서 그 욕을 다 먹게 될 것이다. 그런데 높은 자리의 경찰까지 현장에 등장했다. 이상했다.

욕설을 내뱉던 경찰 중 하나가 그들 쪽으로 걸어왔다. 정복을 입지 않았으니 형사일 거라고 짐작했는데, 다가오며 내밀어 보이는 신분증을 미처 확인하기도 전에 목소리부터 높였다.

"지금 뭐 하는 거요? 일단 길부터 내라는 말 못 들었어요!"

어깨를 움찔할 만큼 고성이었는데, 최 팀장은 눈 하나 꿈쩍하지 않았다. 최 팀장은 턱끝만 움직여 집 쪽을 가리켰다.

"저거 1층부터 치웠다간 2층 쓰레기 무게에 1층까지 무너져요. 그럼 시체고 뭐고 없어요. 다 깔린다고요."

형사가 뒤를 한번 돌아보았다가 다시 최 팀장을 노려보듯 쳐다보았다. 그런 눈빛이 그냥 습관인 사람 같았다.

"무슨 수가 있을 거 아니요! 전문업체라며!"

"우리가 쓰레기 치우는 업체지 시체 들어내는 업첩니까? 119랑 다 말 맞추고 하는 일입니다. 지금 구조대 들어가서 시체 꺼내려다가는 그 사람들도 깔려요."

그때 집 쪽에서 악쓰는 소리가 들려왔다.

"길 났어요!"

형사가 뒤돌아 뛰기 시작했다. 정말로 이상했다. 자기 집 쓰레기 더미에 깔려 죽은 노인을 들어내는 것이 형사가 저렇게 숨 가쁘게 뛰어갈 만큼 심각한 일인 걸까?

"맞는 모양이네."

최 팀장이 혼잣말처럼 말했다.

"뭐가요?"

"사람 유골."

"유골이요?"

"저 집 쓰레기 속에서 무슨 뼈가 나왔다고 그러더라고."

그때까지 태연해 보이던 최 팀장도 이제는 잔뜩 호기심이 이는지 집 쪽을 바라보느라 고개가 빠질 듯했다.

"우리 애들은 한눈에 보면 딱 알아. 그게 무슨 뼈지. 개 뼈지 사람 뼈지 딱 구분을 한단 말야. 우리도 프로거든."

이제는 최 팀장조차 발돋움하고 있었다.

"아니면 강력계 형사가 납실 일이 있나. 각이 딱 나오잖아. 저 사람 강력계 형사야."

구급대원들이 집 안으로 진입하는 것이 보였다. 들것이 안으로 들어갔다. 뼈를 수습하기 위해 들것이 들어가지는 않을 테니 노인의 시신을 들어내기 위해서일 것이다. 자신들이 프로라는 걸 강조하며 사람의 유골 운운하는 최 팀장의 말은 아무래도 비현실적으로 들렸다.

그때 최 팀장의 핸드폰이 울렸다. 최 팀장은 전화를 받자마자 물었다.

"그거 사람 뼈 맞대지?"

최 팀장의 안색이 갑자기 바뀌었다.

"뭐? 사람 뼈가 아냐?"

그리고 한 번 더 물었다.

"뭐?"

잠시 후 전화를 끊은 최 팀장은 정보하보다도 더 얼빠진 얼굴이었다.

"사람이라는데?"

"정말 사람 유골이라고요?"

"아니…… 그게 아니라, 사람이 살아 있다는데?"

"네? 할머니가요?"

"아니…… 할머니 말고 어떤 사람이…… 집 안에……
살아 있다는데?"

산1번지에 노인 말고 또 다른 사람이 있다니. 짐작
도 못 했던 일이었다. 노인은 수십 년 동안 혼자 살았고,
방문하는 사람이라고는 손녀인 모유리뿐이었다. 유일
하게 모유리뿐이었다.

그렇다면…….

만일 모유리라면 왜 할머니가 깔려 죽은 집에 있는
것일까. 할머니가 죽어서 아직도 깔려 있는 집에.

더는 구경꾼처럼 서 있을 수가 없었다. 정보하는
집 쪽으로 향했다. 곧 달리듯이 그 속도가 빨라졌다. 가
다 보니 자신이 최 팀장 뒤를 쫓고 있다는 것을 알았다.
최 팀장이 입고 있는 청소업체 옷 덕분에 사람들이 길
을 내주었다. 정보하는 최 팀장을 밀고 앞으로 달려 나
갔다. 구급차에 실리는 들것이 보였는데, 그 들것에 실
린 것이 꿈틀했다.

오…….

어째서 그런 신음이 흘러나왔을까.

모유리가 아니었다.

그러므로 안도의 숨소리였던 걸까.

그게 아니었다. 모유리가 아니라는 것을 확인하
는 순간의 안도는 순식간에 사라졌다. 들것 위의 사람

은…… 그러니까 그것은…… 사람이라 부를 수가 없는 무엇이었다. 사람은 사람인데 그렇게 불러서는 안 될 것 같았다. 시체를 발굴하기 위해 땅을 팠는데 그 속에서 산 사람이 나왔다면, 아니 아직 덜 죽은 사람이 나왔다면 바로 그럴 것 같은……. 그러니까 그것은 살아 있는 유골이었다.

6

"비켜요, 비켜!"

구경꾼들 모두가 경악한 채 가까이 다가서지도 못하고 있는데 경찰이 악을 썼다. 정보하가 모유리를 발견한 건 그때였다.

모유리가 시체처럼 창백한 얼굴로, 죽은 사람보다 더 죽은 사람 같은 모습으로 주춤주춤 다가오고 있었다. 마침내 들것에 이른 모유리의 입이 쫙 벌어졌다. 마치 비명이라도 지르는 것 같은 모습이었으나, 소리는 없었다.

모든 소리를 삼켜버리는 입이었다.

2장

1

　8월의 한낮이었다. 강유이의 기억에 의하면 그렇다. 시간이 오래 흘렀고, 당연히 많은 일들을 잊었다. 그러나 그해는 특별했다. 1989년이었다. 그해 12월 31일에 강유이는 모유리를 낳게 될 것이다. 11시 50분. 10분만 더 참으면 열여섯 살이 되겠으나, 참을성이라고는 약에 쓰려도 찾을 수가 없는 강유이라서 결국 열다섯 살에 엄마가 될 것이다.

　그러니 1989년 이야기를 하려면 모유리가 세상에 태어나던 날부터 시작해야 할 것이다. 강유이는 자신에게 일어난 일들 중 많은 것을 잊게 되겠지만, 죽는 날까지도 결코 잊을 수 없는 일들이 있을 것이다. 갑자기 캄캄해지는 기억에도 불구하고, 그래서 구멍 같은 기억에도 불구하고, 그 전까지의 모든 일을 한순간에 삼켜버리는, 그 이후의 모든 일까지 한꺼번에 먹어버리는 그런 기억들에도 불구하고 끝끝내 거기에 있는 것. 모유리. 도무지 어떻게 해도 거짓말이 되지 않는 존재.

그러니 그 아이가 태어나던 날로부터 이야기가 시작되어야겠지만, 그러나 어떤 이야기는 탄생 그 이전부터 시작되기도 한다. 어쩌면 존재 그 이전부터.

8월의 한낮, 그 이야기를 먼저 하기로 하자. 프레디를 만나러 가는 길이었다. 프레디 기리. 허구한 날 퀸의 노래만 불러대는 모기리를 강유이는 그렇게 불렀다. 화가 날 때는 프레디라고도, 기리라고도 부르지 않았다. 그냥 욕으로 불렀다. 그러나 기분이 괜찮을 때는 얼마든지 그렇게 불러줬고, 괴성으로 가득 찬 노래도 얼마든지 들어줬다. '마마, 우우우우' '캐리 온, 캐리 온' 하는 노래를 백번 천번 들어줬다.

그때 강유이는 '캐리 온'이라는 말이 무슨 뜻인지도 몰랐다. '마마, 우우우우' 하기 전 가사에 '엄마, 나 사람을 죽였어'라는 내용이 들어 있다는 것도 몰랐다. 그냥 악을 써가며 신나게 부르기만 했다.

그날 8월의 한낮, 강유이가 모기리를 찾아가고 있

는 이유는 물론 '마마, 우우우우' 하는 노래를 듣기 위해서는 아니었다. 모기리의 집에 가서 프레디든 모기리든, 아무튼 만나게 된다면 이번에는 아주 확실하게 '어쩔 거야?' 물을 작정이었다. 대답이 정해져 있으니 물음일 것도 없었다. 문제는 돈이었다. 프레디는 돈을 낼 생각이 없는 것 같았고, 생각이 있더라도 마련할 방법이 없는 것 같았다. 부잣집 아들이라는데도 그랬다.

그때 당황을 했거나 아니면 황당해했거나 모기리든 강유이든 그 이유가 강유이의 뱃속에 생긴 아이 때문이 아니라 그로 인해 필요해진 돈 때문이라는 건 다를 바가 없었다. 둘 다 강유이의 몸에 생긴 것을 여드름이나 뾰루지 정도로 여겼는데, 한쪽은 짤 때 아프고 짜고 난 후에는 흉터가 남을까 봐 무서워했고, 또 한쪽은 그러거나 말거나 상관없다고 여긴 게 달랐을 뿐이다.

처음에는 그랬으나 시간이 흐르며 달라졌다. 그러거나 말거나 상관없다고 여긴 모기리는 모르는 체해버리면 그만이었으나, 강유이는 그럴 수가 없었기 때문이다. 뱃속의 것이 매일매일 커지고 그것도 무섭게 커지는 것 같았다. 처음에는 콩알만 하던 것이 탁구공만 해지더니 축구공이 되고 나중에는 공은커녕 열기구처럼 부풀어 오를 기세였다. 그리하여 이제 곧 자신은 하늘로 둥둥 뜨게 될 것이며, 그것도 흑흑 흐느껴 울며 속절

없이 그렇게 될 것인데, 배가 터질 듯이 부풀어 둥둥 떠다니는 자신을 세상 사람들 모두가 한심하기 짝이 없게 쳐다보게 될 거라고 강유이는 생각했다. 그즈음 강유이는 모든 둥근 것이 미웠다. 둥근 것은 언젠가는 반드시 터질 것으로만 보였다.

그래서 그날, 8월의 한낮에 모기리의 집을 찾아가지 않을 수 없었던 것이다.

2

모기리와 강유이는 낮은 야산을 끼고 있는 이쪽 동네와 저쪽 동네에서 살았다. 마을버스가 두 동네를 왔다 갔다 했다. 곡교, 곡교시장, 곡교초등학교, 곡교중학교, 곡교1동, 곡교2동을 지나 다시 시발점이자 종점인 곡교로 향했다. 곡교1동으로 가려던 사람이 곡교2동으로 잘못 가는 경우는 거의 없었지만, 곡교로 가는 경우는 흔했다. 곡교2동으로 가려던 사람도 곡교로 갔다. 어째서 정류장 이름을 그렇게 붙여놨는지 누구도 몰랐지만, 어쨌든 많은 사람들이 자신도 모르는 사이에 곡교에 이르렀다.

아이들은 곡교로 갔다가 고꾜로 오는 버스를 타

는 대신 두 동네 사이의 야산을 넘어 다녔다. 야산을 넘으며 담배를 피우고 꽁초를 던져 산불을 냈다. 산에는 공사 차량이 다니는 길이 있었다. 덤프트럭과 레미콘, 또 이름을 알 수 없는 큰 차들이 그 길을 가로질러 양쪽 동네의 못된 아이들처럼 이쪽에서 저쪽으로 오고 갔다. 이쪽으로 건너오던 트럭이 저쪽으로 건너가는 트럭과 만나 어느 쪽 차량이 후진할지 대치하기도 했다. 어느 쪽도 양보하지 않고, 그대로 버텨 서 있는 경우도 있었다.

그날 8월의 어느 날, 소나기가 지나가고 햇살이 쨍쨍 내리쬐던 한낮, 야산 비포장도로의 파인 땅에는 빗물이 고여 있었다. 웅덩이마다 더러운 수증기가 피어올랐다. 그 웅덩이를 피해 걷던 언덕길. 8월의 한낮은 축축했고, 뜨거웠고, 더웠고, 타버릴 듯했고, 삶아질 듯했다.

트럭 한 대가 언덕길 한복판에 서 있었다. 고장이 났으면 차를 갓길 쪽으로 붙여 세워둬야 할 텐데, 그 트럭은 그냥 한복판에 서 있었다. 마치 그곳이 종착지이기나 한 것처럼, 그냥.

땀에 젖은 종아리에 스커트가 척척 달라붙었다. 머리카락에서는 땀이 뚝뚝 떨어졌다. 샌들을 신은 발등에는 진흙이 묻었고, 발톱은 새까맸다.

그때 휘파람 소리가 들렸다.

한 번도 아니라 두 번의 휘파람. 트럭 운전사였다.

운전석의 차창이 열려 있었다. 트럭의 높은 운전석 창문에 걸쳐져 있던 팔. 그 팔에서 번들거리던 땀. 그리고 또 한 번의 휘파람 소리. 강유이는 아주 오랜 후까지 그 휘파람 소리를 기억하게 될 것이다. 그 휘파람 소리에 묻어 있던 땀 냄새, 더운 숨 냄새 또한.

그리고 그때 자신의 뱃속에 있던 것. 그것이 어떻게 움직였는지 또한. 누군가는 태동이라고 말하고 누군가는 발길질이라고 말하겠지만, 아니었다. 뱃속의 것이 문을 열려고 하고 있었다. 문을 열고 당장 튀어나오려고 하고 있었다.

엄마, 가만있어.

위험해.

엄마는 가만있어!

그때가 이야기의 시작이었다. 아니, 모유리의 시작이었다.

3

언덕을 내려가기도 전에 모기리의 집이 보였다. 모

기리의 집은 그 동네에서 가장 큰 집이라고 했다. 심지어 이층집이라고 했다. 그래서 그 집을 곡교 이층집이라고 부른다고 했다. 그냥 '그 집'이라고 부른다고도 했다. 그래도 다 알아듣는다고 했다. 그런 집이니 찾기 어렵지 않을 거라고 생각했는데, 언덕을 넘자마자 그 집부터 보였다.

중장비를 운전하는 아버지가 곡교에 일을 나갔던 적이 있었다. 배운 게 없는 아버지. 배운 거라고는 중장비와 술밖에 없는 아버지. 다행히 술을 잘 배워 주사는 없는 아버지. 농담할 줄 모르고, 무뚝뚝하기 짝이 없는 아버지가 곡교 얘기를 할 때는 웃음을 터뜨렸다. 누가 곡교를 꼬끼오라 부르더라고 말하며 웃기 시작했는데, 그 웃음을 그치지 못해 쩔쩔맸다. 아무래도 곡교를 고꾜도 아니라 꼬끼오라고 불렀던 사람이 바로 아버지 자신인 듯했다.

'꼬끼오 동네'에 새 다리를 놓기 위해 원래 있던 다리를 허물기 시작하는데, 그 다리가 참 앙상하더라고 아버지가 말했다. 닭 발목처럼 앙상하게 버텨 서 있더라고. 옛날 섶다리도 그 다리보다는 나았겠다고 말하며 섶다리가 뭔지는 아느냐고 물었다. 하천이 가물었을 때 나무로 지지대를 세우고 그 위에 나뭇가지와 흙과 잔디 등으로 상판을 만들어 붙이는 옛날 다리를 바로 섶다리라고 부른다고 아주 자세히 설명했다. 그러면서 밥상 위에다 손가락으로 '섭다리'라고 썼다.

그때 강유이와 아버지는 양념통닭을 먹는 중이었다. 아주 매운 맛의 양념통닭이었는데, 매운 걸 좋아하는 강유이는 닭 다리를 아예 쪽쪽 빨았다. 아버지도 마찬가지였다. 양념을 쪽쪽 다 빨아 먹고 고기까지 알뜰히 발라 먹은 닭 뼈를 내려놓으며 아버지는 말했다.

그런데 섭다리도 아닌 걸 허무는데 왜 그런 게 나왔을까.

나뭇가지 같은 게…….

그러다가 골똘히 뭔가를 생각하다가 다시 말했다.

나뭇가지였겠지.

그리고 다시 잠시 후,

사람 뼈일 리가 있겠어.

아버지는 그 동네에서 본 큰 이층집에 대해서도 말했다. 얼마나 큰지 그런 집을 고래 등 같다고 말하는 거겠지……. 말끝을 흐리다가 문득 다정한 목소리가 되어 말했다. 우리 유이는 나중에 그런 큰 집으로 시집가면 좋겠다.

프레디 모기리는 그런 집의 외동아들이었던 것이다.

언덕에서 내려다보는 모기리의 집은 과연 컸다. 커

도 아주 컸다. 다리 저쪽은 올망졸망한 집들이 모여 자신이 사는 동네나 다름없어 보였지만, 다리 이쪽은 난데없이 딴 세상 같았다. 그 정도로 그 집의 존재감이 컸다.

언덕을 내려가 그 집 앞에 이르러서는 담장을 올려다보았는데, 그 담이 얼마나 높은지 고개가 꺾일 지경이었다. 높은 담장에 둘러싸인 대문은 녹색 철문이었고, 문패가 걸려 있었다.

모근우.

모기리의 아버지겠지.

강유이는 벨을 눌렀다. 아이들은 이름을 부르지만 어른들은 벨을 누르니까. 그러나 벨을 누른 건 자신을 어른이라고 생각해서가 아니라 모기리 대신 모기리의 엄마나 아버지를 만나게 돼도 어쩔 수 없다고 생각했기 때문이다. 그러면 발랑 까진 계집애라든가 네 어머니, 아버지가 누구냐는 따위의 말은 배가 터지도록 듣겠지만, 그래도 돈은 생길 것이다. 어쩌면 병원에도 같이 가줄지 모르지. 뱃속의 이 짜증 나는 것을 없앨 의사를 찾아줄지도 모르지. 아니, 그래야겠지. 소문이 안 나도록 더 쉬쉬해줄지도 모르지. 당연히 그래야겠지. 그러니까 행실 나쁜 년, 발랑 까진 년, 그따위 욕은 얼마든지 먹어도 좋았다. 그래봤자 지 아들도 걸레 같은 놈인 건 마찬가지니까. 아니, 실은 그놈이 더 더러운 놈이니까.

강유이는 세 번째 벨을 누른 후에야 벨 소리가 나지 않는다는 것을 알게 되었다. 세상에서 가장 당돌한 열다섯 살처럼 굴고는 있었지만, 실은 벨 소리가 울리지 않는다는 것도 모를 정도로 떨고 있었던 것이다. 어쩌면 아무도 못 만나고 헛걸음할 수도 있다고는 생각했지만, 어쩌면 실컷 욕만 먹는 게 아니라 엄청 처맞게 될지도 모른다는 생각도 했지만, 벨이 안 울릴 거라고는 생각해본 적 없었다.

재수가 없으면 모기리 같은 놈의 애를 배고, 재수가 더 없으면 모기리 같은 놈의 집 벨은 울리지도 않는다.

강유이는 문을 두드려볼 엄두까지는 내지 못한 채 그 문에 등을 기대고 쪼그려 앉았다. 체중이 실린 문이 등 뒤에서 삐꺽 소리를 냈다. 잠겨 있지 않았던 것이다. 강유이는 쪼그려 앉았던 몸을 돌려 문틈으로 집 안을 들여다보았다. 그리고 깜짝 놀랐다. 집 안의 풍경은, 그건 그러니까 부잣집의 풍경과는 너무 거리가 멀었다. 꽃도 없고 나무도 없었다. 아니, 나무는 있지만 꽃도 안 피고 잎도 없는 나무였다. 잔디도 없고 풀도 없었다. 그 마당에 넘치는 것이 다 부서진 걸로 보이는 가구들과 도무지 조합이 맞지 않는 장독들, 심지어 그 사이에 비닐로 꽁꽁 쌓인 이불 더미까지 있고, 폐지와 깡통과 마대까지 보였는데, 그것들이 아주 차곡차곡 쌓여 있는데 그건 그야말로 고물상이라고밖에는 말할 수가 없는 풍경이었다.

기리네가 고물상을 한다는 말은 들어본 적이 없었다. 들었어도 거짓말이라고 여겼을 것이다. 고물상을 해서 부자가 된다는 건 아무래도 말이 안 되는 것 같았기 때문이다. 집을 잘못 찾아온 게 아닌 것도 분명했다. 문패에 한글로 반듯반듯 써 있는, 모근우. 기리의 성은 모씨였고, 그래서 별명도 모지리였다. 그러나 한동네에 모씨가 둘이지 말라는 법은 없을 것이다. 언덕에서 내려다볼 때는 이층집이 한 채뿐이긴 했지만 안 보이는 곳에 또 다른 이층집이 있을 수도 있을 것이다. 그게 아니더라도, 이 집이 정말 모기리의 집이 맞다 치더라도, 뭔가 사연 같은 게 있을 수도 있지 않을까. 마당은 이 모양이어도 집 안에는 온갖 고급 가구와 우아한 커튼과 밟으면 발바닥이 푹푹 들어가는 카펫이 깔려 있을지도 모른다. 거실에는 피아노가 있고, 벽에는 멋진 그림과 엄청나게 큰 가족사진이 걸려 있을 것이다. 앉으면 온몸이 파묻히는 크고 푹신한 소파도 있을 것이다.

강유이는 조심스레 문을 밀어보았다. 문소리가 귀를 찢을 정도로 끼익 울렸다. 이 집이 고물상이 맞다면 그 문도 고물로 사들였을 것 같은, 그렇게 낡은 문이었다. 그렇게 큰 소리가 울렸는데도 나와보는 사람이 없었다. 아무도 없는 것 같았다. 아무도 없는 집에는 들어가봐도 될 것 같았다.

잔디도 있고 꽃밭도 있는 정원 대신 시멘트 바른 마당을, 그것도 여기저기가 파여 있는 마당을 걷는 강유이의 발소리가 자박자박도 아닌 살금살금 울렸다. 그러다가 뭔가가 무너지는 소리가 울렸다. 깡통이 떨어지며 또 다른 깡통과 부딪치는 소리, 그러다가 우당탕하며 무너지는 소리.

강유이는 얼어붙은 듯 멈춰 섰다가 곧 비명을 질렀다. 깡통이 무너진 곳에서 머리가 하얀 사람이 기어 나오고 있었던 것이다. 희고 긴 머리카락을 앞으로 전부 쏟아 내린 사람이. 마치 귀신 같은 사람이. 훗날, 강유이는 영화 〈링〉을 보다가 귀신이 기어 나오는 장면을 어디선가 봤다고 생각하게 될 것이다. 그리고 새삼 소름이 끼쳐 소리치게 될 것이다. 아, 진짜! 그 귀신 같던 늙은이!

그 사람이 고개를 쳐들고 강유이에게 물었다.

"누구냐?"

귀신 같은 모습과는 달리 짜랑짜랑한 목소리였다.

"기리 친군데요."

강유이의 목소리는 떨려서 나왔다.

그사이 바깥으로 다 기어 나온 사람이 흰머리를 쓸어 올리며 강유이를 쏘아보았는데, 도무지 늙었는지 젊었는지를 알 수 없는 이상한 얼굴이었다. 머리도 마찬가지였다. 온통 백발인 건지, 아니면 먼지를 뒤집어쓴 건지 알 수가 없었고, 더 알 수가 없는 건 이 푹푹 찌는 무더위에 왜 머리를 다 풀어 헤치고 있느냐는 것이었다. 그 귀신 같은 사람이 먼지를 탁탁 털고, 땀이 뚝뚝 떨어지는 머리를 고무줄로 잡아매며 다시 강유이를 바라보았다. 그리고 물었다.

"내 아들 모기리를 왜 찾아?"

4

강유이는 겁이 없었다. 사람들이 다들 그렇게 말했으므로 본인도 그렇게 믿었다. 중장비 기사인 아버지는 지방에서 일할 때가 많았다. 닷새씩, 일주일씩 집을 비울 때도 있었다. 그래서 수많은 밤, 강유이는 아파트도 아닌 낡은 단독주택, 사방이 숭숭 뚫린 집에서 혼자 잤다.

그런 집에서 여자아이가 겁도 없이 혼자 지내고 혼

자 잔다는 걸 동네 사람들 대부분이 알았다. 강유이가 태어나기 전부터 살았던 집이었다. 들고 나는 사람들이 많았음에도 오래 살아온 사람도 또 그만큼 많아서 이웃 사정에 서로들 환했다. 동네 사람들은 강유이를 걱정했지만, 강유이는 그런 동네 사람들이 더 무서웠다. 자신이 혼자 잔다는 걸 아는 사람들이 바로 그들이었기 때문이다.

강유이의 방 창문은 좁은 골목으로 나 있었다. 밖에서는 막다른 길처럼 보여서 동네 사람들이 아니면 잘 들어서지 않았다. 급한 볼일을 해결하고 나가는 술 취한 사람들의 발소리가 창 밑을 지나가곤 했다. 그러나 아버지가 부재하는 밤의 발소리는 달랐다. 왔다 갔다, 그러다가 멈추는 소리들. 라이터가 달칵달칵, 착착, 담배 연기 내뿜는 소리가 후우후우 그리고 이어지는 호흡, 의미를 알 수 없는 호흡, 짧고 긴 호흡, 후우, 후욱, 후우, 후우욱…… 비가 오는 밤에는 종잇장처럼 얇은 지붕이 비 떨어지는 소리를 크게 냈다. 우박이 떨어지듯 와당탕탕 소리를 낼 때도 있었다. 그 소리에 묻혀 달칵달칵달칵 끼어 들어오는 소리들. 그리고 창문을 열려고 기를 쓰는 소리들.

들어갈게, 잠깐만 들어갈……게……. 열어……봐……. 좀, 열어봐…….

물론, 항상, 꿈이라고 믿었다.

아버지는 자주 문을 고쳤다. 오래된 집의 대문 틀은 아귀가 잘 맞지 않았고, 문고리 역시 어떻게 해도 단단히 채워지지가 않았다. 대문을 통째로 바꿔 다는 일은 집을 통째로 다시 짓는 것만큼이나 어려운 일이었다. 그래서 문고리만 고쳤다. 헐거울 때도 고치고, 헐겁지 않을 때도 고쳤다. 강유이에게 보여주려는 시위 같았다. 밖에서 못 열게 하는 게 아니라 안에서 못 열어주게 하려는 시위.

강유이가 가장 무서워하는 게 동네 사람들이라면 아버지가 가장 무서워하는 건 딸 강유이였다. 다 큰 것도 아니고, 다 크지 않은 것도 아닌 딸이 어느 날 밤 누군가에게 문을 열어줄지도 모른다는 상상.

아버지의 염려와 달리 강유이는 그런 아이가 아니었다. 강유이는 아무에게나 문을 열어주지 않았다. 모기리에게조차 열어준 적이 없었다. 그런 사실을 알았다면, 아니 그렇다고 하는 강유이의 말을 믿었다면 아버지는 안심했을 것이다. 그러나 그렇다고 한들 안심해도 좋았을까. 강유이는 자기 집의 문을 열어주는 대신 남의 집 문을 열었다. 그리고 그 집 안에 자기 흔적을 남겼다. 침을 뱉고, 담배를 아무 데나 눌러 끄고, 오줌을 누고, 똥도 싸고 말이다.

강유이는 아버지와 단둘이 살았다. 엄마에 대해서는 알지 못했다. 강유이가 어렸을 때 병으로 죽었다는데, 아버지가 말해주는 그 병명이 매번 달랐다. 매번 다른 병으로 죽는 엄마 얘기는 무서운 옛날얘기 같았다. 강유이는 매번 두근두근, 조마조마한 마음으로 엄마 얘기를 들었다. 마침내 더는 꾸며댈 병명이 없으면 혹시 엄마가 살아나는 이야기를 듣게 되지는 않을까 생각하기도 했는데, 그게 엄마가 돌아오기를 바라는 마음인지 아니면 엄마가 귀신이 되어 나타날까 봐 무서워죽겠는 마음인지는 알 수 없었다.

아버지에게는 가끔씩 여자가 있었다. 밖에서만 만나다가 집에 데려와 며칠씩 같이 살 때도 있었고, 길게는 몇 년을 같이 살았던 사람도 있었다. 좋은 사람도 있었고 나쁜 사람도 있었다. 못돼 처먹은 여자도 있었지만 그렇다고 해서 티브이 뉴스에 나올 정도로 심한 학대를 당한 적은 없었다. 오히려 그쪽에서 강유이처럼 못돼 처먹은 년이랑은 하루도 더 못 살겠다고 나가버린 여자도 있었고, 그러거나 말거나 강유이도 그들에게 애정을 갈구하지는 않았다.

아버지에게 여자가 없을 때는 달랐다. 강유이는 며칠씩 방치되었다. 아버지가 나쁜 아버지였다는 뜻이 아니다. 아버지는 자신이 할 수 있는 일이라면 무엇이든 하고자 했다. 다만 최대와 최선의 차이를 몰랐을 뿐이다. 만일 강유이의 아버지가 그 차이를 알았다면, 뭐가 달라지기는 했을까.

5

훗날 강유이의 아버지는 두고두고 자신이 집을 비운 날들을 후회하게 되겠지만, 집을 비우지 않았다고 해도 다를 건 없었을 것이다. 그해 겨울과 봄 그리고 여름까지 강유이는 모기리와 매일 붙어 있었다. '마마, 우우우우!' 악을 쓰며 노래를 부르고, 술을 마시고, 담배를 피웠다. 아버지가 집에 있거나 없거나, 그런 날들이 매일 이어졌다.

그렇게 매일매일이 똑같은 날들이었으나, 그렇더라도 특별하게 기억나는 하루가 없었던 것은 아니다. 이해할 수 없게 무서운 마음이 들던 날이 있었다. 밤도 아니고, 천둥 번개가 치지도 않고, 부슬비조차 내리지 않았는데, 그 환한 낮이 왜 그렇게 무서웠을까. 모기리에게 찰싹 달라붙지 않을 수 없었다. 마치 무언가 거대한 발톱에 억세게 붙들리는 듯한 기분이 들어서였다. 그리고 그때 뭔가가 몸속으로 쑥 들어왔다. 강유이는

비명을 질렀다. 들어오라고 끌어안는 대신 밀어내려고
기를 쓰며 비명을 질렀다.

그 아이는 혹시 그때 생긴 게 아니었을까.

훗날, 모유리라고 불리게 될 그 아이는.

6

모기리의 엄마 최무자를 만난 건 강유이보다 강유
이의 아버지 강필우가 먼저였다. 강유이가 모기리의 아
이를 가졌기 때문은 아니었다. 그때까지 강필우는 딸에
게 그런 일이 생긴 줄 몰랐고, 모기리가 누구인지는 더
욱 몰랐다. 일하러 나가던 어느 날 새벽, 교통사고가 났
다. 아직 어둠에 묻혀 있던 골목을 빠져나갈 때 불쑥 머
리 하얀 여자가 차 앞으로 나타났다. 급히 있는 힘을 다
해 브레이크를 밟았다. 분명히 그런 것 같았는데, 차는
급발진한 것처럼 달려 나갔고, 여자는 쓰러졌다.

트럭으로 사람을 치다니.

그날 새벽 강필우가 몰고 있던 차는 트럭이 아니었
다. 공사 현장에서 모는 덤프트럭을 집에까지 끌고 오는
일은 없었고, 있을 수도 없었다. 그러나 사람을 쳤다고
생각했을 때의 충격은 화물차 중에서도 가장 큰 25톤

덤프로 낸 사고의 충격과 다름없었다.

당장 차에서 뛰어내려야 했으나 그럴 수가 없었다. 자신도 모르는 사이 주변을 두리번거렸는데, 어쩌면 목격자가 있나 살펴본 것 같기도 했다. 정말로 뺑소니를 칠 생각이었는지는 알 수 없었지만 생각보다는 몸이 먼저였다. 어떤 결심을 하기도 전에 손이 운전석의 문을 밀었다. 강필우는 비틀거리며 쓰러져 있는 사람에게로 다가갔다. 그 모습이 쓰러져 있는 사람보다 더 다친 사람처럼 보였다.

"괜찮으세요?"

괜찮을 리 없을 줄 알면서도 할 말이 그것밖에 없어서 떨며 물었는데, 그 물음에 화답하기라도 하듯 꼭 죽은 것 같던 여자가 꾸물꾸물 몸을 일으켰다. 그야말로 꾸물꾸물. 찰흙 덩어리가 일어나듯이 꾸물꾸물.

"괜찮으세요?"

다시 물었으나 여자는 대답하지 않았다. 뭘 어쩌려는 작정도 없이 손을 내밀었을 때, 여자의 시선이 강필우의 오른손 약지 자리, 손가락 하나가 없는 자리에 닿았다.

그리고 그때 가로등이 전부 꺼졌다. 새벽빛이 이미 밝아 있었던 것이다. 그제야 여자의 얼굴을 자세히 볼 생각이 들었다. 뒷모습을 볼 때는 온통 흰머리라고 생각했는데 군데군데 검은 머리가 보였다. 할머니라고 불릴 나이는 아닌 것 같았다. 젊다고도 할 수 없었다. 텅 빈 얼굴. 이런 말이 가능하다면 오직 텅 빈 자리로만 채워진 것 같은 얼굴이었다.

하마터면 방금 죽을 뻔했던 사람의 얼굴이어서 그랬을까.

하마터면 자신이 죽일 뻔한 사람이어서 그랬을까.

꾸물꾸물 느린 속도로 일어선 여자는 괜찮다느니, 아프다느니 아무 말도 하지 않고 걸어가기 시작했다. 마치 아무 일도 없었다는 듯이.

"저기, 여보세요!"

여자는 멈추지 않았다. 조금씩 발걸음이 빨라졌다. 그러고는 곧 도망치듯이 빨라졌다. 차에 치이고도 어떻게 저런 속도로 걸을 수 있을까. 게다가 도망은 왜 치는 걸까. 마치 정신 나간 사람처럼.

강필우는 그 새벽 거리에 서서 여자의 뒷모습을 바라보고 있을 수밖에 없었다. 죽을 뻔했던 여자, 자기가 죽일 뻔했던 사람을.

여자가 떠난 자리에 검은 비닐봉지가 떨어져 있는 걸 그제야 발견했다. 그거라도 주워 가져다주어야 할 것 같았다. 허리를 굽혀 줍는 순간 봉지에서 비린내가 풍겼다. 피도 뚝뚝 떨어졌다. 생선 뼈와 내장이었다.

여자가 누구인지 그때 짐작할 수 있었다. 옆 동네 다리 공사를 나갔을 때 아주 큰 이층집이 있는 것을 보았었다. 저런 집엔 돈이 얼마나 많을까 혼잣말처럼 말했더니 돈은 많은지 몰라도 쓰레기는 많지, 동네 사람이 대꾸했었다. 무슨 그런 말이 있냐고 웃었더니, 그 집 안주인이 저런 큰 집에서 살면서 새벽마다 시장에 나가 생선 뼈나 우거지 같은 걸 주워다 먹는다고 말했다.

그 집이 원래 엄청나게 부잣집이었는데, 옛날부터 자린고비로 유명해 버리는 게 없는 집이었다고, 그 동네 사람이 또 말했다. 버리지 못하는 걸 쌓아놓고, 주워 온 것도 쌓아놓고, 옛날부터 돈놀이를 하던 집이라 돈 못 갚는 사람에게서 빼앗아 온 것도 쌓아놓다 보니 정작 자기들이 돈 쌓아놓은 데는 못 찾는다더라고, 그래서 남이 버린 걸 주워 먹고 주워 입고 산다고, 우스갯소리도 했다.

돈 숨겨놓은 데를 못 찾는다는 말은 농담일 게 분명했지만, 저렇게 큰 집에 살면서도 뭘 주워 먹고 산다면 제정신은 아니겠구나 생각했던 기억이 떠올랐다.

그리고 텅 빈 얼굴……. 여자의 그 얼굴이 다시 떠올랐다. 돈을 못 찾아서 텅 비었나. 정신이 나가서 텅 비었나. 왜 텅 비었나.

그날, 강유이의 아버지는 일을 나가지 않고 다시

집으로 돌아왔다.

그리고 하루 종일 자신의 잘려 나간 손가락 자리를 보고 또 보았다. 공사장에서 잃은 손가락이었다. 공구가 떨어지는 걸 붙잡으려다가 생긴 사고였는데, 같이 떨어진 철근이 싹둑 자르고 공중으로 튕겨버린 손가락을 끝내 못 찾았다. 그래서 봉합조차 못 했다. 손가락이 잘리던 날, 강필우는 자신의 신세를 원망하거나 한탄하는 대신 좋은 사람이 되기로 결심했다. 갑자기 훌륭한 사람이 될 수는 없겠지만, 전보다는 조금 좋은 사람이 되기로.

사라지는 것, 잘려서 아주 사라지는 것의 느낌을 알아버렸기 때문이다. 그 섬뜩함, 그 끔찍함은 손가락에만 남지 않고 온몸, 심장에까지 남았다. 싹둑 하고 잘려버리는 것은 호박이나 오이뿐만 아니라 자신의 몸에도, 자신의 삶에도 있었다. 게다가 아직도 잘릴 것이 너무나 많이 남아 있었다. 잘린다고 해도 아쉬울 게 하나도 없는 것들뿐이었지만, 그러나 그런 섬뜩한 순간, 그렇게 몸서리쳐지는 순간을 다시 겪고 싶지는 않았다. 그 순간이 기억에 남아 수도 없이 잘리고, 잘리고 또 잘리고 피를 흘렸다.

강필우는 심연에 빠졌다.

심연.

그렇게 어려운 단어를 언제 어떻게 알게 되었던 것일까. 아무튼 그냥 시커먼 것, 끝도 없는 구멍……. 그 속에서 들려오는 싹둑싹둑 소리.

그날 아침, 아무도 보는 사람이 없었음에도 뺑소니를 치지 않았던 것은 손가락을 잃은 대신 전보다는 좋은 사람이 되었기 때문이었을 것이다. 얼마 후, 열다섯 살 딸이 애를 뱄다는 것을 알게 되었을 때, 딸의 뱃속에 든 것을 싹둑 잘라버리고 말겠다고 결심하는 대신 자신의 잘린 손가락 자리를 먼저 내려다본 것도 그래서였을 것이다.

그래도 붙어 있는 게 낫지 않을까.

열다섯 살 딸의 임신 사실을 알게 된 것은 놀랍게도 출산이 거의 임박해서였다. 그때까지 딸의 배가 부른 것도 몰랐다. 강유이는 자기 배가 터져버릴 것 같다고 말했지만 딸의 배는 납작하기만 했다. 아버지라서 그렇게 본 게 아니었다. 뱃속의 아기가 그만큼 잘 숨어 있어서라고 산부인과 의사가 말했을 때 강필우는 정말이지 깜짝 놀라지 않을 수 없었다. 그런 걸 임신거부증이라고 한다고 했다. 산모가 임신을 거부하면 태아가 숨어 있다는 것이다. 들키면 죽을까 봐 꼭꼭 숨는다는 것이다. 그러니까 아이는 고작 한 뼘밖에 안 될 딸 강유이의 뱃속, 그 좁은 곳에서도 보이지 않는 곳을 찾아

최대한 작게, 납작하게 웅크려 꼭꼭 숨어 있었다는 것
이다. 그렇게 태어날 순간만을 노리고 있었다는 것이다.
열리는 찰나 잽싸게 튀어나올 순간만을.

징그럽지 않은가.

그게 훗날 모유리라는 이름을 가지게 될 자신의 손
녀에게 가졌던 첫 감정이었다.

강필우는 그런 생각을 바꾸기 위해 노력했다. 뱃속
아기가 뭘 알겠는가. 태어나는 순간 통렬히 한탄하게
될 것을 어찌 알겠는가. 어쩌자고 이런 끔찍한 세상에
오려고 그렇게 기를 썼단 말인가 하며 태어나자마자 통
곡부터 하게 될 것을 어찌 알겠는가.

그러나 그 아이의 아비라는 놈이 자신이 차로 치어
죽일 뻔했던 그 이상한 여자의 아들이라는 걸 알았을
때는 생각이 다시 복잡해졌다. 그건 이해할 수 없도록
기묘한 불길함이었는데, 심지어는 이런 생각까지 들었
다. 그날 자기가 죽이지 못한 목숨이, 죽이지 않았다고
믿었으나 실은 죽어 귀신이 된 어떤 목숨이 내 딸 유이
에게 붙은 건 아닐까. 설마, 그날 이 아이가 생긴 건 아
닐까. 물론 자신의 생각이 얼마나 말도 안 되는 것인지
모르는 건 아니었다.

그러나 그렇지 않고서는 도무지 이해가 안 됐다.
딸 유이는 고작 열다섯 살이었다. 그런 애가 애를 뱄다.

그런 애가 낼모레 아기를 낳을 거라는데, 아버지인 자신은 아무것도 알지 못했다. 정말로 아무것도 알지 못했다. 더 믿을 수 없는 건 뱃속의 아이에 관한 것이었다. 내 딸 유이의 뱃속에서 '그것'은 어떻게 그렇게 감쪽같이 숨어 있을 수 있었단 말인가.

훗날 강유이의 아버지는 모유리에게 아주 좋은 할아버지가 될 것인데, 그 근저에는 아직 태어나지도 않았던 아이를 향해 가졌던 그 모든 감정에 대한 죄책감도 있게 될 터였다. 아니, 아마도 그것이 가장 클 것이다.

3장

1

정보하는 유튜버의 방송을 찾아봤다. 그동안 업로드한 에피소드가 많았다. 도시 괴담 방송이라더니 별별 흉가가 다 있었다. 실소가 터져 나오는 제목도 있었다. '똥오줌집.' 이게 괴담일 수 있을까. 아니면 이거야말로 진정한 괴담인 걸까.

똥오줌집을 보고 싶은 마음은 조금도 없었지만 그 제목에서 눈을 떼지는 못했다. 산1번지에도 혹시 그런 게 있었을까. 없는 게 없었으니 똥오줌인들 없었을까. 쥐똥도 있고 벌레 오줌도 있었을 것이다. 그러나 산1번지 노인은 아니었다. 노인은 청결에 강박이 있었다. 본인의 기준에 의하면 그랬다. 그 기준이라는 게 상당히 기묘하기는 했지만, 어쨌든 본인으로서는 괴로운 일이 었을 것이다. 쓰레기를 모았으나 그 쓰레기가 더러운 건 싫었다. 마치 자기 꼬리를 먹고 사는 짐승 같았다. 노인은 그렇게 사는 동안 도대체 얼마나, 어디까지 괴로 웠을까.

시신 발견 직후 업로드된 방송의 제목은 '시체집'이 었다. 유튜버는 간결한 제목을 좋아하거나 상상력이 부족한 사람인 게 틀림없었다.

방송은 산1번지를 원경으로 잡으면서 시작됐다. 식상한 기법이었다. 그러나 산1번지와 가까워지면서 느낌이 달라졌다. 자신이 직접 들어가본 집인데도 영상으로 보니 그 풍경이 완전히 새로웠다. 위에서 보는 것이 아래에서 보는 것과 달랐다. 안에서 보는 것이 밖에서 보는 것과 또 달랐다.

그러나 한마디로 말하면 곡교 산1번지는 그냥 거대한 쓰레기장일 뿐이었다. 그 사이로 실금 같은 길이 나 있었다. 공중에서 찍힌 그 길들이 선명하게 보였다. 길들은 미로처럼 이어졌고, 쓰레기 더미 사이로 들어갔다가 다시 나왔다. 드론은 그 길을 쫓아가다가 현관에 이르러 멈췄다. 마치 살아 있는 생명체이기나 한 듯, 살아 있는 새나 거미이기나 한 듯 화들짝 놀라서 멈췄다.

그러고는 진저리를 치며 고도를 낮췄다.

　노인의 몸은 현관 바깥으로 아주 조금만 나와 있었다. 두 팔을 길게 뻗은 채.

2

　노인의 몸 위에 쌓인 것들은 주로 폐지 더미였다. 화면상으로는 그랬다. 종이도 뭉치면 사람을 죽일 정도의 흉기가 된다는 뜻이다.

　노인의 집에 종이는 넘쳤다. 가장 많은 것이 종이였다. 사람을 죽이자고 들면 백 명도 더 죽일 수 있을 만큼 여기저기 쌓여 있던 잡지와 신문과 전단지들. 오래된 신문은, 오래된 잡지와 전단지들은 역사와 사연은 다 지우고 그냥 흉기로만 남았다. 어쩌면 역사와 사연이 바로 흉기의 무게였을지도 모르겠으나.

　정보하는 한동안 홍보부에서 근무했다. 복지행정직에서 보직 변경을 신청했을 때 옮길 수 있는 부서가 그곳밖에 없었다. 지역의 역사를 편찬하는 작업을 행정 보조 하는 업무였다. 지루하기 짝이 없는 일이었지만, 그때는 복지 담당만 아니라면 무엇이든 좋았다.

　종이가 흉기가 된다는 건 그때 알았다. 행정 보조

업무였음에도 불구하고 역사 자료를 모아둔 보존 서고를 드나들 일이 툭하면 생기곤 했는데, 그때 피부 발진이 생겨 고생을 했었다. 난데없이 그런 게 왜 생긴 줄 몰라서 인터넷 검색을 하다가 오래된 책 때문에 생기는 별별 이상한 병들이 있다는 걸 알게 되기도 했었다. 그렇더라도 종이에 깔려 죽는 건 생각도 못 해본 일이었다.

드론이 하강을 시작했다. 내려갈 수 있을 만큼 내려갔다. 나중에는 아예 노인과 눈을 맞추는 듯했다. 노인이 드론과 시선을 맞추고 눈을 깜빡깜빡하기라도 할 것 같았다. 시신의 얼굴에는 블러 처리가 되어 있었다. 처음부터 그런 건 아니었던 모양이었다. 다시 제대로 올리라는 댓글이 폭주하고 있었다. 주로 욕설이었다. 원본 올려, 개새꺄. 쫄았냐, 등신.

자신을 바라보는 관음증 인간들이 뭐라고 떠들거나 말거나 노인은 낮잠을 즐기는 고양이처럼 자기 집 현관에 팔을 길게 뻗은 채 누워 있었다. 만일 이런 말이 가능하다면, 그건 평화로운 죽음의 풍경이었다. 유튜버가 계속해서 질러대는 고성의 멘트만 아니라면 고요한 죽음의 풍경이라고 말해도 좋을 만했다.

영상의 어느 지점에서도 다른 사람의 움직임은 보이지 않았다. 드론의 그림자만 아니라면 노인의 시신을 포함해 모든 것이 정지 화면처럼 보이는 영상이었다. 그렇다면 그때 그 살아 있는 것은 어디에 있었다는 것일까.

산 것, 살아 있는 것…….

산1번지 사고 현장에서 실려 나온 그것을 뭐라 불러야 할지 정보하는 적당한 말을 떠올릴 수가 없었다. 사람을, 그것도 살아 있는 사람을 '그것'이라 불러서는 안 된다는 정도는 알았다. 그러나 '그것'은 '그것'이었고 '그것' 이외에는 달리 뭐라고 불러야 할지 알 수 없었다. 그걸 대체 사람이라고 부를 수나 있는 것일까.

유튜버는 들것이 나오는 장면까지는 촬영하지 못한 것 같았다. 경찰에 신고를 하면서도 셀카 영상을 찍고, 경찰을 기다리는 동안에는 온갖 호들갑을 떨며 촬영을 이어가더니 경찰이 도착한 후부터는 더 이상 영상이 이어지지 않았다. 그러나 마지막 멘트가 의미심장했다.

"얘들아! 이걸로 끝인 줄 알았지? 아니! 아니, 아니, 아니! 더 큰 얘기가 온단다! 다음 방송을 기대해! 기대하시라고요! 진짜, 정말, 레알 더 큰 얘기가 온다니까!"

진짜, 정말, 레알 더 큰 얘기……. 설마 노인이 죽는 장면일까. 무너지는 것들이 노인을 깔아버리는 장면일까. 아니면 누군가 그걸 지켜보는 장면일까.

노인은 30년 넘게 산1번지에서 혼자 살았다. 늘 혼자였다. 모유리가 가끔 들렀을 뿐, 그 이외에는 누구의 방문도 없었다. 노인에게 가깝거나 먼 친척이 있다는 말을 들은 적도 없었다. 있다고 한들 산1번지 같은 집도 친척 집이라고 방문할 사람이 있을 것 같지는 않았다.

노인은 동네에서 외따로 떨어져 있는 산 밑의 집처럼 고적했다. 다행히 하루도 외출을 거르는 날이 없었다. 출퇴근하듯이 수레를 끌고 나갔다가 그 수레를 채워 돌아왔다. 동네 사람들은 다리를 건너는 수레와 그 수레를 끄는 혹은 그 수레에 끌려가듯이 걸어가는 노인을 매일같이 볼 수 있었다.

오늘도 저 할멈이 살아 있네 생각하는 사람도 있고, 오늘도 저 할멈이 죽지 않았네 생각하는 사람도 있었을 것이다.

한때는 곡교뿐만 아니라 그 일대를 통틀어 제일가는 부잣집의 외며느리였다는 노인은 누구에게나 딱하다는 소리를 듣는 사람이 되어버렸으나, 그러나 노인에게는 그때에도 여전히 남은 게 있었다.

산1번지.

아주 큰 집과 아주 넓은 땅이었다.

정보하가 곡교에서 살았던 건 20년도 더 전이었다. 2001년이었고, 중학교 1학년 때였다.

특별한 한 해였다. 뉴밀레니엄. 새로운 시대. 새로운 세계. 그러나 2001년, 그 한 해가 특별했던 건 아무 일도 벌어지지 않아서였다. 컴퓨터는 오작동하지 않았고, 전기가 일시에 끊기지도 않았고, 비행기가 추락하지도 않았다. 남녀 합반이 되지 않은 것도 일어나지 않은 일에 속했다. 2000년에 모든 공립중학교는 남녀 합반이 되었다. 그러나 정보하는 사립중학교를 다녔고, 그중에서도 이사장과 교장이 천국과 지옥과 세상의 온갖 죄와 형벌에 대해 설교하는 학교를 다녔다. 정보하는 여전히 덜 자란 남자아이들만의 세계에 속해 있었다.

곡교에 이사를 와서는 달랐다. 곡교에서는 덜 자란 아이들이 서둘러 자라버린 아이들과 같이 어울렸다. 이사를 하던 날, 정보하는 하천 변에서 담배를 피우는 아이들을 보았다. 고등학생이라고 생각했으나, 나중에 자기와 같은 중학생이라는 걸 알게 되었다. 이삿짐 트럭은 하천을 쫓아 천천히 달렸다. 그 트럭의 뒤를 쫓아 아버지의 그랜저도 그렇게 달렸다. 여름방학이었다. 하천에 나와 있는 아이들의 모습이 버드나무의 축축 늘어진

가지와 무성한 잎에 가렸다가 다시 드러나곤 했다. 반
바지를 입은 아이들이 버드나무 가지처럼 하천 변에 축
축 늘어져 있었다. 그러다가 발작적으로 웃었다. 여자아
이들의 웃음소리가 그중에서도 가장 크게 들렸다.

다리가 나왔다. 짧고 좁은 다리였다. 트럭은 그 다
리 앞에서 좌회전을 했다. 하천과 산이 있던 풍경이 오
른쪽으로 밀려나면서 저층 아파트와 다가구주택과 낡
은 단독주택들이 있는 동네가 나타났다. 그건 몰락의
풍경이었다.

부모가 말해주지 않았음에도 정보하는 아버지의
사업이 심각한 위기에 처했다는 걸 알았다. 그런 건 모
르려야 모를 수가 없는 것이었다. 이사부터가 그랬다.
새로 이사 가는 집에 들어가지 않는 가구들이 많아 많
은 걸 버려야 했다. 아버지는 그랜저만은 버리지 않았
는데, 곡교 어디에도 그랜저를 주차시킬 만한 곳이 있
을 것 같지는 않았다.

다리 앞에서 좌회전할 때, 아버지의 어깨가 다리
쪽으로 기울던 기억이 난다. 저 집이 그 집이냐고 어머
니가 물었다. 아버지는 대답하지 않았다.

한동안 정보하는 이사하던 날 어머니가 물었던 '그
집'이 그 후 곡교 아이들과 어울리면서 알게 된 '그 집'
과 같은 뜻인 줄로만 알았다. 그러니까 어머니가 묻던

말도 저 집이 바로 그 '귀신집'이냐는 말인 줄 알았다는 뜻이다. 정보하는 새로 사귄 동네 친구들에게서 그 집에 관한 이야기를 들었다. 어른들에게서 건너와 아이들의 세계가 된 이야기였다.

그 집이 원래 일본 부자가 일제 시대 때 지은 집이라고 했다. 일제강점기가 언제 시작되어 언제 끝났는지 중학생인 정보하가 모를 리 없었지만 이야기 속으로 그 단어가 들어오자 진짜 옛날얘기 같아졌다. 그 일본 부자가 그냥 부자인 게 아니라 엄청난 부자였는데, 일본이 패망하면서 급히 도망가느라 집 안에 금괴를 묻어놓고 갔다는 것이다. 그런데 그 금괴를 못 찾는다는 것이다. 금괴를 지키고 있는 귀신이 있어서라고 했다.

귀신도 하는 일이 많을 테니 금괴 지키는 게 일인 귀신도 없으라는 법은 없을 터이다. 그러나 그러면 이야기가 너무 단순하지 않나. 그 귀신이 실은 일본 부자의 딸이라고 했다. 일본 부자가 도망갈 때 가져갈 수 없는 것은 다 버리고 갔는데, 그중에 자기 딸도 있었다는 것이다.

그 딸이 미친년이었거든.

애들은 그렇게 말했다.

그 미친 딸이 굶어 죽었거든.

굶어 죽었다고 말할 때는 미친년이라고 하지 않고

딸이라고 했다. 귀신에게 '년' 자를 붙이는 걸 꺼릴 정도로 그 이야기를 믿는다는 뜻이었다.

어른들은 그런 쓸데없는 얘기는 하지도 말라며 야단을 쳤다. 그러나 그 집이 흉물이라는 건 누구나 인정하는 사실이었고, 어른들 중에서도 그 집을 흉가라고 부르는 사람이 없지 않았다. 그러나 그건 귀신이 아니라 쓰레기 때문이었다.

그 집에 머리가 하얗게 센 노인이 혼자 살았다. 그것도 쓰레기를 모으며 살았다. 엄청나게 큰 집이니 엄청나게 쌓아놓고 살았다. 아이들은 그게 귀신에 홀린 탓이라고 믿었다. 귀신이 금괴 묻힌 곳을 숨기려고 그집 노인을 홀려 쓰레기를 쌓아놓게 한다고 말이다. 머리 하얗게 센 미친 노인네가 혼자 살기 전에도 그 집은 쓰레기 천지였는데, 그게 다 금괴 때문이라고도 했다. 자기들이 태어나기도 전의 이야기를 자기들이 본 것처럼 말했다.

어른들의 버전은 달랐다. 그 집이 원래 돈놀이를 하던 집이라 저당 잡아 쌓아놓은 물건들이 많았다. 게다가 그 집안이 자린고비로 유명해서 노인이 시집살이를 하는 동안 아무것도 버리지 않고 이런저런 것들을 주워 들이기도 했다. 집안 어른들이 세상을 뜬 후에는 집 안과 마당과 창고에 남은 게 빚진 사람들이 저당 잡힌 후 찾아가지 않은 것들, 밖에 내놔도 누가 주워 가지 않을 것들뿐이었다. 그런 것들이 산더미처럼 남아 있었다. 그렇더라도 그게 쓰레기까지는 아니었다. 그러나 아들과 남편에게 동시에 몹쓸 일이 생긴 후로 노인이 정신줄을 놓았다. 그때부터는 닥치는 대로 주워 들였다. 쓸 만한 물건 쓰지 못할 물건 가리지 않았고 먹을 것 못먹을 것도 가리지 않았다. 그 대저택이 쓰레기산으로 변하는 데까지 걸린 시간이 순식간이었다.

아이들은 어른들의 말을 그대로 믿지 않았다. 쓰레기 밑에 묻힌 게 금괴뿐이라고 생각하지도 않았다. 노인의 남편과 아들이 그 밑에 묻혀 있다고 믿었다. 둘이 동시에 사라졌다가 둘이 동시에 죽었다는데, 그 시체를 본 사람이 아무도 없다고 했으니까.

그런데 그런 이야기는 어디에서 나왔을까. 궁금할 것도 없었다. 그런 집에 그런 이야기가 없다는 게 더 이상한 것일 테다. 쓰레기집에 쓰레기만 있고 비밀은 없다는 걸 누가 믿겠는가.

4

그날, 그 일은 그냥 자연스럽게 흘러갔다. 가위바

위보를 했고, 아닌가 하나빼기를 했나. 아무튼 정보하가 졌고, 다른 아이들처럼 삼세판을 해야 한다고 우기지 않았을 뿐이다. 겁이 없어서가 아니었다. 새로 이사 온 아이는 뭔가를 증명해야 한다. 그런 건 누가 가르쳐주지 않아도 알게 되는 법이었다.

그 밤, 달이 왔다 갔다 하던 기억이 난다. 어린아이의 기억에 달빛 따위가 남다니 우스운 일이다. 동네 아이들과 함께 발소리를 죽여가며 산1번지를 향해 가는 동안 달이 들어갔다 나왔다 했다. 길을 걷는 동안 순간순간 발밑이 꺼지는 것만 같았다. 어둠 속으로 빨려들어가고 달빛 속으로 들려 올라가는 것 같던 느낌, 곤두박질쳐지다가 들려 올라가는데, 그건 다시 한번 곤두박질쳐지기 위해서일 뿐이라는 느낌. 정보하는 겁이 많았다. 그것도 유난히 많았으나, 그때는 귀신집의 담장을 넘는 것보다 겁쟁이라고 불리는 것이 더 무서웠을 뿐이다.

산1번지 담장은 엄청나게 높았다. 그게 금괴를 파묻으면서 동시에 쌓아 올린 것이라고 했는데 그 말을 믿지 않을 도리가 없었다.

사다리 같은 걸 가져가지는 않았다. 집 밖에도 쌓여 있는 것들이 있어서 그게 발판 구실을 했기 때문이다. 그다음에는 동네 아이들이 엉덩이를 밀어주었다. 담장 위에 걸터앉은 정보하의 눈에 갑자기 다른 세상이 펼쳐졌다. 금괴는커녕, 보물은커녕 그곳은 그냥 쓰레기의 거대한 무덤 혹은 공동묘지였다. 그런 줄 몰랐던 건 아니었지만 그런 정도일 줄은 몰랐다. 금괴든 무엇이든 뭘 찾으려면 쓰레기를 다 들어내야 할 터인데, 그건 마치 집을 뿌리째 뽑는 일과 다를 바 없을 것 같았다.

무엇보다도 그 속에서 금괴만 나오겠는가.

정말로 귀신이 나올 것 같았다. 겁이 없는 소년이라도 한밤중에 남의 집 담장을 넘는 일은 무서운 일일 터이다. 달빛이 왔다 갔다 하는 밤이라면 더군다나. 그 달빛이 비추는 게 거대한 쓰레기 무덤이라면 더욱더.

다시 돌아 내려가고 싶었다. 그건 생각이라기보다 본능이었다. 그래서 엉덩이를 뒤로 뺐고, 순간 떨어졌는데, 떨어진 곳이 담장 바깥이 아니라 안쪽이었다. 담장 밖에서 아이들이 정보하를 밀어버린 것이다. 떨어지는 순간 엉덩이가 쪼개지는 것만 같았다. 그러나 쪼개진 건 엉덩이가 아니라 담장 안과 담장 밖의 세계였다.

담장 안으로 떨어지자마자 정보하는 쓰레기가 되었다. 나뒹구는 쓰레기. 냄새나는 쓰레기. 쥐와 고양이와 벌레의 똥과 오줌에 뒤섞인 쓰레기. 정보하는 기겁해서 다시 기어 올라가려고 했으나 담장이 너무 높았다. 높아도 너무 높았다. 게다가 안에서는 밀어 올려줄 사람도 없었다. 담장 밖에서 터져 나오는 웃음소리가 들렸다.

비로소 그 모든 일들이, 자연스럽게 흘러갔다고 믿었던 그 모든 일들이 동네 애들의 계략이었다는 것을 알게 되었다. 새로 이사 오는 아이라면 누구나 겪어야 하는. 겁이 많아서 무섭다고 말하지조차 못하는 아이라면 더군다나. 그렇다면 얼마나 많은 아이들이 이 안으로 떨어졌을까. 그중에 다시 돌아 나간 아이가 있기는 할까. 혹시 그 아이들도 모두 여기에 묻혀 있는 것은 아닐까. 귀신들이 여기저기서 좀비처럼 나오는 게 아니라 군대처럼 행진해 나올 것만 같았다.

담장 근처에 쌓여 있는 폐가구들이 보였다. 담장을 다시 넘기 위해서는 다른 선택의 여지가 없었다. 폐가구들을 발판 삼아 기어오르기 시작했다. 무너질 듯했고, 실제로 무너지는 소리를 냈다. 그래도 어쩔 수가 없었다. 기어올라 도착한 곳이 담장을 넘을 수 있는 저쪽이 아니라 2층 발코니 쪽에 닿아 있는 이쪽이라는 것은 다 올라간 후에야 알았다.

불빛이 보였다. 천둥 같은 소리를 들은 것은 그때였다. 그 소리가 자신의 머리에 떨어진 엄청난 타격의 소리라는 것을 깨달은 것은 이마에서 주르륵 흐르는 것이 피라는 것을 안 후였다. 정보하는 굴러떨어지면서야 노인을 봤다. 노인이 도낏자루인지 마대 자루인지 같은 걸로 머리를 후려쳤다는 것도 알았다. 그런 경우에는 머리가 아니라 대가리라고 하는 게 옳지 않을까. 정보하는 자신의 대가리가 두 쪽으로 깨졌다고 믿었다.

깨진 대가리를 두 손으로 붙잡은 채, 그 엄청난 쓰레기 더미를 헤쳐, 와장창창 와그르르르 무너뜨려가며, 어떻게 다시 그 집 밖으로 나오게 되었는지는 기억나지 않는다. 빗장이 채워져 있던 대문을 열려고 기를 쓰던 기억, 그 빗장이 열릴 때 나던 끼익, 끼이익, 끼이이익 하던 소름 끼치는 소리의 기억, 그런 소리들의 기억만 남았다.

아니, 사실이 아니다.

다른 기억이 남았다. 그 후 오래도록 악몽을 들락거리게 될 기억. 슬며시 꿈의 문을 열고 들어와 밤새 자신을 내려다보고 있을 기억. 정보하의 어머니는 아들의 머리가 깨진 것을 알고 기겁하게 되겠지만, 그날 깨진 것은 정보하의 머리만이 아니었다. 그날 밤의 기억들이 깨졌다. 그리고 그 기억들이 파편처럼 박혔다.

그날, 정보하는 뭔가를 봤다.

2층 그 방에서.

노인이 '대가리'를 후려갈기기 직전에.

자신이 본 것이 너무 놀라워 믿을 수가 없었고, 믿지 못했으므로 악몽이 되었다.

4장

1

정보하는 서른이 넘어 곡교로 돌아왔다. 공무원이 되어 첫 발령지였는데 아마도 출신 지역 배치였을 것이다. 고작 1년 정도 살았을 뿐이지만 정보하는 곡교에서 많은 일을 겪었다. 그중에는 나쁜 추억도 있었다. 그래서 곡교로 돌아오게 된 걸 각별하게 생각하지 않으려고 더 애썼다. 모유리와 특별한 사이가 되는 일만 없었다면 계속 그랬을 것이다. 정보하는 1년 가까이 모유리와 만나는 사이였고, 그 관계가 끝난 후 산1번지 담당 업무에서도 손을 뗐다.

모유리와 헤어진 후, 단 한 번도 모유리를 떠올리

지 않았다고 하면 거짓말일 것이다. 그러나 대부분은 그냥 지나가는 감정이었다. 그렇다고 믿었다. 하지만 노인의 시신이 발견된 날, 하필이면 전임 담당자들이 전부 휴가 중이라 현장에까지 나가게 된 날, 그래서 모유리를 보게 된 날, 정보하는 한꺼번에 몰아닥치는 기억들, 마치 무너지듯이 쏟아져 내리는 기억들에 노인처럼 아주 납작하게 깔려버릴 것만 같았다. 모유리에게 설렜던 마음, 모유리에게 고통받았던 마음, 모유리 때문에 죽고 싶었던 마음, 모유리를 죽이고 싶었던 마음이 모두 떠올랐다.

사고 현장에서 정보하는 모유리와 알은체할 기회를 가질 수 없었다. 짧은 애도 문자라도 보내야 한다는 생각이 든 것은 구청으로 돌아오고 나서였다. 현장에 있지 않았다면 모를까. 하고 싶거나 안 하고 싶고를 떠나 해야 할 일일 것 같았다. 카톡에는 아직 모유리와의 대화창이 남아 있었다. 그리고 여전히 남아 있는 메시지들이 있었다. 아니, 오히려 그 반대라고 말해야 하나. 삭제된 메시지입니다. 삭제된 메시지입니다. 삭제된 메시지입니다. 자신은 지우고 모유리는 읽었을 메시지들. 자신도 지우고 모유리도 지웠을 메시지들. 2년 전의 마음이 고스란히 떠올랐다. 대화창을 없애버리고 싶은 충동이 얼굴이 뜨거울 정도로 타올랐으나 할머니가 쓰레기에 깔려 죽은 날, 전 남자친구가 대화창을 없애는 일까지 모유리에게 겪게 할 수는 없었다. 결국 짧은 위로의 말을 쓰고 전송을 눌렀다.

답은 카톡으로 오지 않고 한 시간쯤 후 전화로 왔다. 경찰서에 있느라 곧바로 응답하지 못했다고 먼저 말했는데, 그게 답이 늦은 이유를 설명하는 것인지 아니면 답하지 않아도 좋을 메시지에 응답하는 이유를 말하는 것인지 알 수 없었다.

"아침에 거기에 있었던 거야?"

모유리가 물었다. 정보하는 자신이 현장에 있을 수밖에 없었던 이유를 설명했다. 말을 하다 보니 가고 싶지 않았는데 가게 되었다는 말처럼 들릴 것 같았다. 그래서 다시 말을 덧붙이려는데, 모유리가 먼저 말했다.

"한 번 더 가줄 수 있어? 다시 가봐야 할 것 같은데…… 같이 가줄 수 있어?"

뜻밖의 말이었다. 같이 가자니. 슬프고 외로울 때 같이 있고 싶은 사람, 자신은 모유리에게 아직은 조금쯤 그런 사람인 걸까.

"올 거야?"

모유리가 다시 말했다. 가줄 수 있냐도 아니고 와줄 수 있냐도 아니고 올 거냐고 물었다. 연인의 말투 같았다.

그들은 한동안 사귀는 사이기는 했지만, 연인이 되지는 못했다. 연인이 할 모든 일을 하면서도 연인이 아니라면 하지 않을 한 가지 일을 안 했다. 미래에 대한 꿈. 영원히 함께할 거라는 가당치도 않은 생각. 그러나 가당치 않으면 어떤가, 이렇게 좋은데, 평생 좋겠지, 더 좋겠지 하는 믿음……. 너무 나이가 들어서 만났던 탓일까. 그들은 자신을 속이지도, 서로를 속이지도 못했다. 모유리는 분명히 그랬다.

헤어진 후, 정보하를 더 깊게 슬프게 만들었던 건 그래서였는지도 모른다. 같이한 일들 때문이 아니라 같이하고 싶었던 일들, 그러나 같이하지 못한 일들 때문에. 그러나 그런 마음 역시 이미 지나갔다. 그렇다고 믿었다.

먼저 헤어지자고 한 건 정보하였다. 사소한 다툼 끝에 나온 말이라 모유리가 그 말을 받아들일 줄 몰랐다. 아니, 알고 있었다. 모유리가 자신을 붙잡지 않을 거라는 걸. 그랬음에도 덜컥 그 말을 내뱉었던 건 떼를 쓰는 마음에 지나지 않았다. 애원하는 마음, 간절한 마음이었던 것이다.

나를 붙잡아.

나를 사랑해.

나를 보내지 마, 모유리.

그러나 모유리는 붙잡지 않았다.

2

정보하는 곧바로 출발했고, 얼마 지나지 않아 다시 산1번지 앞에 도착했다. 모유리는 아직 도착 전이었다.

청소 작업은 중단된 상태였다. 대신 폴리스라인이 둘러져 있었고, 경찰이 있었고, 과수팀도 보였다. 그러나 그들 모두가 일을 하고 있다기보다는 그냥 어쩔 줄 몰라 하고 있는 것처럼 보였다. 이거 참 어처구니가 없네, 하는 듯이. 정보하가 보기에도 그랬다. 도대체 저 많은 쓰레기 사이에서 뭘 찾을 수나 있겠는지. 게다가 집은 누가 보나 무너지기 직전이었다.

정보하를 구경꾼으로 여긴 경찰이 다가오다가 눈인사만 하고 돌아섰다. 아침에도 현장에 있던 경찰이라 정보하가 구청 직원인 것을 알아본 모양이었다. 혹시 모유리가 자신에게 현장에 같이 가자는 부탁을 한 것도 그래서였을까. 구청 직원도 무슨 힘이 된다고 생각해서일까.

잠시 후, 다리를 건너오는 모유리가 보였다. 오래전 기억이 떠올랐다. 정보하가 곡교에서 살 때, 모유리는 한 달에 한 번씩 할머니 집을 방문하고는 했다. 그리고 정보하는 한 달에 한 번씩 모유리를 기다렸다. 다리가 바라보이는 곳에 숨어 서서. 이번엔 그 아이가 얼마나 빨리 다리를 건너올까 궁금해하면서.

아이는 다리를 건널 때마다 중간에 멈춰 섰다. 그러고는 다리 아래를 하염없이 내려다보았다. 난간을 두 손으로 움켜쥐고는 마치 뛰어내리기라도 하려는 것 같은 자세로.

마치 자살이라도 하려는 듯이.

모유리의 나이가 정보하보다 한 살 어리니 그때 고작 열세 살이었다. 겨우 열세 살짜리 아이가 꿈꾸는 자살이란 어떤 것일까. 열네 살인 정보하는 상상도 할 수 없었다.

기다려도 기다려도 여자아이는 다리를 건너오지 않았다. 때로는 땡볕에 익고 때로는 추위에 얼어가며 시간을 보내는 건 다리 중간에 선 여자아이만이 아니었다. 그 아이를 숨어서 바라보고 있는 정보하도 마찬가지였다. 정보하는 그때 자신의 마음이 무엇인지 몰랐다. 그때 자신에게 사춘기가 시작되었다는 것도 알지 못했다.

"먼저 와 있었네?"

모유리의 첫마디였다. 마치 어제도 만났던 사이처

럼. 지난 2년 서로 연락조차 하지 않았던 사이라는 것쯤
은 아무 문제도 아니라는 듯이.

오는 동안 모유리는 땀을 많이 흘린 모양이었다.
얼굴이 얼룩덜룩했는데, 화장이 뭉개져서인지 울어서
인지 알 수 없었다. 아마 둘 다일 것이다.

모유리가 그런 모습인 걸 정보하는 본 적이 없었
다. 모유리는 언제나 지나치게 깔끔을 떨었다. 때로는
결벽증이나 히스테리처럼 보일 때도 있었다. 정보하는
모유리의 집에서 자신이 마신 물컵 하나 씻을 수가 없
었다. 청소를 돕지도 못했다. 설거지가 쌓이든 집 안에
서 먼지가 뒹굴뒹굴 굴러다니든 그걸 치우는 건 모유리
자신이어야 했다. 씻고 빨고 치울 때는 병적으로 했다.
얼룩이 아니라, 먼지가 아니라, 아예 그릇과 옷과 바닥
을 없애버릴 기세로 문지르고 닦았다.

그러나 드문 경우였다. 모유리는 대체로 인내심이
많았고, 늘 어느 정도쯤은 자포자기한 것 같은 태도를
취했다. 무엇에 대해서든, 무슨 일이 벌어지든 남보다
빨리 포기하는 것 같은 태도였고, 정보하는 그런 모유
리가 늘 불안했었다. 어떤 결정적인 순간이 오면 모유
리가 자신 또한 포기해버릴 것 같았기 때문이다. 그 불
안 때문에 결국 그들의 관계를 먼저 포기해버렸다. 돌
이켜보면 아이러니한 일이 아닐 수 없었다.

고통이 오래갔다. 실연이라고도, 실연이 아니라고도 말할 수 없는 그 이별을 어떻게 받아들여야 할지 알 수가 없어서. 그 추억을 어떻게 남겨둬야 할지 알 수가 없어서. 헤어진 연인을 잊으려면 시간이 얼마나 필요한지 검색까지 해봤었다. 평균 4개월에서 6개월이라고 그랬다. 정보하는 4개월이 되기 전에 고통을 잊었다. 모유리를 잊지는 못했지만 고통과 슬픔은 잊었다. 사랑이란…… 아니, 사람이란 고작 그런 것이었다. 그렇게 빨리 잊을 수 있었다.

"양산 없니?"

정보하가 물었다. 예전이었다면 그렇게 묻기 전에 땀을 먼저 닦아줬을 것이다.

"저기 있네."

모유리가 턱끝으로 가리키는 곳을 바라보니 과연 버려진 우산 같은 게 보였다. 청소업체에서 옮기다가 떨군 것인지, 경찰의 것인지는 몰랐지만 정보하는 일단 그 우산을 가져왔다. 의외로 멀쩡했다. 아마도 노인의 쓰레기에서 나온 게 아닐 거라고 정보하는 생각했다. 그러나 그걸 어떻게 알겠는가. 곡교 노인이 쓰레기만 모았는지 멀쩡한 것도 모았는지는 그 누구도 모를 일이었다. 오죽하면 산 사람까지 발견되지 않았나.

"전부 다 버리겠지……."

정보하가 우산을 펼치는 사이 모유리가 혼잣말처럼 말했다. 경찰이 언제까지 현장을 보존할지 모르지만 곧 모든 것이 폐기 처리 될 거라는 건 분명했다. 그런데 그러면 집은 어떻게 될까. 모든 걸 다 버린 후에는 집도 버릴까. 집은 버리려면 어떻게 해야 하는 걸까.

"전부 다 버릴 거면서 뭘 자꾸 찾네."

모유리가 또 혼잣말처럼 말했다. 모유리의 목소리가 불안한 것을 그제야 알았다. 부서지기 직전의 유리 같은, 금이 가 산산조각으로 부서질 것 같은 목소리였다. 모유리가 그런 목소리를 내는 것을 전에는 들어본 적이 없었다. 그들이 아직 좋은 사이였을 때, 정보하는 말하곤 했었다.

너는 이름은 유리인데 왜 멘탈은 유리가 아니야?

모유리의 이름은 엄마 강유이의 유 자를 따고 아빠 모기리의 리 자를 따서 지은 이름이라고 했다. 이름만 보면 누구보다 사랑받으며 태어난 아이라 여겨질 만했지만, 그게 아니라는 건 누구보다 모유리가 잘 알았다.

아마 귀찮아서 그렇게 지었나 봐. 얼마나 귀찮았으면 그렇게 지었을까.

그런 말을 하면서, 그래봤자 어쩌겠어 하듯이 또 자포자기한 것 같은 표정을 짓던 모유리의 얼굴이 기억났다.

"신원은 확인됐대?"

'살아 있는 사람' 혹은 '그것'이라는 말이 쉽게 나오지 않아 정보하는 주어를 뺀 채 물었다. 모유리는 대답하지 않았다. 대신 다른 말을 했다.

"모기리일까, 모근우일까."

정보하는 놀라 모유리를 바라보지 않을 수 없었다. 모유리는 지금 산1번지에서 발견된 '그것'이 자신의 아버지이거나 할아버지일 거라고 말하고 있는 거였다.

정보하가 놀란 것은 모유리의 말이 너무 뜻밖이어서가 아니었다. 그건 산1번지의 내력을 아는 사람이라면 누구나 의심할 만한 것이었다. 그러므로 정보하가 놀란 것은 오히려 그 반대의 이유에서였다. 모유리라면 끝끝내 그 의혹에 대해 부인할 거라고 생각했던 것이다. 누가 어떤 의심을 하더라도 기어코 아니라고 말할 거라고 말이다.

모유리의 아버지 모기리 그리고 할아버지 모근우는 동시에 사망했다. 공식적으로는 분명히 그랬다. 모유리가 태어나던 해에. 그때부터 그날 아침까지는, 분명히.

모유리의 아버지 모기리 그리고 할아버지 모근우. 그들은 동시에 실종됐고, 동시에 사망했다.

긴 이야기다. 사망한 그들이 어떻게 돌아올 수 있었을까. 돌아오기나 한 것일까. 아니, 죽은 적이 있기나 한 것일까.

정보하는 다시 곡교로 이사 오던 날을 떠올렸다. 정보하에게 이 긴 이야기의 시작은 그때부터이다. 모유리를 만난 것, 모유리를 사랑한 것, 모유리에게 상처받은 것……. 모유리와의 모든 이야기의 시작일 뿐만 아니라 그 자신의 이야기의 시작이기도 하다.

"저 집이 바로 그 집이야?"

아버지의 그랜저가 다리 앞에서 좌회전할 때 어머니가 창밖을 바라보며 말했었다. 아버지는 아무 대답도 하지 않았다.

그해 8월에 아이엠에프가 종료되었다. 그러나 아버지 회사는 그해에 망했다. 아이엠에프 때도 살아남았다고 자랑처럼 혹은 자조하듯이 말하던 아버지 회사는 실은 아이엠에프 때부터 계속해서 죽어가고 있었던 것이다. 열네 살 정보하는 그즈음 아버지의 그 어떤 상황도 이해하지 못했지만 한 가지는 분명히 알 수 있었다. 완전히 망했다는 것. 망해가는 것과 완전히 망한 것은 달라도 너무 다르다는 것.

정보하는 오랜 후에야 저간의 사정을 알게 될 것이다. 1990년대 말부터 2000년대 초반까지 한국 경제에 대해. 모든 것은 아니더라도 많은 부분을 알게 될 것이다. 아버지의 사업이 그렇게 되기까지의 상황들. 그건 그 시기 한국 사회에 대한 백과사전과 같았다. 아이엠에프, 전환사채, 그냥 사채, 주가 폭락, 부도. 그리고 아버지의 자살까지.

이사를 하던 날, 어머니가 어깨를 기울여가며 바라봤던 '저 집'은 사채업자의 집이었다. 아버지도 사업을 시작할 때 돈을 빌린 적이 있었다. 그 후 사채업을 접었다는 말이 들렸고, 망했다는 말도 들렸지만 사채업자가 사채업을 접는 것은 좀체 없는 일이었고, 망하는 것도 좀처럼 없는 일이라 어머니는 지푸라기라도 잡는 심정으로 '그 집'을 바라봤던 것이다.

어머니는 며칠이 지나지 않아 그 집을 찾아갔다. 제일 좋은 옷을 입고. 구두를 신고, 핸드백을 들고서. 그리고 정말로 망한다는 게 무엇인지를 보았다.

망하면 이렇게도 망하는구나.

망한다는 건 이런 거구나.

망한다는 건 이렇게 철저한 거구나.

그날 어머니가 본 건 절망이었다.

혹시 그날 어머니가 '그 집' 산1번지를 찾아가지 않았다면 혹시 아버지는 조금 더 버텼을까. 어머니는 그날 보지 말아야 할 것을 봐버렸다. '그렇게' 망하는 것이 너무 무서워진 나머지 어머니는 히스테리에 빠졌다. 벼랑 끝에 서 있는 아버지에게 무엇이든 좋으니 무엇이든 해보라고 몰아붙였다. 그 '무엇이든'에 자살이 들어있을 리는 없었을 텐데, 아버지는 하필이면 그 길을 택했다.

정보하의 집이 망한 것도 그렇지만 산1번지가 망한 것도 역사적이다. 하기야 세상의 어떤 일이 역사적이지 않은 것이 있겠나. 다만 좀 더 거슬러 올라갈 뿐이다. 산1번지에 모씨 집안이 들어온 건 일본이 패망한 후로 알려져 있다. 모유리의 증조할아버지 때였다. 채무자였던 군정 인사에게 빚을 변제해주고 적산이었던 그 집을 불하받았다.

모씨 집안의 전성기는 모유리의 증조할아버지 때였다. 그러나 일찍 세상을 떴다. 그 후 모기리의 할아버지인 모칠성이 사업을 물려받았으나 부친 때만큼 큰 거래를 트지는 못했다. 대신 크고 작은 걸 가리지 않고 독하게 돈을 굴렸다. 모씨 집안은 남자들이 단명하는 집안이었다. 그리고 모칠성 역시 오래 살지 못했다. 모칠성이 병으로 죽은 후, 집안에 남은 어른은 여자들뿐이었다. 노인의 시어머니, 시할머니, 후취로 들어온 탓에 시할머니보다 더 젊었던 시증조할머니까지. 남자들은 일찍 죽어도 여인들은 장수하는 집안이었지만 세월을 이기는 사람은 없어서 늙은 여자들 역시 차례차례 세상을 떴다.

노인은 남편 그리고 어린 아들과 남겨졌다. 실은 떠맡았다고 하는 게 더 옳을 것이다. 남편은 일을 할 줄 모르는 사람이었고, 배워본 적도 없는 사람이었다. 그들을 떠맡은 노인은 남들이 버린 걸 주워 와 그걸로 쓰고 먹는 것 이외에 할 줄 아는 게 없었다. 몰락의 시작이었다. 그리고 그 정점은 남편과 아들의 실종이었다.

남편과 아들은 동시에 사라졌다. 아니, 차례차례 사라졌다. 모기리가 먼저 집을 나갔고, 가출한 아들을 찾아오겠다고 나간 모근우 역시 돌아오지 않았다. 모유리가 태어나던 해였다. 모유리가 태어난 후가 아니라 모유리가 태어나기 전.

모기리는 어려서부터 문제아였다. 툭하면 가출을 했다. 그래봤자 동네 빈집에서 며칠씩 뒹굴다가 배고파지고 추워지면 기어 들어오곤 하는 정도였는데, 모유리가 태어나던 해에는 달랐다. 아직 시작도 제대로 못 해본 인생이 쫑 났다고 여기는 것 같았다. 어떻게 좀 해달라고 엄마한테 아무리 졸라도, '마마, 우우우우' 아무리 애원을 해도, 엄마가 들은 척을 안 했기 때문에 더 그랬다. 들은 척을 안 한 게 아니라 들어줄 수가 없는 일이었지만 모기리에게는 그 둘이 다를 게 하나도 없었다.

동네에 소문이 퍼졌다. 모기리가 그 집에 묻힌 금괴까지는 아니더라도 뭉칫돈을 찾아냈다고 했고, 그 돈을 훔쳐 달아났다고 했고, 그 아버지가 아들도 아들이지만 그 돈을 찾으러 나갔다는 소문이었다. 그런데 어쩌다 돌아오지 않는지 또 이런저런 소문이 돌았지만, 그때부터는 말을 옮기는 사람조차 믿기 힘든 것들이었다. 모기리가 조폭이 되었다던가, 멸치잡이 배를 탔다던가, 모기리의 아버지는 염전 노예가 됐다던가 하는 그런 얘기들.

소문이 아닌 것도 있었다. 5년 후, 노인은 남편과 아들의 실종선고를 신청했고 법원에 의해 확정됐다. 노인은 남편 모근우의 사망보험금을 수령했다.

노인에게 그때 가장 필요한 것이 돈이었다. 모유리를 키워야 했기 때문이다. 모유리를 키우려면 강유이도 키워야 했기 때문이다. 그해, 그때까지 강유이와 모유리를 키우던 강유이의 아버지가 사망했기 때문이다.

5장

1

그날 아침 모유리는 카페에서 경찰의 전화를 받았다. 일찍 문을 여는 카페였다. 7시에 도착해 오픈 준비를 했고, 문이 열리자마자 첫 손님을 받았다. 출근하듯이 매일 와서 두세 시간씩 뭔가를 읽거나 쓰는 사람이었다. 모유리가 일하는 카페 근방에는 스튜디오와 공방이 많았다. 그런 곳에서 일하는 사람들이 카페에 오면 모유리는 자신도 모르는 사이에 눈길이 갔고, 그들이 나누는 대화에 귀를 기울이게 되곤 했다. 뭔가를 만드는 사람들, 뭔가 아름답고 좋은 것들을 공부하고 만드는 사람들이니까.

매일 아침 카페에 오는 손님의 테이블에는 늘 책이 놓여 있었다. 색깔들에 관한 책이었다. 한번은 슬쩍 말을 걸어보았었다. 그 책 속에 들어 있을 온갖 색깔을 보고 싶었기 때문이다. 혹시 성가셔할까 봐 걱정했는데, 그러기는커녕 손님은 모유리의 말에 귀를 기울이지도 않았다. 네, 네 대답한 것이 고작이었는데 방해하지 말고 꺼져달라는 소리로 들렸다.

하루는 책 대신 스크랩북이 있었다. 그날은 손님이 화장실에 간 사이 몰래 그 스크랩북을 들춰 봤다. 그 안에 있는 것은 쓰레기를 찍은 사진들이었다. 마른 잎들, 너무 바짝 말라서 더는 꽃이나 풀이라고 이름 붙일 수도 없는 식물의 잔해. 먹을 수 없는 채소를 찍은 사진. 양파 껍질, 미역 줄기, 파 뿌리…… 그런 것들. 사진이 그런 것들이기만 하다면 인상을 찌푸리고 말았을 텐데, 그 사진 옆에 그런 것들로부터 뽑아낸 색을 담은 표본들이 있었다.

펄프에 염색된 색들. 한때는 채소나 식물이었겠으나 이제는 쓰레기에 불과한 것들로부터 채취된 색들은 놀랍게 은은하고, 놀랍게 아름다웠다. 모유리는 그 천 조각들을 만져보았다. 색이 묻어 나와 자신의 온몸이 그 은은한 연보라와 잿빛 색깔에 물들 것 같았다.

그러느라 손님이 화장실에서 돌아온 것도 몰랐다.

"이 집 커피 찌꺼기에서 뽑은 것도 있어요."

쌀쌀맞은 손님이라 화낼 줄 알았는데 손님은 오히려 웃으면서 말했다. 그러고는 스크랩북의 한 페이지를 펼쳐 보였다.

"그런데 이런 색을 뽑아내려면 약품을 써야 해요. 그중에는 코스틱소다라는 것도 있는데…… 우리가 보통 양잿물이라고 말하는 거. 먹으면 죽는 거."

그리고 또 말했다.

"예뻐지는 건 무서운 일이에요. 그렇게 독한 걸 써야 예뻐진단 말이죠."

모유리는 당황했다. 이 사람이 지금 자기 물건을 맘대로 만졌다고 혹시 이렇게 돌려 말하는 식으로 컴플레인하는 건가 싶었다. 말뿐만이 아니었다. 태도도 그랬다. 모유리를 잠시 뚫어져라 쳐다보았는데, 예쁜지 안 예쁜지를 살펴보는 듯했다. 그러니까 독한지, 안 독한지를.

상관없었다. 기분이 나쁘지도 않았다. 모유리는 카페의 아침을 사랑했다. 은은히 퍼지다 가득 넘치는 커피 향, 세상 전부를 담아낼 것처럼 넓은 창, 그 창밖으로 균일하게 거리를 띄우고 서 있는 나무들. 무엇보다 한 군데도 어긋남 없이 단정하게 자리 잡고 있는 카페의 내부가 좋았다. 카페에 있으면 자신도 그렇게 어긋

남 없는 사람이 된 것처럼 여겨졌다. 그럴 수 있다면, 그런 하루하루를 보낼 수 있다면, 그런 것들의 내부에 어떤 독한 것이 숨어 있더라도 참아줄 수 있었다. 사장이 못돼 처먹은 인간인 것도, 월급이 형편없는 것도 다 참아줄 수 있었다.

모유리는 자주 창밖을 내다보곤 했다. 가끔 사람과 개가 지나가고 바람이 지나가고 빛이 머물렀다가 지나갔다. 이만하면 괜찮다고 생각했다. 할머니 최무자가 일찍 죽지 않을 거라는 걸 받아들인 후부터였다.

모유리는 툭하면 할머니는 언제 죽을까 생각하곤 했었다. 할머니를 미워해서는 아니었다. 때때로 미워하긴 했지만 죽어 없어졌으면 좋겠다고 생각할 만큼은 아니었다. 그러므로 자신도 모르는 사이에 할머니는 언제 죽을까 생각한 것은, 그것도 곰곰이 생각한 것은 죽기를 바라는 마음과는 상관없었다. 그저 산1번지 집이 너무 거대한 유산이어서였다. 아무리 착한 손녀라고 해도 그런 유산 앞에서는 때때로 흔들리지 않을 수 없는 법이다. 그런 유산이 쓰레기를 저장하는 용도로만 쓰인다면 더욱 그러지 않을 수 없는 일이다.

그러나 할머니는 아무리 늙어도 죽을 것 같지 않았다. 영원히 안 죽을 것 같았다. 병도 걸리지 않을 것 같았다. 백 살, 백스무 살까지도 살 것 같았다. 그래서 포기했는데, 그런데 깔려 죽었다.

　모유리는 전화기를 붙든 채 한동안 꼼짝도 하지 못했다. 주저앉거나 비틀거리지도 못했다. 깔려 죽었다는 말에 놀라서는 아니었다. 할머니가 언젠가 죽는다면 그런 식으로 죽게 될 거라고 생각했으니까. 다만 이게 기쁜 소식인지 슬픈 소식인지 알 수가 없었고, 그런 생각을 하는 자신이 또 놀라워서였다.

　할머니가 여전히 구조되지 않은 상태란 것도 전화로 들었다. 경찰은 할머니가 죽었다고 먼저 말하고 나서 그런데 아직 구조하지 못한 상태라고 했다. 모유리는 그 말 사이에 갇혔다. 그러니까 할머니는 죽었다는 소린가, 아직 살아 있다는 소린가, 아니면 아직 덜 죽었다는 소린가…….

　할머니 집까지는 택시로 30분 거리가 되지 않았다. 그러나 경찰에게 전화받고, 양해를 구해 손님을 보내고, 문을 닫고, 차를 타고 오는 동안 시간이 많이 흘렀다. 느낌만으로는 한평생이 지난 것 같은데, 할머니는 그때까지도 쓰레기 더미에 깔려 있었다. 2층에 쌓인 쓰레기를 먼저 치운 후에야 시신을 '안전하게' 꺼낼 수 있다고 현장에 있던 경찰이 다시 한번 알려주었다. 전화 통화를 할 때도 마찬가지였지만, 경찰이 먼저 말해주지 않았다면 모유리가 같은 말을 경찰에게 해줬을 것이다.

집은 오래전부터 무너지고 있었다. 금이 가고 주저
앉았다. 모유리의 악몽 속에서 자주 집이 무너졌다. 깔
려 죽는 건 할머니가 아니라 항상 모유리 자신이었다.

현장에 도착했으나, 쓰레기 더미에 깔려 죽은 할머
니가 바로 눈앞에 있었으나 모유리는 구경꾼처럼 서 있
는 것 말고는 할 수 있는 게 없었다. 우리 할머니 좀 구
해달라고 악을 쓰지도 않았고, 흑흑 흐느껴 울지도 않
았다. 뭘 해야 할지 알 수 없었을뿐더러 어떤 감정을 느
껴야 할지도 알 수 없었다. 반죽처럼 치대어진 감정이
든, 물처럼 넘쳐흐르는 감정이든 그게 뭔지 분간할 수
있는 것이 없었다. 그때 악쓰는 소리가 들렸다.

"길 났어요!"

누군가 그렇게 외치는 소리를 들었을 때, 모유리는
두 손을 들어 눈을 가렸다. 뭘 해야 할까 생각하기도 전
에 나온 행동이었다. 할머니의 시체가 나오는 걸 보고
싶지 않았다. 누군가 옆에 있어서 자기 눈을 대신 가려
주면 좋을 것 같았다.

그런데 곧이어 '살아 있어요!'라는 말이 들렸다. 모
유리는 눈을 가렸던 손으로 이번에는 입을 틀어막았다.
할머니가 여전히 살아 있다는 말이라고 생각했기 때문
이다.

들것이 들어갔다. 들것은 현관에 깔려 있는 할머니

를 지나갔다. 마치 밟고 가는 것처럼 급히 지나갔다. 그리고 그것은 다시 그리로 나오지 않고 사다리를 통해 2층에서 내려졌다. 언제부터 정신이 완전히 나가버렸는지 그 후부터는 기억조차 할 수가 없었다. 들것이 할머니를 '밟고' 지나갈 때부터였는지, 할머니가 여전히 현관에 깔려 있는데도 들것에 뭔가가 실려 나오는 것을 봤을 때부터였는지. 정신이 완전히 나가버린 것 같은 상태에서도 모유리는 집 바깥으로 나온 들것을 향해 주춤주춤 걸어가지 않을 수 없었다. 마치 자석에 이끌리듯 그렇게 되었다. 사람들이 길을 비켜주었다. '아이고, 손녀가 왔네.' 이제야 모유리를 발견하고 그렇게 말하는 사람도 있었고, '유리네, 유리야' 하며 이름을 정확히 말하는 사람도 있었다.

처음에는 모유리를 막던 경찰들도 나중에는 길을 비켜주었다. 들것에 가까이 이른 순간, 모유리는 비틀했다. 아니, 비틀 정도가 아니라 휘청했다. 혹은 몸의 어디 한 가운데가 딱 소리를 내며 부러진 것 같기도 했다. 머리를 누가 몽둥이로 내리치는 것 같았다. 한 번이 아니라 두 번, 두 번이 아니라 세 번. 아니, 연달아 계속.

그다음부터는 모든 기억들이 순간순간 분절적으로 나눠 채워졌다. 경찰이 물었고, 모유리가 대답했고, 모유리가 물었고, 경찰은 모유리에게 또 물었다. 경찰이 물을 때마다 꼬박꼬박 대답하기는 했지만 경찰의 말을 제대로 들은 건 아니었고, 자신이 무슨 대답을 하고 있는지도 몰랐다.

경찰인지 형사인지 하는 사람이 모유리를 경찰차에 태웠다. 그리고 또 묻기 시작했다. 여전히 아무 질문도 제대로 들리지 않았다. 경찰은 계속 같은 질문만 반복하는 것처럼 여겨졌다.

누군지 알아요?

몰라요.

누군지 아냐고요!

몰라요.

어떻게 몰라요?

몰라요.

경찰은 할머니에 대해서도 물었다. 할머니와의 사이가 어땠냐고 물었는데, 그 질문도 제대로 들리지 않았다. 자신이 어떤 대답을 해야 하는지도 알 수 없었다. 할머니와의 사이가 좋았다고는 결코 말할 수가 없었다. 그러나 할머니와 연을 끊고 살았던 건 아니었고, 심지어는 할머니와 같이 살았던 적도 있었다. 그러나 경찰이 물은 건 자신과 할머니의 사이가 얼마나 돈독했는지에 대해서는 아닌 것 같았다.

"할머니를 마지막으로 본 게 언제예요?"

간단한 질문이었다. 쉽게 대답할 수 있었다. 기억나지 않아요. 혹은 몇 월 며칠이에요. 그러나 모유리는 입을 열 수 없었다. 가슴속에서 뭔가가 쑥쑥 치밀어 오르는 것 같더니, 갑자기 덩어리 같은 것이 쏟아져 나왔다. 구토였다.

경찰이 기겁을 했다.

2

모유리는 한 달에 한 번, 어떤 때는 한 달에 두 번도 할머니 최무자를 만났다. 보고 싶고 그리워서였다고 말할 수는 없다. 혼자 사는 할머니가 걱정돼서도 아니었다. 그건 일종의 습관 같은 것이었다. 몸속에 들어 있는 시계, 때가 되면 정확히 울리는 알람, 눌러 꺼주지 않으면 절대로 멈추지 않는 벨 소리.

어려서부터 모유리는 한 달에 한 번씩 정확한 날짜, 정확한 시간에 맞춰 할머니를 찾아갔다. 아니, 보내졌다. 돈을 받아 와야 했기 때문이다.

모유리를 키운 건 엄마 강유이가 아니었다. 외할아버지가 죽은 후 엄마와 둘이 살았던 삶은, 그건 살았다고도 말할 수 없는 종류의 것이었다. 엄마가 해주는 제대로 된 밥을 먹어본 기억도 없다. 밥이라고 부르면 안 될 것 같은 밥만 먹었다. 배달시켜 먹고, 남은 것을 먹고, 편의점에서 사다 먹고, 밥솥에서 말라비틀어진 밥과 냉장고 안에서 말라비틀어진 반찬으로 혼자 밥을 차려 먹었다. 외할아버지가 죽은 후부터 그렇게나마 살 수 있었던 건 오직 할머니의 돈 덕분이었다. 쓰레기를 주워 들이기만 하고 내다 파는 것은 없는, 그러나 한때 곡교 최고 부잣집 며느리였다는 할머니에게는 어쨌든 돈이 있었고, 그 돈이 정기적으로 모유리의 손을 거쳐 강유이에게로 들어갔다. 한 달에 한 번 반드시.

강유이는 일을 안 했다. 일을 안 해도 꼬박꼬박 월급이 들어왔으니까. 딸 모유리는 강유이의 직장, 강유이의 월급이었다. 무책임하고 무지한 엄마였지만, 그런 강유이를 탓할 수는 없는 일이었다. 모유리만큼이나 강유이 역시 여전히 커야 할 나이였다. 크려면 먹어야 했고, 잘 크려면 더 잘 먹어야 했다. 강유이는 모유리의 돈을, 아니 모유리를 먹으며 컸다.

모유리의 생애 최초 기억은 곡교로 가는 버스 안이다. 몇 살이나 되었을 때일까. 어린 모유리는 버스 안에서 토하고 있고, 강유이는 진저리를 치며 악쓰고 있다. 어린아이가 어린 여자아이에게 엄마, 엄마 하며 달라붙자 버스 승객들이 놀란다. 그러다가 어린 엄마를 야단

치기 시작한다. 토사물로 뒤범벅된 어린 모유리의 얼굴을 닦아주고 옷을 털어주는 사람은 강유이가 아니라 버스 승객들이다.

냄새…… 쉰 냄새…… 버스를 타기 직전에 먹었던 딸기우유 냄새……. 그러나 더는 달콤하지 않던 그 냄새가 모유리의 첫 번째 기억이다.

그리고…… 다리……. 다리에 대한 기억이 있다. 그건 또 몇 살 때의 기억일까.

버스에서 내려 얼마쯤 걸으면 다리가 나왔다. 그다리를 건너면 할머니 집이었다. 엄마 강유이는 다리를 건너기 전이면 꼭 한 번씩 멈춰 서서 산1번지를 멀리 바라보곤 했다. 아주 이상한 얼굴이 되어서는 그랬다. 그 얼굴이 허기로 가득 찬 표정이었다는 건 나중에 알게 되었다. 그건 산1번지, 비록 쓰레기로 가득 차기는 했지만, 자신이 아는 집 중에 가장 큰 집인 그 집에 관한 허기였다.

모유리가 빨리 컸으면 좋겠다. 모유리의 할머니가 빨리 죽었으면 좋겠다. 그리고 이상하게 이어지는 삼단논법. 모유리가 빨리 크고 모유리의 할머니가 빨리 죽어 저 큰 집을 내가 가졌으면 좋겠다.

모유리는 최무자의 유일한 혈육이었다. 호적에는 오르지 못했다. 미혼부의 딸인 데다 그 미혼부가 실종

상태였기 때문이다. 강유이는 상관없다고 생각했다. 누가 봐도 모유리가 최무자의 손녀인 건 확실했으니까. 누구보다 최무자가 그걸 인정하고 있었으니까. 최무자가 죽고 모유리가 산1번지의 주인이 되는 일이 한두 해 안에 일어날 것 같지는 않았지만, 그것도 상관없다고 생각했다. 아니, 괜찮다고 생각했다. 자신은 얼마나 젊은지 말이다.

강유이는 주기적으로 산1번지의 집값을 알아봤다. 보험을 들어놓고 부모를 살해한 패륜 범죄 뉴스를 볼 때는 진지하게 최무자의 생명보험을 들 생각도 했다. 보험설계사를 찾아가 알아보기까지 했다. 보험금을 받으려면 최무자가 먼저 죽어야 하고, 안 죽으면 죽여야 한다는 데 생각이 미친 후에는 포기했다. 보험료를 자기가 내야 할 거라는 데 생각이 미쳤으면 더 빨리 포기했을 것이다.

돈에는 늘 갈급했지만 그 돈을 위해 뭔가 노력하고, 심지어 애쓰고 싶은 생각은 조금도 없는 강유이였다. 최무자가 죽기를 기다리는 것만으로도 충분히 애쓰는 중이라고 생각했다.

다행히 모유리가 있었다. 딸, 모유리. 친척도 없고, 할아버지도 아버지도 없는 모유리. 곡교 일대의 재개발 소문이 퍼지고 땅값이 들썩이면 강유이의 얼굴에 허기가 독버섯처럼 퍼졌다. 꽃처럼 피어나다가 무참히 시들었다.

산1번지 저 큰 집을 당장 먹어치우고 싶은데, 남김없이 짯짯거리며 먹고 싶은데, 왜 저 늙은이는 죽지도 않는 걸까, 그렇게 생각하는 얼굴. 자신이 그러하듯 최무자 역시 젊은 나이라는 사실은 강유이에게 전혀 고려 사항이 아니었다. 사람은 50에도 죽고, 40에도 죽는다. 죽을 운명이면 아무 때나 죽는다.

그런데 왜 안 죽는 걸까.

3

한 달에 한 번씩 돈을 받아 와야 했지만, 최무자를 만나는 것만큼 강유이에게 싫은 일은 없었다. 그래서 모유리가 걷기 시작하자마자 모유리를 혼자 보내기 시작했다. 처음에는 집 앞에까지 데려다 놓고 돌아섰다가 다시 데리러 왔고, 나중에는 다리 앞에까지만 데려다줬고, 나중에는 버스 정류장까지 그리고 더 나중에는 집에서부터 혼자 보냈다. 기다리기는 줄창 기다렸다. 아주 안달이 나서 기다렸다. 모유리가 돌아오면 모유리의 가방, 그 가방 속의 지갑, 호주머니까지 탈탈 털었다.

싫어하는 일도 전염이라 모유리도 곡교에 가는 것이 싫었다. 그냥 싫은 게 아니라 죽도록 싫었다. 곡교 집에는 벌레가 너무 많았고, 할머니한테서는 냄새가 났다. 안겨서 갈 때는 엄마 얼굴을 꼬집고 할퀴었고, 걸어서 갈 수 있게 됐을 때는 울고불고 자빠지고 악을 썼다. 물론 소용없는 일이었다. 모유리는 질질 끌려갔다. 그래도 다리 앞에 이르면 다시 한번 자빠져 버텼다. 다리 난간을 붙잡고 안 가겠다고 기를 썼다.

그때는 다리 초입에 구멍가게가 하나 있었다. 한 달마다 벌어지는 그 난리법석을 가게 주인이 혀를 쯧쯧 차며 내다보다가 울며 버티느라 진이 다 빠진 모유리에게 아이스크림이나 사탕 같은 것을 주고는 했다.

모유리가 아이스크림을 먹는 동안 강유이는 있는 힘을 다해 모유리를 달랬다. 그야말로 필사적으로 달랬다. 모유리의 손등과 허벅지가 아이스크림으로 끈적하게 젖어가는 동안, 자기 손톱을 잘근잘근 씹어가며 모유리의 기분이 풀리기만을 기다렸다. 집에서는 머리끄덩이를 붙잡고 끌고 나왔더라도, 버스 안에서는 우는 모유리의 머리통을 수없이 쥐어박고 허벅지를 수없이 꼬집었더라도 곡교에 와서까지 그럴 수는 없었다. 귀신 같은 곡교 할망구가 어디선가 보고 있을지도 모를 일이니.

그래서 손톱을 씹고, 거스러미를 뜯어가며 모유리가 아이스크림을 다 먹기를 기다렸다. 그 와중에도 강유이는 명랑했다. 아니, 뻔뻔했다. 가게 주인과 온갖 수다를 떨었다. 강유이는 늘 그랬다. 미친 듯이 연애에 빠져 미친 듯이 명랑해지고, 당장 죽어버릴 것처럼 펄펄 뛰다가도 느닷없이 깔깔 웃고, 펑펑 울다가도 티브이 예능 프로그램에서 웃기는 장면이 나오면 뒤집어질 것처럼 웃었다. 모유리를 미친 듯이 예뻐하고, 그러다가는 또 온전히 잊어버리고 방치했다.

방치와 학대가 다른 말이라면, 모유리는 강유이에게 학대당하지는 않았다. 강유이는 절대로 그러지 않았다. 모질지 않았고, 잔학한 데도 없었다. 다만 자주 잊었을 뿐이다. 자신이 아이 엄마라는 사실을, 집에 아이가 있다는 사실을. 한 달에 한 번 모유리가 돈을 받아 오는 날이 어김없이 돌아오지 않았다면 강유이는 아마 모유리의 존재를 아예 잊었을 수도 있었을 것이다. 그러나 다행히도 어김없이 그날은 돌아왔다.

엄마가 등 뒤에서 가게 주인과 수다를 떨던 시간들. 그 기억이 또 모유리에게 남았다. 멀리 바라보이던 할머니 집 외벽 위로 솟아오른 쓰레기 더미와 그 쓰레기를 뚫고 솟아오른 봄의 꽃나무 가지, 여름의 알 수 없는 풀잎, 가을의 붉은 잎과 노란 잎을 보았던 기억. 그러는 동안 등 뒤에서 오가던 할머니에 관한 이야기들.

할머니가 한때는 얼마나 정상적인 사람이었는지 같은 이야기는 지나가는 말로도 없었다. 할머니는 젊어서부터 무엇이든 주워 들이는 사람이었다. 그렇게 큰 부잣집 며느리로 살면서도 시장에서 배추 겉잎이나 콩나물 따위를 주워다 끓여 먹었고, 저보다 가난한 사람이 버린 옷을 겹쳐 입으며 겨울을 보냈다. 그 겨울옷을 봄에도 버리지 않았고, 봄에는 또 봄옷을 주워다 입었다. 그 부잣집이 원래 그런 부잣집으로 소문난 집이었다. 그래서 며느리 잘 얻었다는 수군거림이 오갔고, 동시에 자린고비 시부모를 찜 쪄 먹는다는 험담도 오갔다. 드물게 모진 시댁살이에 좀 정신이 나가 저러는 것 같다는 말도 있었지만, 그 시절 시집살이가 모진 건 누구나 마찬가지라 그 말을 귀담아듣는 사람은 없었다. 그런 얘기를 하면서 둘은 똑같이 혀를 쯧쯧 찼다.

그래도 어쩌다 저렇게까지 됐나 몰라.

이건 가게 주인의 말이었고, 강유이는 주로 이렇게 말했다.

그래도 어쩌다 저렇게까지 미쳤나 몰라.

어쩌다 그렇게까지 된 할머니, 어쩌다 그렇게까지 미쳐버린 할머니.

모유리는 그 미친 할머니 집에서 살았던 적도 있었다.

4

중학교 여름방학 때였다. 강유이가 연애에 홀랑 빠져버렸던 그해 여름. 한번 빠지면 매번 홀랑 빠지는 강유이기는 하지만, 그때는 그 정도가 심했다. 남자가 집에 주저앉았는데도 내쫓지 않았다. 오히려 그 남자의 물건을 사들였다. 당연히 모유리가 할머니에게서 받아온 돈으로. 그리고 둘이 같이 모유리가 돈 받아 오는 날이 다시 돌아오기를 기다렸다.

그 남자가 모유리에게 이상한 짓을 했다거나 그런 건 아니었다. 지들끼리는 이상한 짓을 시도 때도 없이 했다. 그게 모유리를 미치게 만들었다. 모유리는 이미 알 만한 것은 다 알 나이였고, 실은 그럴 나이가 아닐 때부터 이미 너무나 많은 것을 알아버리면서 컸다. 강유이가 얼마나 어린 엄마인지는 생각하고 싶지도 않았다. 생각하지 않을 수 없으니 생각하고 싶지 않다는 생각도 드는 것이었겠지만.

엄마는 창피했고, 기막혔고, 웃겼고, 재밌었고, 쪽팔렸다. 한마디로 불안했다. 견딜 수 없게 불안했다. 그래서 얼마나 악착같이 붙어 있어야 했는지. 얼마나 악착같이 엄마, 엄마, 엄마 부르며 달라붙었어야 했는지. 강유이가 질색하며 떼어놔도 또 달라붙고, 엄마라고 부르지 말라고 아무리 윽박질러도 기어코 엄마, 엄마, 엄마 불렀다.

모유리의 소망은 빨리 크는 것뿐이었다. 엄마를 돌봐줄 수 있게 빨리 나이가 들고 싶었다. 허리를 꽉 붙들면 엄마가 도망칠 수 없을 정도로 빨리 힘이 세지고 싶었다.

그런데 남자가 들어와 눌러앉았다.

화가 나서 어쩔 줄을 모르겠는데, 펄펄 끓는 분노와 앙심으로 있는 힘을 다해 엄마를 괴롭히고 싶은데, 그럴 수 있는 힘도, 방법도 없었다. 힘이란 누군가 줄 때생기는 것일 터인데, 모유리에게는 강유이로부터 받은 힘이 너무 없었다. 없어도 너무 없었다.

딱 하나만 빼고는.

할머니의 돈.

모유리는 짐을 쌌다. 자신이 사라지면 할머니에게서 오는 돈도 사라질 텐데, 그 돈이 끊기면 엄마가 얼마나 지랄발광을 할지 알았다. 그걸 상상하는 것만으로 절반 이상은 복수한 것 같은 마음이었다. 그래도 분노와 앙심은 절반으로 줄지 않았다.

그렇더라도 그날 밤 할머니의 집을 찾아가게 된 것은 생각지도 못했던, 매우 이상한 전개가 아닐 수 없었다. 그럴 생각으로 집을 나온 게 아니었다. 꿈도 꾸지 않앉었다. 갈 곳이 할머니 집밖에 없을지도 모른다는 생각이 조금이라도 있었다면 집을 나올 생각도 하지 않았을 것이다. 세상에 할머니 집보다 더 끔찍한 곳이 어디 있겠는가. 그러나 집을 나온 여자아이에게 허락된 안전한 밤은 어디에도 없다는 걸 깨닫기까지는 그 밤이 다 깊을 필요도 없었다.

그 밤, 낯선 거리에서 모유리는 휘파람 소리를 들었다. 들리는 것 같은 게 아니라 정말로 들었다. 강유이가 말해주곤 하던 그 휘파람 소리였다. 세상을 한꺼번에 삼켜버리는 소리, 세상에 그보다 더 무서운 게 있을까 싶은 소리라고 말하며 강유이는 모유리를 유심히 쳐다보곤 했었다. 마치 너도 알지 않느냐고 묻는 것처럼. 그러다가는 그럴 리가 없다는 듯 고개를 저으며 또 말하곤 했다.

그런 소리가 들리면…….

그러면 어떻게 해?

도망가. 너도 도망가.

그래서 모유리는 할머니 집으로 가지 않을 수 없었다. 어쩌면 더 무서운 게 거기에 있을지는 모르지만, 당장은 제일 무서운 게 밤거리였으므로. 그러나 훗날, 모유리는 생각하게 될 것이다. 그날 밤, 자신은 그 휘파람 소리를 피해 할머니 집으로 간 게 아니라 어쩌면 끌려

갔던 것인지도 모른다고.

휘익휘익, 모유리를 불러들이는 소리.

다른 어디에도 가지 못하게 모유리를 그리로 잡아 끌어당기는 소리.

5

모유리는 할머니가 쓰레기밖에 없는 집의 문단속을 얼마나 철저히 하는지 모르지 않았지만, 그게 얼마나 소용없는 짓인지도 잘 알았다. 집 밖까지 쌓인 쓰레기가 발판 구실을 해서 담을 넘는 일이 열린 문으로 들어가는 것이나 마찬가지였다. 그러나 모유리가 몰랐던 것이 있었다. 할머니가 문단속만 철저히 하는 게 아니라 쓰레기 단속도 철저히 한다는 사실이었다.

담장 위로 올라섰을 때, 할머니가 이미 그 아래를 지키고 있었다. 곡괭이 같기도 하고 몽둥이 같기도 한, 할머니의 집에는 없는 게 없으므로 도끼라고 해도 믿을 만한 그런 것을 손에 움켜쥐고 당장이라도 후려칠 듯한 자세로. 누구도 쓰레기 같은 건 훔쳐 가려 하지 않는다는 걸 할머니는 절대로 인정하지 않았다. 그것들이 쓰레기라고 불리는 것도 인정하지 않았다. 모유리가 그것들을 쓰레기라고 부를 때, 할머니의 얼굴은 시시각각 변했다. 기가 막힌다는 표정일 때도 있고, 말도 안 되는 소리를 듣는다는 듯 무시하는 표정일 때도 있었지만, 가끔은 어리둥절해하는 얼굴이기도 했다.

무슨 소리야, 이게 왜? 라고 묻는 얼굴.

그리고 아주 가끔은 슬픈 얼굴이 되기도 했다.

너무나 귀한데, 그 귀한 것을 아무도 알아봐주지 않는, 그리하여 완전한 소외와 고독에 빠져버린 사람의 얼굴. 물론 더 자주는 배부른 얼굴이었다. 세상의 모든 것을 다 가진 자의 얼굴. 딱 하나만, 정말로 딱 하나만 더 있으면 완전해질 거라고 믿는 사람의 얼굴.

할머니가 보물이라고 믿는 그 많은 것들 중에도 혹시 아무 가치 없는 것이 있을까. 할머니조차 그렇게 생각하는 것이 있을까. 모유리는 가끔 궁금해지곤 했었다. 그런 게 있다면 그건 혹시 내가 아닐까, 라고. 자신을 바라볼 때마다 달라지던 할머니의 얼굴 때문이었다. 그건 내다 버리고 싶어 하는 얼굴이었다. 적어도 이것만큼은, 정말로 이것만큼은…… 그렇게 말하는 것 같은 얼굴. 그래서 할머니의 집에 갈 때마다, 할머니를 만날 때마다 쓰레기만도 못하게 되었던 모유리.

그래도 그 밤, 할머니는 모유리를 내치지 않았다. 모유리는 할머니를 쫓아 집 안으로 들어갔다. 집 안은 폐물과 쓰레기들이 마구잡이로 쌓여 있어서 모유리에게도 위험하기 짝이 없는 곳이지만, 그래도 오랜 세월 들락날락하는 동안 할머니만큼은 아니더라도 아주 위험한 곳은 피할 줄 아는 요령이 생겼다. 그래서 미로처럼 난 좁은 길을 때로는 모서리로 걷고, 때로는 어깨를 굽혀가며 할머니를 쫓아 들어갔다.

방이 일곱 개나 있는 집이었다. 세 개, 네 개도 아니라 일곱 개. 1층에 두 개, 2층에 다섯 개. 3층처럼 되어 있는 다락방까지 치면 여덟 개였다. 그러니 쓸모없는 것들로 가득 차지만 않았다면 그중에는 모유리의 침실도 있고, 모유리의 놀이방이나 공부방도 있을 수 있었을 것이다. 어쩌면 피아노방 같은 걸 만들 수도 있었겠지. 달콤한 꿈을 꿀 수 있는 다락방도 있고, 악몽을 꿀 수 있는 지하실도 있을 수 있었겠지. 그러나 할머니가 모유리를 데리고 간 방은 다른 모든 방들과 마찬가지로 그냥 쓰레기방이었다. 1층의 두 방 중 하나. 할머니가 쓰는 방 말고, 또 하나.

한때는 누구의 방이었을까. 얼마나 큰 방이었을까. 원래의 크기가 얼마나 되는지도 알 수 없는 그 방의 벽면은 전부 폐지와 헌 옷으로 쌓여 있어 모유리가 차지할 수 있는 공간이라고는 겨우 침대 한 귀퉁이뿐이었다. 침대에도 너덜너덜한 천 조각들이 쌓여 있고, 비닐 뭉치가 위태롭게 올려져 있었다. 책상처럼 보이는 것이 있었는데 그 위에도 밑에도 곰팡이 슨 책들이, 전단들이, 원래의 용도를 알 수 없는 폐품들이 가득했다. 병뚜껑이 가득 든 마대도 있었다. 다른 곳은 관두더라도 잠을 자려면 침대 위에 쌓인 것들만이라도 바닥으로 쓸어 내려야 했다. 그러고 나서도 발을 내릴 공간이 없어 두 발을 올리고 앉아야 했다. 그렇게 조심했는데도 한쪽 벽에 쌓여 있던 헌 옷 뭉치가 와르르 무너졌다.

그 밤에 모유리는 결국 할머니 방으로 가지 않을 수 없었다. 쓰레기로 장악된 복도는 완전한 어둠에 잠겨 있었다. 복도 끝에서 깜빡깜빡하는 불빛이 보이지 않았다면 할머니 방이 어딘지도 알 수 없었을 것이다.

할머니 집은 뒷산과 붙어 있었다. 그 산은 언덕 너머 동네에 있는 모유리 집 쪽으로도 붙어 있었다. 뒷산에서는 가끔 고라니가 나왔다. 살쾡이인지 산짐승처럼 변해버린 고양이인지 알 수 없는 것들이 나오기도 했다. 모유리는 밤에 빛나는 짐승들의 눈빛을 알고 있었다. 엄마 강유이가 남자를 끌어들이는 밤이면 모유리는 뒷산에서 시간을 보내곤 했다. 그곳에서 그런 눈빛들을 보았고, 차라리 저것들한테 잡아먹히면 좋겠다고 생각했다가 곧 무서워져서 뛰어 내려오곤 했었다.

그 밤 할머니의 방으로 갈 때도 그랬다. 잡아먹힐

지, 도망칠 수 있을지 알 수 없었다. 그래도 멈출 수는 없었다.

할머니 방 역시 쓰레기방이었다. 달리 뭘 기대하겠는가. 할머니는 그 쓰레기 속에 누워 있었다. 마치 굴을 파놓은 것처럼 좁고 움푹한 곳에. 고양이는커녕 시궁쥐나 한 마리 살 수 있을 것 같은 곳에.

할머니가 말없이 이불 한쪽을 열어주었다. 무서운 꿈을 꾼 어린 손녀를 맞아들이듯이. 모유리 역시 말없이 이불 속으로 들어갔다. 그러고는 등을 돌리고 울기 시작했다. 시궁쥐 할머니는 여전히 아무 말도 하지 않았다.

6

이튿날부터 모유리는 자신이 지낼 방을 직접 치우기 시작했다. 아주 그 집에서 눌러앉아 살 기세로 그렇게 했지만, 정말로 그런 마음이었던 것은 아니다. 할머니와 살을 붙이고 잠드는 일을 하룻밤이라도 더 하고 싶지 않아서였을 뿐이다. 방에서는 그야말로 이상할 것도 없게, 별별 이상한 것들이 다 나왔다. 옷과 폐지뿐만 아니라 피처럼 거무죽죽한 얼룩이 묻은 수건 뭉치, 엄청난 양의 비닐 뭉치, 심지어 자루가 부러진 삽까지 나왔다. 그 속에서 퀸의 브로마이드를 발견했다.

다른 건 몰라도 그것만큼은 아빠의 것이라고 확신할 수 있었다. 엄마와 아빠가 연애하던 시절에, 그런 걸 연애라고 말할 수 있는지는 모르겠으나, 아무튼 그때 아빠는 퀸에 미쳐 있었고, 엄마는 그런 아빠를 프레디라고 불렀다고 했다. 퀸을 좋아했던 건 엄마 역시 마찬가지였다. '마마, 우우우우' 흥얼거리기도 했다. 술에 취했을 때는 자기 혼자 '캐리 온, 캐리 온!' 악을 써서 부르기도 했다. 정작 그 가사의 내용을 알지는 못했다.

엄마, 내가 사람을 죽였어. 그 새끼 대가리에 대고 내가 방아쇠를 당겨버렸단 말야. 엄마, 내 인생이 쫑 났어. 이제 막 시작했는데, 그걸 다 말아먹어버렸어.

대충 그런 뜻의 가사라고 모유리가 알려주자 방금까지 기분 좋은 얼굴로 흥얼흥얼 노래를 따라 부르고 있던 강유이의 얼굴색이 변했다. 그리고 내뱉었다.

씨발 새끼!

그 후로는 폭주나 다름없었다. 그 '씨발 새끼'가 자신을 어떻게 죽이려고 들었는지, 총이 있었으면 자기 이마에 대고 총을 쐈을 거라고, 총이 없어서 칼을 들고 설칠 때 그 칼끝이 자기 배에 어떤 느낌으로 닿았는지 너는 모를 거라고, 그런 말들을 쉬지 않고 쏟아냈다. 지랄발광이 따로 없었다. 그러다가 제풀에 지쳤는지 한동안 가만히 입술만 깨물었다. 모유리는 그런 엄마를 본 적이 없었다. 엄마는 늘 명랑하거나 지랄하거나 발광하거나, 그 셋 중 하나였다.

그러나 그날은 달랐다. 정말로 얼마나 가만있는지, 이 엄마가 정말로 미쳤나 싶을 지경이었다. 한동안 그렇게 있던 강유이가 마침내 말했다.

그 동네에서는 다 죽어.

그리고 다시 한마디 더.

그런데 너는 살았지.

그러면서 난데없이 모유리의 이마를 손으로 쓸었다. 이마로 내려와 있던 머리카락이 엄마 손에 달라붙었다. 그 부드럽던 손…… 그건, 그 와중에도 '엄마의 손'이었다. 미운 엄마, 엄마 같지도 않은 엄마, 못돼 처먹은 엄마…… 개 같은 엄마…… 쌍년 같은 엄마…… 그러나 엄마.

7

모유리는 아빠에 관해서는 아무것도 알지 못했다. 모기리의 사진 한 장조차 본 적이 없었다. 할머니 집에는 그 흔한 가족사진 한 장이 없었는데, 일부러 없앤 것은 아닐 터였다. 어딘가에 있기야 하겠으나 쓰레기에 묻혀 찾을 수 없는 것뿐이겠지.

그해 여름에 모유리는 복도에 쌓여 있던 헌책 더미 사이에서 앨범 한 권을 발견했다. 화들짝 반가워 펼쳐보았으나 남의 집 앨범이었다. 젊은 부부가 아들 하나를 안고 찍은, 아마도 무슨 기념일에 찍었을 사진관 사진이 들어 있었다. 군더더기 하나 없이 깔끔한 행복으로 빛나는 가족사진이었으나 그래봤자 누군지도 알지 못하는 남의 집 사진이니 쓰레기에 불과했다. 그럼에도 모유리는 그 앨범 속 아이를 오랫동안 들여다보지 않을 수 없었다. 내 아빠도 한때는 이랬겠지. 엄마, 아빠의 무릎에 앉아 있는 귀여운 내 아빠. 그렇게 자라는 내 아빠. 착한 소년이 되는 내 아빠. 조금은 말썽꾸러기가 되는 내 아빠. 그러다가 못돼 처먹은 놈이 되는 아빠…… 개새끼가 되는 아빠…… 도망쳐버리는 아빠…….

모유리는 엄마 강유이에게서도 모기리에 대해 들은 것이 없었다. 강유이에게 감추고 싶은 것이 있어서가 아니라 감출 것조차 없어서인 것 같았다. 사실 강유이는 모기리에 대해 잘 알지도 못했다. 어쩌다 만나 어쩌다 꿍짝꿍짝하다가 또 붕가붕가하다가 모유리가 생겼는데, 어어 하다 보니 모유리가 세상에 나와 있더라는 것이다. 원, 엄마라는 사람의 말솜씨 하고는……. 그러나 놀랍지도 않았다. 그런 사람이 바로 강유이였고, 그런 사람이 바로 자기 엄마였다.

도대체 얼마나 어리고, 얼마나 한심했으면 낙태도 못 했을까. 강유이의 이야기를 듣고 있다 보면 마치 남의 일처럼 생각되기도 했다. 태어나기 위해 자신이 얼마나 악착같이 강유이의 뱃속에 숨어 있었는지, 붙어 있었는지 알지 못해서 할 수 있었던 생각이었다.

알았다면, 모유리는 그때 생각했을지도 모른다.

도대체 아빠는…… 얼마나 무서우면 도망까지 쳤을까.

자신은 도대체 얼마나 무서운 것이었을까.

6장

1

　모유리는 할머니의 시신을 부검하게 될 거라는 말을 들었다. 형사가 장례 절차를 미뤄야 할 거라는 말을 친절하게 먼저 한 후에 그런 통보를 했는지, 아니면 둘 다 통보처럼 말했었는지는 기억나지 않는다. 한 가지는 알 수 있었다. 자신에게 아무 결정권이 없다는 것.

　할머니가 깔려 죽어서일까. 그렇게 죽은 사람들은 다 부검하는 것일까. 모유리는 알지 못했다. 형사가 말해줬을 텐데 이해하면서 들은 말이 한마디도 없었다. 짐작할 수 있는 것은 있었다. 집 안에서 산 사람이 발견되지만 않았다면 할머니의 죽음은 아마도 단순 사고로 처리되었을 것이다.

산 사람이 그렇게 발견되지만 않았다면.

육안으로는 나이를 어림짐작할 수 없을 정도로, 그렇게…….

학대당한 것인지 방치된 것인지 알 수 없을 정도로, 그렇게…….

몇 년이나 그곳에 있었는지 알 수 없을 정도로, 그렇게…….

'그렇게' 된 그 사람이 집 안에 있는 걸 몰랐느냐고 경찰은 모유리에게 반복해서 물었다. 경찰차 안에서 질문을 받을 때는 아무 질문도 이해할 수 없었지만 경찰서에서는 달랐다. 모유리는 형사의 질문을 이해했고, 대답도 했다.

그러나 '알 수 없었다'는 대답이 전부였다. '몰랐다'가 아니라 '알 수 없었다'가 정확한 대답이었다. 모유리는 할머니 집 2층에 올라가본 적이 거의 없었다. 어렸을 때 할머니의 뒤를 쫓아 올라가려다가 계단에 쌓인 것이 무너지는 바람에 크게 다칠 뻔한 적이 있었다. 할머니가 잽싸게 끌어안지 않았더라면, 아마도 그때 모유리가 할머니보다 먼저 깔려 죽었을 것이다.

그 후로는 다시 올라갈 엄두를 내지 못했고, 올라가보고 싶은 마음도 사라졌다. 2층에 뭐가 있는지 궁금해했던 게 그 어린 나이에도 어이없었다. 있긴 뭐가 있겠는가. 쓰레기가 있겠지.

최근에는 2층은 고사하고 집 안으로도 들어가지 않을 때가 많았다. 문밖에서 얘기하다 돌아오고, 길에서 쓰레기를 줍는 할머니를 만나 몇 마디 나누다 돌아오기도 했다. 대문 밖에서 할머니, 할머니 불러보고 아무 대꾸가 없으면 그냥 돌아서기도 했다.

형사는 모유리의 말을 믿지 않는 것 같았다. 모유리가 무슨 말을 하든, 이 여자는 정말 몰랐을까, 정말로 2층 그 방에 대해서 몰랐을까만 생각하는 얼굴이었다.

그래서 모유리는 말하지 않을 수 없었다.

"염소의 길이라고 아세요?"

형사의 얼굴이 어리둥절해졌다.

"집 안을 맘 놓고 돌아다닐 수 있는 사람은 할머니밖에 없었어요. 할머니는 아무것도 안 건드리고, 아무것도 안 무너뜨리면서 돌아다녔어요. 그렇게 좁고 그렇게 위험한 길을, 꼬불꼬불, 그런 길을 아주 잘 돌아다녔어요. 그런 길을 염소의 길이라고 부른대요. 저는 염소가 아니었고요."

형사는 비로소 모유리의 말을 이해한 것 같기는 했지만 여전히 어리둥절한 표정이었다. 모유리가 문듯이 이어 말했다.

"그런 게 되고 싶을 리가 없잖아요? 사람인데……
나는 사람인데…… 사람이…… 염소 같은 게 되고 싶을
리가 없잖아요."

2

'염소의 길'이라는 제목의 시가 있다.

구부러진 길들이 사방으로 이어진다.
언덕 위, 길은 이리저리 휘돌아
고요한 햇살 아래 히스풀 사이를
길은 드나든다.
그리고 거기, 염소.
햇살 가득한 고요 속
염소는
멈추고, 돌아서고, 지나간다.

제임스 스티븐스라는 아일랜드 시인의 시다. 그 시
에는 고요와 정적이라는 단어가 많이 나온다. 계속해서
나온다.

고요 속의 고요
히스꽃 한가운데의 정적
염소는 누워
하늘을 응시한다.
당신이 다가오면 염소들은 도망친다.
염소들은 뛰고 응시하고 뛰어간다.
고요 속으로.

할머니는 염소처럼 움직였다. 절대로 아무것도 건드리지 않았다. 그 집에서는 아무 소리도 들리지 않았다.

꽃은 없었다. 할머니 집 어디에도 꽃 같은 건 없었다. 히스든 무엇이든. 풀이든 꽃이든. 그런데 히스는 어떤 꽃인가? 그 시에 대해 알게 된 후, 모유리는 네이버에서 히스를 찾아보았다. 어디선가 본 것도 같고, 안 본 것도 같은 꽃이었다. 분홍 보라, 분홍 보라 보라 보라.

아일랜드의 염소는 그런 꽃길을 걷는 모양이다.

그러나 쓰레기 호더가 걷는 길은 그런 길이 아니다. 할머니 같은 쓰레기 호더들의 길은 '산양의 오솔길'이라고 불렀다. 모유리는 네이버에서 또 산양을 찾아봤다. 유튜브에서도 찾아봤다. 역시 본 적이 없는 짐승이었다. 그 짐승은 깎아지른 절벽, 거의 수직에 가까운 절벽을 잘도 돌아다녔다. 단단한 발굽으로 절벽을 움켜쥐었다. 모유리가 놀란 것은 그 절벽의 아찔함 때문이 아니었다. 아찔한 절벽에 붙어 서서 짐짓 고고하게 아래를 내려다보는 시선 때문도 아니었다. 고고함이라니. 기껏해야 먹이를 찾고 있겠지.

산양들이 사는 곳은 완벽하게 황량했다. 모유리가 놀란 것은 그래서였다. 저 짐승들은 뭘 먹고 살까. 저렇게 아무것도 없는 절벽에서 뭘 뜯어 먹고 살까. 무엇보다도…… 저 짐승은 왜 저렇게 힘들게 살아야 하는 걸까…….

그러다가 난데없이 스스로에게 물었다.

나는 왜 이렇게 힘들게 살아야 하는 걸까, 라고.

언제부턴가 모유리는 병적으로 다이어트에 집착했다. 요요가 와서 무섭게 살이 찌기도 했다. 할머니 집에 가지 않아도 쓰레기에 갇힌 듯한 기분이 자주 들었다. 자기 살이 혐오스럽게 여겨졌다. 쓰레기에 부닥치는 살, 쓰레기 모서리에 걸려 찢겨 나가는 살, 너덜너덜해지다가 쓰레기가 되는 살……. 모유리는 평생 비만과 저체중 사이를 왔다 갔다 했다.

모유리는 대학에서 유아교육을 전공했다. 수능 점수에 맞추다 보니 한 번도 생각해보지 않았던 선택을 하게 되었다. 그래도 전공을 살려 직장을 구했다. 첫 직장이었던 어린이집에서는 정말이지 열심히 일했다. 대학교에 들어갈 때 그랬던 것처럼, 졸업할 때 그랬던 것처럼 또 어리석게 새 인생을 기대했기 때문이다. 그래서 최선을 다했다.

그러나 등에 매달리고 앞으로도 매달리는 아이들을 견디다 못해 디스크가 터졌고, 그 와중에 아이를 떨어뜨려 책임을 져야 했다. 떨어뜨린 아이가 걱정이 돼 죽을 지경이었는데, 그 부모가 퍼붓는 욕설을 듣고는 아이 걱정이 싹 사라졌다. 정말이지 온몸이 너덜너덜해질 것 같은 욕설이었다. 나중에 원장이 위로하며 부모란 게 원래 그렇다고 했다. 애가 다치면 눈이 돌아간다고. 이성을 잃는다고. 이런 말도 했다. 자기 애도 어린이집에서 다친 적이 있었는데, 그 전화를 받고 어린이집까지 달려가는 동안 대성통곡을 했다고. 그러면서 웃었다. 그러니까 얼마나 유난이었는지 말야, 라고 말하며. 그때 모유리는 생각했다.

그래, 니들 잘났다.

잘난 것들. 싹수없는 것들, 징그러운 것들, 부모라는 것들. 부모도 아닌데 떨어뜨린 아이를 걱정했던 자신이 우스워졌다. 그 후로 아이들을 보면 꼬물거리는 짐승들이 떠올랐다. 꼬물거리는 벌레였을지도 모른다. 다시는 어린이집에서 일할 수 없었다.

그 후로는 전공과 상관없는 회사들을 임시직으로 기웃거렸고, 그러다가 나중에는 알바 전문직이 되었다.

무슨 수가 있겠는가.

자신만 특별히 불행한 것은 아니었다. 모유리가 아는, 모유리 또래의 모든 청춘들이 그렇게 살았다. 끼리끼리 모였으니 끼리끼리 불행했다. 그러니 평범한 불행이었다.

아마도 자신은 평생 그렇게 살게 될 거라고 믿었다. 그것도 장수하면서. 할머니를 보면 자신도 분명히 그럴 것 같았다. 모씨 성을 가졌든 안 가졌든 모씨 집안 여자들은 장수한다고 했다. 할머니는 모씨도 아닌데 영원히 살 것처럼 살고 있는 중이었다. 그러니 자신은 얼마나 오래 살겠는가. 사는 게 끔찍하다고 여겨질 때면 모유리는 자신의 운명을 증오했고, 그저 살 만하다고 여길 때는 체념했다. 아주 오래 살려면, 미치지 않고 잘 살려면 어떻게 해야 할까. 무엇이 있어야 할까, 그런 생각을 하기도 했다.

7장

1

곡교에 돌아와 모유리를 다시 만나게 되는 일이 없었다면 정보하는 모유리가 첫사랑이었다는 것조차 몰랐을 것이다. 그런 사무치는 감정을 담아놓기에 너무 어린 나이였기 때문이 아니었다. 아버지가 그해에 세상을 떴다. 그토록 애지중지하던, 아내보다 자식보다 더 애지중지하는 것 같던 그랜저 안에서.

그해에 일어난 일들이 너무 가혹해서 첫사랑의 기억 같은 것은 묻혀버린 줄 알았다. 깨닫지도 못한 채 그대로. 그러나 어쩌면 그 반대였을지도 모른다. 그해에 잃은 것들이 너무 많아서 어떤 것은 더 깊숙이 남겨졌던 것일지도 몰랐다. 깨진 유리컵. 박살 나버린 유리컵. 그러나 어떤 파편은 며칠이 간다. 한 달도 간다. 그러니 평생인들 가지 않을까.

정보하는 곡교로 돌아온 후 그동안 연락을 끊고 살았던 곡교 친구들을 다시 만나기 시작했다. 대패삼겹살집에서 그 친구들과 술을 마시던 날이었는데, 그중 하나가 갑자기 다른 테이블을 가리키며 말했다.

"쟤잖아, 쟤."

목소리를 낮추지도 않았는데, 식당이 시끄럽기도 했지만 '쟤'가 듣거나 말거나 하는 태도였다. 수도 없이 '쟤야, 쟤'라고 말했던 것 같은 말투이기도 했다.

"그 집 손녀. 그 여자애."

'그 집'이라고만 말했음에도 정보하는 단박에 알아들었다. 알아듣지 않을 수가 없었다. 그들은 만나기만 하면 오래전 추억을 재탕 삼탕했다. 정보하가 산1번지 담장을 넘었던 일은 대패삼겹살처럼 금방 오그라들지 않고, 수육처럼 삶고 또 삶아졌다. 친구들이 그 얘기를 하는 것이 자신에 대한 환영이기도 하다는 걸 알았으므로 정보하는 분위기를 깨지 않기 위해 항상 크게 웃었다.

그날 대패삼겹살집에서 모유리는 남자와 함께 있었다. 정보하는 모유리의 뒷모습과 그 남자의 앞모습만

볼 수 있었다. 남자는 고통과 슬픔에 잠긴 얼굴이었다. 대패삼겹살을 구우며 슬퍼하는 남자라니. 대패삼겹살을 먹고 있는 남자를 슬프게 만드는 여자라니…….

모유리의 어린 시절 모습이 떠올랐다. 한 달에 한 번씩 다리를 건너던 아이의 모습이. 난간 위에 올려져 있던 그 아이의 손, 앙상한 팔과 어깨가. 그리고 그 아이의 얼굴……. 예뻤던가?

그랬었다.

지금도 이쁠까.

궁금했지만 확인할 수는 없었다. 그날은 그랬다.

모유리와 다시 마주친 건 그 후 얼마 지나지 않아서였다. 산1번지를 방문하는 날이었다. 노인이 끄는 수레를 모유리가 밀며 다리를 건너고 있었다. 다리 폭이 좁아서 수레가 다리를 다 건너기 전까지 차를 세워둔 채 기다려야 했다. 좁은 폭의 하천을 건너는 짧은 다리니 수레는 순식간에 건너갈 터였다.

정보하는 다급히 기어를 파킹으로 놓고 뛰어나갔다. 그야말로 뛰어 나가듯이 뛰어나갔다. 그리고 모유리 옆에 붙어 수레를 밀기 시작했다. 모유리가 고개를 돌려 보았다.

예뻤다.

여전히 예뻤다.

그날 둘은 자리를 옮겨 커피를 마시러 갔다. 동네 입구에 있는 빽다방, 더벤티를 지나 분위기가 좋아 보이는 카페를 찾아갔다. 정보하는 아메리카노를 시키고 모유리는 아이스크림을 주문했다. 지자체 담당자를 만나는 일이 모유리에게는 특별한 일이 아닌 것 같았다. 담당자가 툭하면 바뀐다고, 그때까지 바뀐 사람이 수십 명은 되는 것 같다고 말했는데, 그게 과장이 아니라는 건 나중에야 알게 되었다.

그날은 모유리가 하는 말이 과장인지 농담인지 구분하지도 못했다. 어찌나 들떴는지 서빙하는 사람이 자기 앞에 잘못 놓아준 아이스크림을 떠먹을 뻔하기까지 했다. 모유리가 바꿔놓은 뜨거운 아메리카노를 혀가 데는 줄도 모르고 꿀꺽꿀꺽 마셨다.

"머리는 괜찮아요?"

모유리가 물었다. 정보하가 알아듣지 못하자 모유리는 자신의 머리로 손가락을 가져가 톡톡 두드렸다.

"깨졌었다면서요."

그제야 무슨 말인지를 알아듣고 정보하는 웃음을 터뜨렸다.

"그걸 어떻게 알고 있어요? 할머니한테 들었어요?"

"나 할머니하고 친해요."

대답하며 모유리가 빙긋 웃었다. 웃는 게 정말 예뻤다. 그 웃음에 설레 아무 생각도 할 수가 없었다.

나중에 모유리와 만나는 사이가 되었을 때, 정보하는 곡교 친구 중 하나에게 이런 말을 들었다. 넌 그런 집 애를 만나고 싶냐? 그리고 다른 친구가 이어 말했다. 야, 그 집 부지 평수가 얼마나 되는 줄 아냐? 쓰레기만 치우면 그 집 그 땅, 아주 돈방석이야. 여기 재개발만 돼봐. 이 새끼, 이거 아주 봉 잡았어. 그 후, 정보하는 다시 그 친구들을 만나지 않았다. 불러도 나가지 않았다.

모유리 역시 곡교 사람들이 자신에 대해 어떤 말을 하는지 모르지 않았다. 저런 미친 노인한테 그나마 손녀라도 있어서 다행이라고 말하는 사람도 있고, 저런 불쌍한 할머니한테서 돈을 쪽쪽 빼앗아 쓰는 한심한 년이라고 말하는 사람도 있었다.

모유리는 그때까지도 할머니에게서 돈을 받아 썼다. 카드 대금이 밀렸을 때, 월세 보증금을 올릴 때, 유선종 수술을 해야 했을 때, 그럴 때마다 모유리는 할머니를 찾아갔다. 그 사실을 정보하에게 숨기려고 들지도 않았다. 무슨 일로 할머니 집에 갔었냐고 물어보면, 돈이 좀 필요해서 갔다 왔다고 대답했다. 정보하가 상관할 일은 아니었지만, 그런 말을 들을 때마다 좀 난감한 기분이 드는 것은 사실이었다. 모유리는 이제 성인이 아닌가. 그리고 곡교 노인은 이제 늙어도 너무 늙은 노인네가 아닌가.

그때 모유리가 할머니에게서 받아 오는 돈이 고작 몇만 원, 때론 천 원짜리 몇 장, 어떤 때는 정말 동전 몇 개뿐이라는 사실을 정보하는 몰랐다.

3

가끔은 모유리를 산1번지에 데려다주기도 했다. 다리를 건너지는 않았다. 다리 앞에서 모유리는 차에서 내리고, 정보하는 차 안에서 다리를 건너는 모유리를 지켜보곤 했다.

그때마다 어김없이 어린 시절의 모유리가 떠올랐다.

다리 위의 모유리, 난간 위의 모유리.

곡교에 돌아와 모유리와 함께 보낸 시간들도 차례차례 떠올랐다. 예쁜 모유리, 예쁜 모유리, 예쁜 모유리. 누군가에게 설레면 어떻게 그렇게까지 설렐 수 있을까. 사람이 좋으면 어떻게 그렇게까지 좋을 수 있을까. 공중에 붕붕 떠 걷는 것 같은 마음일 때면 문득 이런 생각이 들 때도 있었다. 이러다 떨어지면 죽겠는걸. 오래지 않아 정보하는 떨어지게 될 것이다. 그러나 당연히 죽지 않을 것이다.

할머니의 수레를 미는 모유리를 길에서 만났던 날, 그리고 커피를 마시고 아이스크림을 먹었던 날, 모유리는 뜻밖에 많은 얘기를 했다. 산1번지에서 할머니와 함께 살았던 얘기도 했다.

"생각보다는 나쁘지 않았어요. 할머니가 나가고 나면 여기저기를 들쑤시고 다니는 재미가 있었거든요. 그러면 신기한 것들이 정말 많이 나와요. 30년도 더 된 신문, 깨진 엘피, 남의 집 앨범……. 가끔은 돈도 나와요."

그러면서 모유리가 웃었다.

"항아리 속에서는 아니고요."

정보하도 웃지 않을 수 없었다. 오래전 동네 아이들이 떠들던 얘기를 모유리도 알고 있었다는 뜻이다. 그때 아이들은 산1번지 마당에 금괴만 묻힌 게 아니라 항아리도 묻혔다고 떠들었다. 한두 개도 아니고 수도 없이 묻혀 있는데, 아무 항아리나 열면 돈이 그냥 김장김치처럼 가득가득 차 있다는 것이다. 그 돈이 얼마나 많으면 모기리가 집을 나가면서 다 훔쳐 가지도 못할 정도였다고도 했다. 가져갈 수 있는 만큼만 훔쳤는데도 너무 많아서 길에 줄줄 흘리면서 갔다는 것이다.

모기리가 사라지고 난 후, 노인이 더 악착같이 쓰레기를 찾아다니기 시작했는데, 그게 실은 모기리가 흘리고 간 돈을 주우러 다니는 거라고도 했다. 돌이켜 생각하면 얼마나 웃기는 얘긴가. 그러나 그때는 그 말을 믿지 않는 아이가 없었다.

모유리가 한 달에 한 번씩 할머니 집에 오는 것도 그 항아리에서 돈을 퍼 가기 위해서라고 했다. 할머니가 퍼 주는 게 아니라 모유리가 직접 한 바가지씩 푹푹 퍼 간다고 했다.

그런 이야기의 주인공이었던 모유리……. 그런 모유리의 삶은 얼마나 아슬아슬했을까.

"그런데 내가 뭘 건드려놓으면 할머니가 귀신같이 그걸 알아요. 다 제자리로 돌려놔요. 사람들은 그냥 쓰레기라고만 말하지만 할머니한텐 그게 아니에요. 할머니한테는 저 집이 뭐랄까…… 박물관 같은 거지요."

박물관이라면 무엇을 보존하고 무엇을 기억하기 위한 것일까.

모유리와 만나면서 정보하는 저장강박증에 대한 이런저런 책들을 읽었다. '산양의 오솔길'이라는 용어를 먼저 알게 된 사람도 정보하였다. 아무나 쉽게 드나들 수 없는 길, 오직 호더들만이 다닐 수 있는 길. 그런 길을 집 안에 만들어놓고 사는 사람들, 그런 길 속에 갇혀 사는 사람들에 관한 책들이 있었다. 그런 책 속에는 모유리의 할머니처럼 쓰레기를 모으는 사람, 길고양이를 수백 마리씩 모으는 사람, 음식이 썩거나 말거나 저장하는 사람, 심지어 똥과 오줌을 내버리지 않는 사람들이 등장했다.

책에 소개된 호더들은 스스로의 문제를 잘 알고 있을 뿐만 아니라 치유되기를 간절히 원했다. 그러나 호전된 사람은 있어도 완치된 사람은 없었다. 스스로 만든 염소의 길 혹은 산양의 오솔길에서 탈출하지 못했다. 평생 분투했다. 죽는 날까지 당과 탄수화물에 대한 욕망과 싸워야 하는 당뇨 환자들처럼 그들도 저장에 대한 욕망과 매일매일 싸웠다. 침을 흘리고 그 침을 닦아가며 살았다. 격렬한 허기 속에 살았다.

책의 저자는 증상자들을 인터뷰하며 반복해서 물었다.

왜죠? 왜 못 버리는 거죠?

증상자들의 대답은 한결같았다.

버릴 수가 없어서요…….

왜 버릴 수가 없어요?

기억해야 해서요.

무슨 기억인가요?

그런 건 중요하지 않아요.

가족의 역사. 정보하와 모유리의 세대에도 그런 게
있을까. 기억해야 할 역사가. 그들 세대에게는 '역사'라
는 말보다는 '유산'이라는 말이 더 어울렸다. 역사 따위
는 아무 상관도 없었다. 역사라는 게 존재한다면 그건
그들 자신의 것뿐이었다. 얼마나 부유한 집에서 태어났
는지, 얼마나 가난한 집에서 태어났는지, 그에 따라 시
작되는 그들의 역사.

모유리 역시 마찬가지였다. 모유리의 엄마는 가난
했다. 엄마 강유이가 가난했으므로 모유리도 가난했다.
모유리는 대학을 졸업한 후 이런저런 직장을 전전했으
나 대부분은 별 볼 일 없는 회사들이었고, 끝이 항상 안
좋았다. 정보하를 만날 당시에는 주로 알바를 하며 지
냈다. 빚도 있는 것 같았다. 그래서 평범했다. 이 시대에
이보다 더 평범한 청춘이 어디 있겠는가.

그러나 모유리에게는 가족의 과거가 있었다. 역사
라고도 말할 수 없는 과거. 평범하게 가난할 뿐인 모유
리를 평범하지 않게 만드는 가족의 과거. 자신이 태어
나기도 전의 과거에 압도당하지 않기 위해 모유리가 얼
마나 노력하며 살았는지 정보하는 몰랐다. 모유리와 만
나던 동안에는 모든 게 너무나 뜨거워서 그 어느 것도

제대로 볼 수 있는 게 없었다. 한 번 더 만지고 싶어서, 조금 더 오래 안고 있고 싶어서, 마음이 너무 아파서, 그냥 전부 다 갖고 싶어서, 보이는 게 모유리의 마음이 아니라 자신의 뜨거운 마음뿐이었다. 헤어진 후에도 한참 동안 그랬다. 온몸에서 출렁거리는 소리가 들리는데, 한 발만 잘못 내디뎌도 몸속의 것이 모두 한꺼번에 넘쳐흘러 나올 것 같았다. 그리움, 슬픔, 고통, 분노…… 조금만 잘못 옮겨도 넘쳐흘러버릴 감정들.

모유리도 마찬가지였을 것이다. 다만 그 그릇에 담긴 것이 달랐던 거겠지.

"나는 없는 게 너무 많아."

모유리가 말한 적이 있었다. 모유리는 그때 곁에 누워서 정보하의 얼굴을 만지듯 바라보고 있었다.

"엄마랑 이렇게 누워 있곤 했었어. 그러면 나한테도 엄마 같은 엄마가 있는 것 같았어."

모유리의 엄마 강유이는 모유리가 스무 살 때 죽었다. 그러니까 겨우 서른다섯에. 죽는 날까지도 너무 젊거나 너무 어렸던 강유이는 끝내 엄마가 된다는 게 무엇인지 알지 못했다.

"그런 꿈도 있었어. 어린 엄마들이 나오는 영화나 드라마 보면, 그 주인공들은 정말 잘 지낸단 말야. 둘이 베스트 프렌드란 말야. 나도 그러고 싶었어. 그러니까 내가 크기만 하면 된다고 생각했어. 엄마 친구가 될 수 있을 만큼만 크면 된다고. 얼마나 빨리 크고 싶었는지 몰라. 오죽하면 그게 꿈이었겠어. 다른 애들이 의사 되고 변호사 되는 게 꿈일 때, 나는 엄마 친구가 되는 게 꿈이었어."

강유이가 더 오래 살았다면, 둘은 어쩌면 그런 엄마와 딸이 될 수도 있었을 것이다. 강유이는 모유리의 친구가 되고, 어쩌면 베스트 프렌드도 될 수 있었을 것이다. 그러나 아주 나쁜 친구였을 것이다. 다행이라고 해야 하나. 그러기 전에 세상을 떴다. 교통사고였다.

"나는 없는 게 너무 많아."

모유리는 아까 했던 말을 다시 반복했다.

"나는 아빠도 없잖아. 죽었다든가, 사라졌다든가 그런 게 아니야. 그냥 존재 자체가 없어. 정보하는 없다는 말이 무슨 뜻인지 알아? 그건 어둠이야. 깜깜해. 문을 열었는데 아무것도 없어. 깜깜해. 그러면 무서워져. 왜 줄 알아? 그런데 거기에는 정말 아무것도 없을까? 저기 정말로 아무것도 없는 걸까? 그런 생각이 들어버리거든. 그리고 휘파람 소리가 들려. 잡아끄는 소리야. 이리로 와봐. 이리로 들어와봐."

그런 생각이 들어버린 후에는 어떤 생각이 이어지는 것일까. 도망치고 싶을까. 아니면 뛰어들어서 정말로 아무것도 없는지 확인하고 싶어질까.

"아빠 생각을 할 때마다 나는 그렇게 무서워져."

모유리는 정보하의 아버지가 어떻게 죽었는지 알지 못했다. 만일 알았다면 정보하 앞에서 그런 말을 할 수 없었을지도 몰랐다. 그래서 정보하는 더 말하지 않았다. 모유리가 자기 앞에서만큼은 무슨 말이든 할 수 있기를 바랐기 때문만은 아니었다. 정보하는 아버지의 죽음을 그때까지도 용서하지 못하고 있었다.

자신의 아버지야말로 도망자라고 생각했다. 열일곱 살에 애아버지가 될 수는 없다고 집을 나가버린 모기리보다 더 나쁘다고 생각했다. 자신의 아버지는 이미 존재하는 아내와 아들을 버리고 도망쳤다. 열일곱 살도 아닌 마흔여덟 살에.

아버지가 마지막으로 남긴 그랜저를 판 사람은 어머니였다. 그 돈에도 빚쟁이들이 달라붙었으나 어머니는 있는 힘을 다해 막았다. 대단한 어머니였다. 아버지가 살아 있을 때도 별명이 쌈닭이었는데, 아버지가 그렇게 세상을 뜬 후에는 쌈닭 중에서도 챔피언이었다. 그런 어머니가 아니었다면 정보하의 삶은 평범함에도 미칠 수 없는 비극이 되었을 것이다. 다행히 정보하는 평범하게 컸다. 평범하게 비극적이었다는 뜻이다.

죽을힘을 다해 대학에 들어갔으나 최악의 취업난

이 시작되었다. 정보하가 대학에 들어가던 해에 대학 진학율은 80프로가 넘었다. 거의 다라는 뜻이다. 명문 대 학생들이라고 다르지 않았다. 석사, 박사도 마찬가지 였다. 고학력, 고스펙 실업자라는 말이 그 시기에 생겨 났다.

다행이라면 너 나 할 것 없이 불행하던 시기에 정 보하도 불행했다는 것이었다. 더 다행이라면 시간이 얼 마나 걸렸든, 몇 번이나 실패를 했든 공무원 시험에 합 격했다는 것일 테다. 정보하는 자신의 평범한 비극을 평범한 행운으로 바꾸는 데 성공했다고 믿었다.

모유리는 그러지 못했다.

죽은 엄마와 사라진 아빠만 있는 게 아니었으니까.

눈앞에 쓰레기 수레를 끄는 할머니가 있었으니까.

모유리에게 한 번만 오빠라고 불러달라고 말한 적 이 있었다. 정보하가 모유리보다 나이가 많았으므로 장 난처럼 해본 애원이었는데, 모유리의 얼굴이 순식간에 차갑게 미끄러지고 얼어붙었다.

"네가 왜 내 오빠야?"

그리고 말했다.

"내 오빠 하려고 하지 마. 그러면 정보하한테도 내 냄새 묻어."

물론 모유리와 그런 어두운 기억만 있는 것은 아니

다. 그들도 보통의 연인들처럼 영화를 보고, 술을 마시고, 드라이브를 하고, 때로는 눈물을 찔끔거릴 만큼 깔깔거리며 웃었다. 모유리는 특이하게도 아재 개그를 좋아했다. 이상한 포인트에서 이상하게 웃음을 터뜨렸다. 유튜브에서인가, 아재 개그 콘셉트의 방송을 하는 걸 같이 본 적이 있었다. 집 밖에서 술 취한 남자가 고성방가를 하는 소리가 들린다를 사자성어로 말하면? 답은 '아빠인가?'였다. 모유리는 정말 뒤집어질 듯이 웃었다. 정보하도 웃었다. 그 개그를 금방 이해하지 못했는데도 웃었다. 웃는 모유리가 너무 예뻐서였다.

그들은 1년 남짓 만났고, 어느 날 헤어졌다. 시답잖은 이유로 시작된 싸움이 이별로까지 이어졌다. 정보하는 한동안 그 이별을 받아들이지 못했다. 너무 시답잖게 시작된 싸움이어서 곧 화해하게 될 줄로만 알았다. 그러나 다시 예전으로 돌아가는 일은 없었다. 누군가를 만날 때조차 모유리는 이미 그 시작부터 자포자기하는 사람이라는 걸 정보하는 그때 몰랐었다.

할머니와는 어땠을까. 할머니의 죽음은 모유리에게 이별일까. 아니면 이제야말로 시작될 자신만의 새로운 역사일까. 모유리는 그 중간에 서 있는 것 같았다. 산 것과 죽은 것이 동시에 발견되지만 않았다면 그 질문에 대한 대답이 조금은 쉬웠을까. 정보하는 알 수 없었다.

유리 저편 유리

8장

1

곡교는 지난한 과정을 거쳐 개발제한구역에서 해제됐다. 그 후 신도시 예정지구가 발표될 때마다 어김없이 곡교 지역이 거론되었다. 그러나 매번 엎어졌다. 그래도 부분적인 개발은 이루어졌으므로 그 과정에서 돈을 만지게 된 사람들이 있었는데, 장강민이 그중 하나였다. 정확히는 장강민의 부모가 그랬지만 외아들이니 그 재산은 전부 장강민에게로 상속될 것이다. 장강민을 아는 친구 중 부러워하지 않는 사람이 없었다. 공부를 지지리도 못했던 장강민, 잘하는 것이 하나도 없던 장강민은 지금 제일 잘살았고, 앞으로는 더욱 잘살게 될 터였다.

장강민과는 곡교로 돌아온 후 다시 어울리기 시작했다. 여전히 곡교에서 살고 있는 몇 안 되는 친구 중 하나였고, 어린 시절의 다른 친구들과 연결이 닿았던 것도 그 덕분이었다.

모유리와 산1번지 앞에서 헤어진 후, 정보하는 장강민에게 문자를 보냈다.

갑자기 염소가 땡기는데, 지금 혹시 1인분 되냐?

물었더니 순식간에 장강민의 답이 날아왔다.

지금은 옻닭이다, 이놈아. 닭은 먹냐? 얼릉 와라. 1인분 끓여줄게.

장강민의 문자를 읽으며 정보하는 피식 웃음을 흘렸다. 그사이에 식당 종목을 바꾼 모양인데, 또 보양식이었다. 흑염소집을 하기 전에는 개고기였다고 했다. 장강민이 자기 식당에 한번 오라는 말을 할 때마다 그냥 응응 하고 말았던 것은 염소가 싫어서가 아니라 개고기를 하던 집인 게 싫어서였다. 장강민이 어려서 개를 키웠는데, 그 개에게 온갖 장난을 치던 기억이 떠오르기도 했었다. 학대에 가까운 장난질이었다. 꼬리에 불붙은 깡통을 매달아놓고 배를 잡고 웃기도 했었다. 덜 자란 소년은 그렇게 잔인하기도 하다.

모유리와 헤어진 후 장강민을 떠올린 게 장강민이

염소집을 해서일 리는 없었다. 그러나 옻닭집으로 변했다는 장강민의 식당으로 가는 동안 정보하는 염소를 생각하지 않을 수 없었다. 산1번지 담장을 넘었다가 머리가 깨진 후 밤마다 꾸었던 악몽. 그 악몽 속의 염소.

꿈속에서 정보하는 좁고 따사롭고 평화롭고 고요한 길을 걷고 있다. 새소리도 들리고, 풀잎 스치는 소리도 들리고, 풀벌레 소리도 들린다. 그 길이 점점 좁아진다. 곧 덤불숲이 가로막는다. 정보하는 그 덤불을 헤치며 걷는다. 팔과 다리에 긁힌 자국이 생기고 피가 맺힌다. 그래도 걷는다. 그리고 절벽 혹은 낭떠러지라고도 불릴 만한 비탈을 만난다. 그 비탈 아래에 산1번지가 있다.

정보하는 비탈을 타고 내려간다. 덤불의 줄기를 붙잡고, 나무의 가지에 매달리며 내려간다. 땀이 뚝뚝 떨어진다. 흥건해진다. 어딘가가 푹 젖는다. 그러다가 마침내 들여다본다. 똑똑히 본다. 노인의 몽둥이에 머리가 깨지느라 다시는 뒤돌아보지 못했던 방 안…… 그 방 안을 본다. 방 안이 환히 보인다.

염소다.

콩알같이 까만 눈을 가진 새까만 염소 한 마리가 방 안에 있다.

뿔을 가진 사탄 같은 염소다.

그 염소가 정보하를 향해 달려든다. 정보하는 물어
뜯긴다. 피투성이가 된다. 삼켜진다.

2

장강민의 집안은 곡교에서 오래 식당을 했다. 돈이
생긴 후에도 그 식당을 접지 않았다. 더 정확히는 장강
민의 노모가 식당을 접지 않았다. 장강민은 효자였고,
부모가 돈방석에 앉은 후에는 더욱 효자가 되었기 때문
에 식당 일을 열심히 도왔다.

점심때가 지나고 아직 저녁때는 되지 않은 식당에
는 손님이 하나도 없었다. 장사가 잘 안되는가 했더니
브레이크타임이라고 했다. 자리에 앉아 발을 주무르고
있던 노인이 먼저 정보하를 반겼다.

"아이고, 이 양반이 사고 쳤던 바로 그놈일세!"

노인의 인사가 야릇해서 정보하는 웃음을 터뜨
렸다.

"어머님 맞으시죠? 네, 제가 바로 사고 쳤던 그놈
맞습니다."

곡교 노인에게 맞아 머리가 깨졌을 때, 정보하의
어머니가 동네를 아주 발칵 뒤집어놓았었다. 정보하의

어머니가 성깔이 대단한 사람이기는 했지만 당시 동네 전체하고 싸움이 붙었던 게 정보하의 어머니 탓만은 아니었다. 그때 동네 사람들 모두가 한편이라도 먹은 듯 곡교 노인의 편을 들었다. 남의 집 담장을 넘었으니 죽어도 싸다는 식이었다. 죽지 않은 걸 다행으로 여기라는 식이기도 했다.

곡교에 돌아온 후, 정보하는 여전히 궁금했다. 동네 사람들이 그때 왜 노인의 편을 들었는지에 대해서가 아니라 왜 여전히 편을 들고 있는지에 대해서였다. 곡교 원주민들의 용인이 없다면 산1번지가 그렇게 오래 그토록 흉물스러운 상태로 있을 수는 없을 터였다. 사유지이니 강제할 방법은 없겠으나 숱한 민원이 발생했을 것이다. 그 민원이 때로는 고소 고발로 이어질 수도 있었을 것이다. 물론 잦은 민원이 있었던 것은 사실이었다. 그러나 전부 새로 유입된 주민들로부터였다. 원주민 혹은 토박이들은 그 집을 지키기로 공모한 사람들 같았다. 마치 그 집의 쓰레기 밑에 무언가를 다 같이 묻은 사람들처럼.

"아이고, 내가 너 온다는 소리를 듣고 기다리느라 목이 빠질 뻔했다. 너 거기 있었다며? 누가 살아 있더라고?"

"우리 엄마는 궁금한 건 못 참지. 보하, 밥이나 먼저 먹이자고요!"

주방에 있던 장강민이 고개만 내민 채 소리를 질렀다.

"밥이 지금 들어가냐?"

아들을 향해 말하던 장강민의 어머니가 정보하를 다시 바라보며 말했다.

"하긴 넌 고꾜 사람이 아니다."

'하긴'이라니……. 자신이 곡교 사람이 아닌 것은 이 일과 무슨 상관일까. 그런 생각을 하는 와중에도 오랜만에 듣는 '고꾜' 발음이 반가웠다.

"저도 고꾜 살았었습니다, 어머니."

"그래, 절반은 고꾜 사람이다. 그럼 좀 말해봐라. 그게 기리야, 기리 아버지야?"

모두가 똑같았다. 제삼의 인물에 대해서는 생각도 하지 않는 것이다. 장강민이 시키지도 않은 소주와 반찬을 먼저 가져왔다. 모자가 정보하의 대답을 기다렸다.

그러나 정보하는 듣고 싶은 쪽이지 말하고 싶은 쪽이 아니었다. 장강민의 어머니도 마찬가지일 테지만, 그럴 때조차도 하고 싶은 말이 더 많은 사람이 있는 법이다. 그래서 정보하는 대답하는 대신 물었다.

"누굴 거 같습니까, 어머니는?"

"여직 살았으면 그게 기리겠지."

역시 어머니는 단박에 대답했다.

"기리 애비면 벌써 죽었겠지. 살았으면 나이가 몇이야. 기리 애비가 기리 에미보다 두서너 살이 아래였지, 아마. 그래도 늙은이지, 아주 상늙은이지."

모기리의 아버지가 노인보다 연하였다는 사실은 처음 듣는 얘기였다. 죽은 노인보다 나이가 아래였다면 장강민 어머니의 말처럼 늙어 죽을 나이는 아니었다. 건강 상태만 좋다면 노년의 청춘이라고도 할 수 있는 나이였다. 들것에 실려 있던 사람의 참담한 몰골이 눈앞을 스쳤다. 모근우든 모기리든 얼마나 오래 방치되어야 그런 상태가 될 수 있는 것일까.

"어머니가 그 집 사정을 잘 아시나 봐요."

"내가 여기에서 나고 자라지 않았냐. 나는 친정도 여기고 시집도 여기야. 아주 징글징글한데 아직도 여기 살고 있네. 죽기도 여기서 죽겠지. 땅이 여기 있으니 어딜 가겠어. 평생 그 징글징글한 논밭에 묶여 살았지. 팔지도 못해, 집을 짓지도 못해. 그러고 살았어. 그러고 살다 그냥 죽을 줄로만 알지 않았겠니."

그 와중에도 어머니의 얼굴에 미소가 번졌다. 그 징글징글한 땅을 팔아 돈을 만졌을 때의 기쁨이 다시 충만하게 차오르는 모양이었다.

"야, 야. 그런데 네가 구청에 다닌다며. 이번에는 덩어리가 크다며?"

화제가 갑자기 재개발 얘기로 넘어갈 기세였다. 장강민의 어머니 말마따나 곧 곡교 일대 재개발 발표가 날 것 같았다. 하급 직원인 정보하에게까지 들릴 정도로 그 소문이 구체적이었다.

최근 들어서는 어디를 가나 재개발 얘기뿐이었다. 그러나 정보하가 장강민의 어머니를 만나고 싶었던 이유가 그 때문일 리는 없었다. 다행히 장강민의 어머니는 다시 노인의 이야기로 돌아갔다.

"그 노인이 시집올 때 생각이 나네. 아이고, 아주 새끼 고양이처럼 조그만 사람이 시집을 왔어. 큰 부잣집 며느리라고 다들 나와 구경을 했지. 그 어린 사람이 근데 뭘 알기나 하고 왔으려나. 시집을 왔는데, 그 집에 시어른이라는 사람들이 아주 줄줄이야. 그래서 오죽하면 팔려 왔다는 말까지 있었잖아."

"팔려 와요?"

"남 말하기 좋아하는 사람들이 그렇게 말했다는 거지. 팔려 오지 않고서야 그런 시집을 누가 오겠냐고 그렇게 수군거렸다는 말이지. 그 집이 돈은 넘치도록 있는 집이었으니까 며느리 하나 사 오는 것쯤이야, 뭐. 그런데 속이기는 좀 했을 거야, 기리네서."

속였다니…….

"기리 아버지가 좀 변변치가 못했거든."

변변치가 못했다니……. 혹시 지적장애라든가 그런 걸 말하는 것일까. 정보하는 모유리의 할아버지 모근우에 대해서는 아는 바가 없었다.

"기리 아버지가 원래는 안 그랬는데 집안 여자들이 하도 감싸고돌아서 그렇게 됐다는 말도 있고. 발에 흙을 한번 안 묻히고 컸다니까 말해 뭐 해. 그 집이 손이 아주 귀한 집이었거든. 기리 애비가 일도 안 하고 그냥 집 안에만 처박혀 살았어. 어째서 그렇게 됐든 간에, 아무튼 뭘 할 만큼 사람이 온전치를 않았단 말야. 그러니까 중신에미를 아무리 돌려도 색시를 못 구했지. 그러다가 마침내 장가를 가게 되었으니 사 왔다 어쨌다 하는 말도 돌았던 거고. 색시가 생겼으니 색시랑 밤일이나 제대로 했으면 좋았을 텐데……."

어머니의 말이 잠깐 멈췄다. 아들과 아들 친구 앞에서 할 말이 아니다 싶어 그러나 했는데, 이어진 말이 뜻밖이었다.

"밤마다 휘적휘적 동네 안팎을 돌아다니더니, 한번은 개를 죽였어."

개를 죽이다니. 왜.

"그 개가 몹시 짖은 모양이야. 그때는 개를 많이 키웠거든. 그런데 그 개가 장에서 사 온 개였어. 중길이네

였나……. 아무튼 어느 집에서 거지반 큰 놈을 사 왔단 말야. 그놈이 첨 본 기리 애비를 보고 많이 짖었지. 그 개가 죽었는데, 개값을 기리네 집에서 얼마나 많이 쳐 줬는지. 항아리에서 한 바가지 돈을 퍼 줬다고, 그런 우스갯소리까지 돌았는데……. 그런데 네가 그 집 담을 넘은 게 그거 때문이라며. 항아리 찾으려고?"

다른 때 같았다면 웃음을 터뜨렸겠지만, 정보하는 이번만큼은 웃지 못했다.

개가 죽었다……. 그 개값을 모기리의 집에서 물어 줬다……. 그것도 지나치게 많이. 무슨 뜻일까. 말 사이의 간격이 너무 넓었다. 문맥을 이해할 수 없었다.

손님이 들어왔다. 브레이크타임이 끝난 모양이었다. 정보하의 옻닭 백숙도 나왔다. 닭이 얼마나 큰지 그걸 다 먹으려면 애를 먹겠구나 생각했는데, 먹기도 전부터 속이 좋지 않았다. 어머니가 자리에서 일어나며 한 말 때문이었다.

"그 개가 근수가 그렇게 많이 나가는 놈도 아니었는데 개값을 그리 높게 쳐줄 이유가 뭐야……."

키우려는 게 아니라 살찌워 잡아먹으려 했다는 뜻이다. 그러려고 장에서 사 온 개였다는 뜻이다. 개 주인은 돈도 받고 개도 먹었을까. 혹시 먹을 수도 없을 정도로 사납게 죽여 그렇게 값을 많이 쳐준 걸까. 그런데 먹을 수도 없게 죽일 정도라면 그건 어떻게 죽였다는 뜻일까.

정보하는 간신히 그릇을 비우기는 했지만 식당에서 나와서는 근처 건물 화장실로 달려갔다. 토할 것같이 거북하던 속은 구역질 몇 번으로 가라앉았다. 최 팀장의 부재중 전화를 확인한 건 화장실에서 나와서였다. 전화를 걸자 최 팀장이 곧바로 받았다. 뭔가 신이 난 것 같은 목소리였다. 낮술을 마시고 있는 것 같기도 했다. 특수청소를 하는 사람이라 그런지 낮과 밤을 가리지 않고 술을 많이 마셨다.

"당신 아직 모르고 있지?"

"뭘요?"

"내가 말했잖아. 우리가 프로라고!"

"무슨 말이에요?"

"그 뼈 말야! 사람 유골이라고 내가 그랬잖아!"

"무슨 소리예요?"

정보하는 다시 물었다. 최 팀장과 오전에 나눴던 이야기 중에 잊은 것이 없음에도 그랬다.

최 팀장은 자신들이 프로라고 했고, 산1번지에서 청소팀이 발견한 뼈가 인골이라고 말했었다. 그때 전화가 걸려왔다. 최 팀장이 전화에 대고 말했었다. 뭐? 사람 뼈가 아니야? 그러고 나서 곧바로 살아 있는 사람이 실려 나왔던 것이다. 그런데 이제 와서 사람 유골이 맞다고 말하고 있었다. 이게 대체 무슨 소리란 말인가.

"산 사람만 나온 게 아니라 죽은 사람 유골도 나왔다 이 말이야. 우리 팀에 수거 지점 확인이 왔단 말야, 경찰한테서. 야, 그 집 뭐냐, 도대체?"

정보하는 완전히 얼이 빠져서 무슨 말을 해야 할지도 몰랐다. 그런 말을 들으리라고는 예상도 못 했기 때문만은 아니었다. 다른 질문에 압도되었기 때문이다.

모기리일까, 모근우일까.

아니다.

정보하를 압도한 질문은 그게 아니었다. 이제 질문이 달라진 것이다.

산 사람은 누구일까가 아니라 죽은 사람은 누구일까로.

9장

1

할머니와 함께 살았던 여름방학은 모유리의 기억
속에 각인처럼 남았다. 쌓인 것들이 너무 많아 창문이
막히고 문도 잘 안 열리는 집에서는 더위가 부글부글
끓었다. 그 더위가 밤에도 식지 않았다. 낮 동안 끓어오
른 것들이 국 솥의 곰탕처럼 익었다. 냄새와 나쁜 공기
와 병균들이 푹푹 고아졌다.

할머니는 일찍 나가 늦게 돌아왔다. 수레를 끌고
나가 하루 종일 돌아다니다가 그 수레를 어떻게든 채운
후에야 돌아왔다. 동네 사람들은 재활용품이나 쓰레기
봉투를 바깥에 내놓지 않았다. 할머니가 길고양이처럼

쓰레기봉투를 찢어놓기 일쑤였기 때문이다. 폐기물 수거 비용을 줄이기 위해 일부러 밖에 내놓는 사람도 있었다. 뭔가 중요한 게 없어졌는데 할머니가 주워 갔는지 혹은 훔쳐 갔는지 의심하는 사람들도 있었을 테지만 따지러 오는 사람은 없었다.

모유리는 집 안에만 있었다. 그런 집에 있는 자기 모습을 동네 사람들에게 보이기 싫었다. 스스로도 보고 싶지 않아 거울도 보지 않았다. 그러나 할머니 집에는 거울이 많았다. 많아도 너무 많았다. 보고 싶지 않았으나 금 간 거울 속에서 금 간 얼굴이, 깨진 거울 속에서 깨진 얼굴이 거울 바깥의 자신을 바라보았다.

집 안에만 있는 것은 지루한 일이었다. 모유리는 자기 방에서 마당까지 나가는 길을 확보했다. '염소의 길'이라는 말을 그때 알았다면 그 길에 이름을 붙여줬을 텐데, 라고 훗날 어른이 된 모유리는 생각하게 되겠지만, 그때는 그렇게 천연스러운 마음이 아니었다. 바람난 엄마에 대한 미움과 저주, 정신 나간 할머니에 대한 혐오와 환멸, 불행한 자기 인생에 대한 슬픔과 절망을 열 배쯤 증폭시켜 그 속에서 허우적거렸다.

마당에는 요새 같은 곳이 있었다. 폐가구를 쌓아놓은 곳 아래에 아슬아슬한 공간이 있었는데 작은 동굴처럼 아늑했다. 모유리는 그곳에서 대부분의 시간을 보냈다.

때때로 밥 짓는 냄새가 풍겼다. 밥은 대체 어디서 짓는 걸까. 집에는 당연히 주방이 있었다. 어렸을 때 들어가본 적이 있었는데, 어린 눈에도 놀라운 풍경이었다. 처음에는 그게 주방인 줄도 몰랐다. 가스레인지가 있는 자리에는 박스가 쌓여 있고, 싱크대에는 플라스틱 일회용 용기들이 음식 찌꺼기를 묻힌 채 쌓여 창문을 가로막고 있었다. 냉장고가 있기나 했나. 살펴볼 여유가 없었다. 갑자기 사나운 비질 소리가 들렸다. 주방의 바닥을 새까맣게 덮고 있던 바퀴벌레들이 지들끼리 밀치고 덮치고 자빠지며 도망치는데 그 소리가 그렇게 들렸다. 만화의 한 장면이었다면 웃음이 터졌을 것이다. 바퀴벌레가 바퀴벌레에게 밀려 자빠지고 넘어지며 빨빨빨빨 달아나는 풍경이라니.

그러나 그 풍경은 한마디로 말하면 그냥 너무 너무 너무 많은 바퀴벌레들일 뿐이었다.

할머니가 그곳에서 밥을 짓는 것은 아니었다. 할머니는 그 주방을 모유리보다 더 싫어했다. 더러운 걸 싫어하는 할머니를 상상하기는 어려웠지만 사실이 그랬다. 할머니는 더러운 걸 못 견뎌 하며 더러운 걸 주워 왔다. 그 더러운 것들 앞에서 넋을 놓고 서 있는 할머니를 본 적도 있었다. 세상이 무너지기라도 한 것 같은 표정이었다. 너무너무 더러워서, 정말 너무 더러워서 못 견디겠는데, 그걸 어떻게 하지 못해 완전한 좌절에 빠져버린 할머니.

그러나 사실 할머니를 살아가게 하는 힘은 바로 그 좌절이었다. 좌절하면 포기할 수도 있었으니까. 주방을 포기하고, 거실을 포기하고, 자기 방을 포기하고, 마당도 포기했다. 더는 포기할 것이 남지 않을 때까지 할머니는 포기하고 포기하며 끝끝내 살아남을 것이다.

그런 집에서 그런 할머니가 그렇게 지은 밥이었으나 그래도 안 먹을 수는 없었다. 안 먹으면 배가 고프니까. 안 먹으면 죽으니까. 꼬박꼬박 배가 고픈 게 너무 화가 나서 먹고 죽어버렸으면 하는 마음으로 먹기도 했다. 먹는다기보다는 입속에 밥을 처넣었다. 그렇게 먹어도 밥은 꿀맛 같고, 손수 만들었는지 어디서 주워 온 건지도 알 수 없는 반찬은 더 꿀맛 같아서 모유리는 엉엉 울고 싶어지는 마음으로 밥을 먹었다.

어느 날은 요새에서 그렇게 밥을 먹다가 고개를 들었는데 할머니와 눈이 딱 마주쳤다. 기어서야 들어올 수 있는 요새니 들여다보는 것도 납작 엎드려야 할 수 있었다. 엎드리느라 앞으로 쏟아져 내린 흰머리 때문에 보통 때보다 더 귀신 같아진 할머니의 눈이 깜빡깜빡했다. 불이 켜지듯 깜빡, 불이 꺼지듯 깜빡.

곧 할머니의 눈이 사라졌고, 폐가구에 등을 기대는 소리가 들렸고, 잠시 후에는 목소리만 들려왔다.

"먹어라. 먹어야 큰다."

그리고 잠시 후.

"화나도 먹고, 아파도 먹고, 왜 먹는 줄 모르겠어도 먹고."

그러고 나서 또 잠깐 간격을 두었다가 물었다.

"너 밥 짓는 소리가 어떻게 나는지 아냐?"

모유리는 대답하지 않았다. 할머니는 혼자 묻고 혼자 대답했다.

"보글보글 끓다가 자작자작 나지 않겠냐?"

모유리가 숟가락을 던지듯이 내려놓으며 요새 바깥의 할머니에게 악을 썼다.

"무슨 소리를 하고 싶은 건데!"

"너 자작나무가 왜 자작나무인지는 아냐?"

"뭔데? 그게 뭔데?"

모유리는 다시 악을 썼고, 할머니는 또 말했다.

"자작자작 타서 자작나무란다."

마당에서는 뒷산이 보였다. 요새 안에서도 보였다. 기껏해야 야산에 불과했지만 여름 숲은 무성하고 울창했다.

"그러면 너 꽝꽝나무가 왜 꽝꽝나무인 줄은 아냐?"

이번에는 모유리도 아무 말 없이 할머니의 말을 듣기만 했다. 그런 나무도 있나? 처음 들어보는 나무 이름이었다.

"불에 탈 때 꽝꽝 소리를 내서 꽝꽝나무란다."

모유리는 다시 밥을 먹기 시작했다. 그럼 내 마음이 지금 꽝꽝 타고 있겠네. 자작자작은커녕 아주 꽝꽝 타고 있겠네. 어디 활활나무는 없어? 활활 타서 활활나무인 건 없어? 그런 생각을 하면서.

그래도 할머니네 집 뒷산을 다시 한번 바라보지 않을 수 없었다. 저 산에는 꽝꽝나무도 있고 자작나무도 있을까? 그러면 저 산에 불이 나면 어떤 나무는 자작자작 소리를 내고 어떤 나무는 꽝꽝 소리를 낼까. 나는 자작나무야 속삭이며 자작자작 타고, 나는 꽝꽝나무란다 외치며 꽝꽝 탈까.

불은 산이 아니라 할머니의 집 마당에서 났다. 모유리가 낸 것이 아니었고 할머니가 낸 것도 아니었다. 할머니는 쓰레기를 주우러 나가고 모유리 혼자 집에 있을 때였다. 갑자기 마당 한구석에서 연기가 솟더니 불이 붙었다. 모유리는 미친 듯이 불을 끄기 시작했다. 다행히 불난 곳 바로 옆에 수도가 있었다. 호스도 달려 있었다. 물은 콸콸 아주 잘 나왔다. 아마 몇 분 안에 불이 잡혔을 것이다. 그러나 그 시간이 모유리에게는 평생 같았다. 무서워 죽어버릴 것만 같던 시간이 지나자 모유리는 마당에 주저앉아 엉엉 울기 시작했다. 악을 써가며 울었다.

그날 모유리는 강유이의 집으로 돌아갔다. 할머니 집에 있었던 게 한 달이 되지 않았다. 그사이에 다행히 강유이의 연애가 끝났다. 또 실연을 당한 모양이었다.

혼자 소주를 마시고 있던 강유이가 집 안으로 들어오는 모유리에게 물었다.

"돈은?"

할머니 집에 있다 왔다는 걸 알고 있다는 뜻이었다.

"냄새나. 씻어."

모유리가 욕실로 들어갈 때, 등 뒤에서 강유이가 또 말했다.

"그 집에서 뭘 봤어?"

모유리는 대답하지 않았다. 엄마하고는 한마디도 하고 싶지 않았으므로.

2

그런데 그때 그 집에서 봐야 했던 건 무엇이었을까.

산송장인 채로 의식불명이라는 그 사람일까. 그 사람은 내가 아빠, 하고 부르면 대답을 했을까. 아니면 할아버지, 하고 부르면 대답을 했을까.

3

할머니 집에 다녀오는 날에는 택시를 타지 않았다. 급한 일이 있어도 그랬다. 비염이 있는 택시 기사를 만난 후부터였다. 택시 기사가 자꾸 킁킁 콧소리를 냈는데, 그게 자신의 몸에 밴 냄새 때문이라는 생각을 지울 수가 없었다. 혹시 비염 때문은 아니었을까 생각한 것도 나중 일이었는데, 너무 창피한 나머지 그렇게라도 스스로를 위로하지 않을 수 없었기 때문이다. 그 후 택시를 타지 않았고, 붐비는 버스도 피했다.

콧소리를 킁킁 내는 기사만 있었던 것은 아니다. 어느 날은 택시 기사가 말했다.

"할머니, 다 왔습니다."

"뭐라 그러셨어요?"

"손님, 다 왔다고요."

물론 잘못 들은 것일 터이다. 할머니라니…… 모유리는 아직 아줌마라고도 불릴 나이가 아니었다. 적어도 모유리는 자신에 대해 그렇게 생각했다. 아무리 생각해도 그랬다.

그러나 과연 잘못 들은 것일까.

할머니의 수레를 밀고 있으면 뒤에서 누군가가 '할머니, 할머니' 하고 부를 때가 있었다. 도움을 주고 싶어 하는 사람도 있었고, 시비를 걸고 싶어 하는 사람도 있었다. 할머니 같은 사람이 도시의 도덕을 해친다고 생각하는 사람들. 위생만 해치는 게 아니고, 경관만 해치는 것도 아니라 도덕까지 해친다는 생각하는 사람들.

그러나 때로는 정말 누가 할머니인지 몰라서 불러보는 얼굴인 것 같을 때도 있었다. 불러서 먼저 돌아보면 그 사람이 바로 할머니겠지, 라고 생각하는 얼굴. 그때 먼저 돌아보는 사람은 항상 모유리였다. 수레를 미느라 땀에 젖은 얼굴, 자신도 모르는 사이에 엉망으로 헝클어진 머리, 그 머리카락에 잔뜩 묻은 먼지와 검불 그리고 냄새, 무엇보다 자포자기한 표정······. 백 살 먹은 늙은이처럼 될 대로 되라는 것 같은 얼굴······.

다시는 할머니의 수레를 밀지 않을 거라고 결심하곤 했지만, 할머니를 길에서 만나면 또 어쩔 수가 없었다. 어떤 방식으로든 오래된 관계는 서로에게 익숙해지는 법이다. 손이 발에 익숙해지고 발이 손에 익숙해지는 것처럼. 왼손과 왼발이 같이 나가는 일이 평생 계속

되지는 않는 것처럼. 심지어 모유리는 할머니가 줍는 큰 덩어리의 쓰레기를 영차영차 소리 맞춰가며 같이 들어 올릴 때도 있었다. 어떤 쓰레기를 주울 것인지 말 것인지 길 한복판에서 밀고 당기며 몸싸움을 할 때도 있었다. 모유리로서는 할머니의 쓰레기를 조금이라도 줄여보기 위해서였지만, 남들이 보면 늙은 호더와 어린 호더 사이의 영역 싸움으로 알았을 것이다.

뒷산에다 죽은 동물을 묻으러 갈 때도 마찬가지였다. 할머니는 죽은 동물을 발견할 때마다 그냥 지나치는 법이 없었고, 모유리는 그런 할머니를 모르는 체할 수 없었다. 다리를 건너 왼쪽으로 가면 할머니 집이고 오른쪽으로 가면 곧바로 야산으로 향하는 길이 시작됐다. 그곳에 산책로가 조성되기 전에는 공사 차량이 주로 그 길을 달렸다. 덤프트럭과 레미콘 같은 것들. 그런 차들은 지나가는 것들을 신경 쓰지 않고, 속도를 줄이지도 않았다. 개구리나 쥐의 사체 따위는 아예 깔아뭉개져 보이지도 않았지만 고양이, 개, 고라니까지 피투성이가 된 채 그 길 한복판에 짜부라져 있곤 했다. 할머니는 그렇게 죽은 짐승들을 묻어주었다. 한 마리든 두 마리든 백 마리든 다 묻어주었다. 묻은 후에는 왼발 오른발 번갈아 땅을 땅땅 다졌다.

모유리도 할머니를 따라 했다.

왼발 세 번 땅땅땅, 오른발 세 번 땅땅땅, 그렇게 땅을 다졌다.

4

그런 할머니의 그런 손녀여서일까. 모유리는 죽은 고양이라든가 죽은 개 같은 것은 무섭지 않았다. 동물의 사체에서 줄줄 흐르는 피라든가, 차에 부닥칠 때 터져 나온 내장이라든가, 부러져 덜렁거리는 다리라든가, 아직 덜 죽어 눈을 깜빡깜빡하는 고양이의 눈이라든가, 그런 것은 무섭지 않았다.

초등학교 때는 친구네 집에서 바퀴벌레를 발로 밟아 죽인 적이 있었다. 바퀴벌레가 나왔는데 발로 밟지 않고 뭘로 밟아 죽인단 말인가. 발밑에서 빠지직 바퀴벌레가 뭉개지는 소리가 났다. 두 번째 바퀴벌레를 또 그렇게 죽였을 때, 어렵게 사귀었던 그 친구와의 사이가 끝났다. 중학생 때는 소풍 갔다가 송충이를 손가락으로 비벼 죽였다. 반 아이의 어깨에 떨어진 송충이를 없애줬는데, 그 애는 모유리를 없애버렸다. 그 애의 주도로 모유리는 왕따가 되었다. 아니, 그 전까지 왕따였던 시절이 끝났다. 그래봤자 결국 마찬가지였지만 아이들은 그 후 모유리를 무시하는 대신 기피했다.

모유리가 무서워하는 건 엄마였다. 싫어하는 것도 엄마였다. 아무 생각도 없이, 아무렇게나 뱉어내는 엄마의 말이었다.

죽을 거 같다는 말을 입에 달고 살던 엄마였다.

연애에 빠지면 좋아 죽을 것 같고, 실연을 당하면 슬퍼 죽을 것 같고, 화가 나 죽을 것 같고 외로워 죽을 것 같았다. 돈이 없어 죽을 거 같았고, 모유리가 성가셔 죽을 거 같았고, 모유리의 할머니 최무자가 죽지 않아 죽을 거 같았다.

엄마 강유이가 죽지 않을 걸 가장 잘 아는 사람이 모유리였다. 그런데도 매번 무서웠다. 죽지 않을 걸 아는데 죽어버릴 거 같아서. 그러지 않을 걸 정말 아는데 그래도 그럴 거 같아서.

어느 해인가 할머니 집에서 기절한 적이 있었다. 할머니가 모유리를 수레에 싣고 뛰는 걸 동네 사람이 보고 119에 전화를 했다. 병원에 쓰레기 냄새가 가득 찼다고 간호사들이 수군거리는 소리를 들으며 정신을 차렸을 때는 엄마도 침대 옆에 있었다. 할머니가 쥐 잡듯이 강유이를 잡고 있었다. 내가 준 돈으로 네년만 먹었냐. 저년을 먹이라고 준 돈이다. 저년 가르치고, 저년 입히고, 저년 먹이고, 그러려면 네년도 먹고 입고 써야 하니, 그래서 준 돈이다.

할머니가 자신을 주로 저년이라고 호칭한다는 것을 그때 처음 알았다. 강유이를 네년이라고 부른다는 것도 그때 처음 알았다. 모유리는 그때에도 무서웠다. 엄마가 병원에서 그런 소리를 듣고는 창피해서 죽어버릴까 봐. 정말로 죽어버릴까 봐.

모유리가 기절한 원인은 밝혀지지 않았다. 영양실조는 아니었다. 아마도 일사병이었을 것이다. 할머니 집 마당은 한동안 모유리에게도 보물 창고였다. 뒤져보면 뭐든지 나왔다. 인형도 나오고 장난감도 나왔다. 눈알이 하나 빠진 인형의 남은 눈알을 마저 빼고, 팔 하나 다리 하나 없는 장난감의 남은 팔다리 하나씩도 부러뜨리며, 그렇게 균형을 맞추며 노는 동안 땡볕 아래에서 시간 가는 줄을 몰랐다.

강유이는 모유리를 이런저런 병원으로 데리고 다니며 온갖 검사를 받게 했다. 아무리 어린 엄마도 엄마는 엄마여서 그런 게 아니었다. 모유리는 돈줄이었고, 돈줄은 건강해야 했고, 무엇보다도 강유이는 의사들과 수다를 떠는 게 좋았다. 병원엘 가도 꼭 남자 의사가 있는 병원, 그것도 젊은 남자 의사가 있는 병원만 골라서 갔다. 의사들에게 모유리가 왜 그렇게 됐는지 말하고, 모유리와 최무자 때문에 자신이 얼마나 불행한지를, 묻지도 않는 말을 지치지도 않고 했다.

강유이는 불행했다. 그건 분명한 사실이었다. 늘 허기가 져서 살았으니까. 죽기 전까지 강유이의 정체성은 무엇으로도 채워지지 않는 허기, 영원한 허기였다. 강유이는 교통사고로 죽었지만 현장에서 즉사하지는 않았다. 며칠 동안 위급 상황과 약간의 호전 사이를 왔다 갔다 했는데, 결국 일주일을 못 넘겼다. 그 일주일 동안 강유이는 자신이 죽어간다는 것을 알았다. 원통한 죽음이었다. 이렇게 젊은데, 아직도 이렇게 이쁜데, 늙은이보다 먼저 죽다니! 버티기만 하면 되는데, 무조건 버티기만 하면 그 노인네가 반드시 죽을 건데!

내가 모유리 저 아이를 어떻게 낳았는데…….

내가 열다섯 살에 저 아이를 낳아 길렀는데…….

산1번지에 대한 강유이의 생각이 얼마나 확고했는지 모유리조차 그 집을 할머니의 집이라거나 먼 훗날 자기의 것이 될 집이라고 생각해본 적이 없었다. 그건 할머니에게서 자기를 거쳐 엄마의 것이 될 집이었다.

모유리가 산1번지 집값과 땅값을 직접 알아본 건 강유이가 죽고 나서였다. 인터넷을 뒤져보고, 곡교 부동산에 전화를 걸어 물어보았다. 곡교 산1번지 쓰레기집은 쓰레기값이 아니었다. 그건 충분히 꿈을 꾸어도 좋을 만한, 강유이가 인생 전체를 걸어도 좋았을 만한 액

수였다.

모유리의 인생 역시 갑자기 꿈으로 가득 찼다. 엄마가 죽었는데도. 할머니의 집이 쓰레기로 넘치는데도.

5

그런데 살아 있는 사람이 있었다.

모근우일까, 아니면 모기리일까. 모근우이기를 바라야 하는 것일까, 모기리이기를 바라야 하는 것일까.

그런데 경찰에게서 또 전화가 걸려왔다. 유골로 발견된 또 한 사람이 있다는 것이다.

모기리일까, 모근우일까. 모기리이기를 바라야 하는 것일까. 모근우이기를 바라야 하는 것일까.

10장

1

"다리 앞에 시시티브이가 있어요. 그 다리에서 사고가 많이 나요. 다리가 좁아서 큰 차는 들어가면 안 되는데, 꼭 들어가는 차들이 있단 말이에요. 어떻게 들어가기는 들어갔는데 다시 못 돌아 나오는 차들도 있고."

모유리도 다리에서 났던 사고를 알고 있었다. 형사의 말과는 달리 큰 차가 낸 사고는 아니었다. 중장비를 모는 기사들은 다리의 폭을 정확히 안다. 외할아버지가 그런 말을 자랑 삼아 하곤 했었다.

모유리가 알고 있는 건 오토바이가 다리 난간을 박았던 사고였다. 수레를 피하려다가 그랬다고 했다. 오토바이는 크게 부서졌지만 수레는 조금도 다치지 않았다. 할머니도 멀쩡했다.

그때 오토바이 운전자는 하마터면 다리 아래로 추락할 뻔했다. 할머니는 뒤를 한번 돌아보고 혀를 쯧쯧 찬 게 전부였다. 오토바이든 운전자든 다리 아래로 떨어졌다면 그것도 주워 갈 만한 것이 되었을 텐데, 아쉬워하는 얼굴로. 시시티브이가 있어서 알 수 있었던 사실이다.

"15일 밤 그쪽이 다리를 건너가는 게 그 시시티브이에 잡혔네요?"

15일 밤, 그러니까 할머니가 발견되기 전날 밤이다. 모유리는 형사의 얼굴을 물끄러미 바라보았다. 이 사람은 무슨 말을 하고 싶은 것일까.

모유리는 다시 진술실인지 조사실인지 그런 곳에서 형사의 질문을 받아야 했다.

경찰서라는 곳은 어디든지 엄청나게 무서운 곳일 줄 알았는데, 범죄를 다루는 티브이 프로그램을 하도 많이 봐서 그런지 생각보다는 낯설지도 무섭지도 않았다. 자신이 지금 앉아 있는 이 의자에는 얼마나 많은 범죄자들이 머물렀었을까, 그런 생각이 들기는 했다. 그중에는 살인범도 있고, 어쩌면 연쇄살인범도 있었을지 모르지. 그러나 상관없었다. 할머니 집에도 그런 것이 있었을지 모르니까. 할머니 집에 없는 게 뭐가 있었겠나. 모유리는 평생 동안 그런 냄새들을 묻히고 살았다. 사물이 썩는 냄새뿐만 아니라 비밀이 곪는 냄새까지.

"그런데 우리한테는 할머니를 마지막으로 본 게 한 달은 된 것 같다고 말하셨네?"

반말도 아니고 높임말도 아닌 이상한 말투였다. 형사들은 원래 이렇게 말하는 것일까. 아니면 이재승이라는 이 형사만 이런 것일까.

"한 달쯤 된 거 맞아요."

"그럼 15일에는 할머니 집에는 갔지만 할머니는 못봤다?"

마치 술은 마셨지만 음주운전은 안 했다, 라는 식의 조롱처럼 들려서 모유리는 자신도 모르는 사이에 피식 웃음을 흘렸다.

"어, 웃으시네?"

"할머니는 일찍 주무세요. 한번 잠들면 새벽까지 누가 업어 가도 모르고요."

"그걸 알면서도 왜 갔을까요, 그 시간에?"

"퇴근이 늦었어요, 그날은. 오후 근무였거든요. 카페 문을 제가 닫아야 했고요."

"하필이면 퇴근이 늦는 날에 가셨네? 밤 10시에? 게다가 시시티브이에는 돌아 나오는 게 안 잡혔네?"

"집에 갈 때는 뒷산 산책로로 갔어요. 버스가 끊겼을 것 같아서요."

"버스 끊기는 시간이 11시인데, 그럼 할머니가 잠들어 있는데, 그 집에 한 시간이나 혼자 있으셨다?"

"집에 안 들어갔어요."

"왜?"

모유리는 처음으로 형사의 얼굴을 똑바로 쳐다보았다. 형사님, 왜 자꾸 반말하세요? 묻고 싶어서였다. 정작 모유리는 그런 말을 하지 않았는데, 이재승이 먼저 말했다.

"아, 궁금해서요. 궁금하다 보면 자꾸 말이 짧아져. 아, 이런. 또 그랬네. 왜 안 들어갔어요? 뭐, 열쇠가 없다거나, 아니면 잃어버렸다거나 그랬나요?"

모유리는 곧바로 대답하지 않았다. 말도 안 되는 일이 연쇄적으로 벌어지면 현실이 오히려 더 거짓말 같아진다. 정말로 열쇠가 없었던 게 사실이었다. 오래전에 잃어버린 것도 사실이었다. 그러나 할머니 집에 열쇠가 필요 없게 된 건 이미 오래전부터였다.

"문이 안 열려서가 아니라 들어갈 수가 없어서요."

"왜요?"

물어놓고 이재승이 혼자 대답했다.

"아, 염소. 아침에 그런 말을 하는 것 같던데. 뭐랬더라? 염소가 다니는 길이랬나? 근데 왜 갔냐는 거지요. 할머니가 일찍 잔다는 걸 알고, 집 안은 위험해서 못 들어간다는 걸 아는데, 왜 갔냐는 거지."

"절 의심하시는 거예요?"

이재승은 대답하지 않았다. 모유리가 다시 물었다.

"무엇에 대해서요? 할머니가 죽은 거요? 아니면 그 사람이 살아 있는 거요? 아니면……."

모유리는 유골에 대해서요? 라는 말까지는 하지 못했다. 지금 궁금한 것이라고는 오직 그뿐이었는데도 그랬다. 이재승이 모유리의 속마음을 읽기라도 한 것처럼 말했다.

"그렇죠? 유골이 또 있네. 뭐 좀 아는 게 있어요?"

그런 게 있을 리가 없잖아요, 라고 말해야 했으나 모유리는 대신 물었다.

"어디서 발견됐나요? 그것도 2층에서인가요?"

"그게 왜 궁금해요?"

"당연한 거 아닌가요?"

외치듯 말해놓고, 모유리는 잠시 숨을 골랐다.

"저한테 묻고 싶으신 게 뭔가요? 살아 있는 사람이 있잖아요. 그 사람에게 물어보면 되지 않나요?"

"그러게 말입니다. 그런데 내가 궁금한 걸 못 참아서……."

이재승은 장난처럼 말하며 싱긋 웃어 보이기까지 했다. 일종의 비아냥인 게 분명했다.

아침에 사고 현장에서 만났던 경찰은 친절했었다. 위로하는 얼굴이 진심으로 보였다. 그 후 경찰서에서 만났던 혹은 '조사'했던 형사도 친절했었다. 그러나 그들도 시시티브이를 봤다면 이 이재승이란 형사와 같았을지 모른다. 의심하는 얼굴, 그 의심을 확신하는 말투.

"그냥 갔었어요."

"네?"

"할머니 집에 왜 갔냐고 물어보셨잖아요."

"아…… 그냥 가셨었다."

"네! 할머니니까요!"

모유리는 기어코 소리를 질러버리고 말았다. 그런 태도는 더 의심을 살 것 같았는데 안 그럴 수가 없었다. 이재승은 흥미롭다는 시선으로 모유리를 바라보았다. 궁금한 걸 못 참는다 말하며 빙긋 웃을 때와 조금도 다를 바가 없는 표정이었다.

모유리가 울기 시작한 건 그때부터였다. 이재승은 모유리 앞으로 티슈를 옮겨주었다. 모유리는 쳐다보지도 않고 울기만 했다. 모유리가 할머니의 시신을 확인할 때 울지 않더라는 말을 이재승은 현장에 먼저 나갔었던 다른 형사에게서 들었다. 이상할 건 없었다. 어떤 충격이나 슬픔은 뒤늦게 온다. 할머니의 시신을 보고 모유리가 당장 자빠져 통곡하지 않았다고 해서 수상히 여길 것까지는 없었다.

그러나 이 울음은 이상했다. 이재승은 형사의 촉이라는 말을 별로 좋아하지 않았다. 그 촉이 좋은 결과만 가져오는 게 아니라 빅엿을 먹일 때도 많기 때문이었다. 어쩌면 더 많을지도 모른다. 그런데도 지금 모유리의 울음은 이상하다고 촉이 말해주고 있었고, 이재승은 그걸 무시할 수 없었다.

산1번지에서 발견된 것이 깔려 죽은 노인이기만 했다면 노인의 죽음은 단순 사고로 처리되었을 것이다. 그러나 산송장 같은 사람이 발견되었다. 사건으로 전환되었다. 그런데 이제 유골까지 나타났다. 사건이 커졌고, 이재승은 이때부터 투입됐다.

도대체 그 집에서 무슨 일이 벌어진 것일까.

이재승은 15일 밤 모유리가 곡교에 이르기까지의 동선을 시시티브이로 다시 한번 확인했다. 모유리는 9시 50분쯤 곡교 정류장에서 내려 다리까지 걸어갔다. 버스는 카페 앞에서 탔다. 모유리가 일하는 카페에서 곡교까지는 한 번에 오는 버스가 없었다. 환승 정류장에서 모유리는 곡교로 가는 버스를 두 대나 그냥 보냈다. 버스 안에서는 자주 고개를 숙였다. 버스 내부의 시시티브이에 모유리의 모습이 분명히 잡혔는데 곡교로 오는 내내 조는 것 같기도 하고, 뭔가로 괴로워하는 것 같기도 했다.

2

이재승은 모유리에게 병원의 환자가 회복되기라도 한 것처럼 말했지만, 그럴 가능성은 희박해 보였다. 장기간 유해 환경에 방치되어 있던 사람이 갑자기 다른 환경으로 옮겨지면 오히려 상태가 급속히 악화되기도 한다는데, 그 신원불상자의 경우가 바로 그랬다. 다 말라비틀어진 채 잔뿌리 하나만 간신히 남아 있던 식물의 화분이 바뀐 것이다. 이제 와서 물을 흠뻑 주고 비료를 듬뿍 준다고 해서 소용이 있을 것 같지는 않았다.

신원 확인에도 문제가 있었다. 모유리에게는 말해줄 필요가 없었지만 신원불상자의 지문이 확인되지 않았다. 환자에게 지문이 없는 게 아니라 시스템에 등록된 정보가 없었다. 두 가지 가능성이 있었다. 신원불상자가 주민등록을 발급받지 않은 미성년자든가, 아니면 지문 검색 시스템이 전산화되기 전에 사망 처리가 된 자라면.

이재승은 수첩을 폈다. 늘 수첩을 달고 살던 늙은 선배를 쫓아다니다가 이재승 역시 수첩에 기록하는 습관이 생겼다. 수첩에는 모근우와 모기리의 이름이 적혀 있었다. 그러므로 다시 가능성 둘. 신원불상자와 유골이 각각 모근우와 모기리라는 것.

높은 확률로 그러할 것이다. 모기리의 실종은 열일곱 살 때였다. 등록된 지문 자체가 없는 것이다. 모근우의 경우라면 조금 복잡했다. 이재승의 기억이 맞다면 지문 검색 시스템이 구축되기 시작한 것이 1990년대 초반이었다. 모근우의 사망선고가 확정되기 전이었으므로 시스템에서 검색되어야 마땅했다. 그러나 시스템 구축 초반에는 지문 원지가 제대로 스캔이 안 되는 경우도 있었다. 신원불상자의 지문을 원지와 교차 대조해봐야 한다는 뜻이다. 시간을 잡아먹는 일이었다.

더 빠른 방법도 있었다. 모유리와의 유전자 대조였다. 신원불상자가 모근우거나 모기리라면, 그게 가장 빠른 방법이었다. 지문이 확인되지 않는 신원불상자가 더 높은 확률로 미성년 때 실종된 모기리로 여겨졌으므로 그게 돌아가지 않는 길이기도 했다. 이재승이 모유리를 다시 경찰서로 불렀던 이유였다.

모유리는 유전자 채취에 부동의하지는 않았다. 오히려 순순히 응했다. 그런데도 모유리가 돌아가고 난 후, 이재승은 수첩에 모유리의 이름을 다시 한번 쓰고 그 위에 물음표를 그렸다. 모유리라고 쓰고 그 옆에 가족관계등록부상의 이름인 강유리라고도 썼다.

물음표는 모유리라는 이름에만 향하지 않았다. 여전히 최무자의 사망에 관한 의문도 남아 있었다. 노인은 어쩌다 그런 식의 죽음을 맞이했을까. 노인은 쓰레기 더미에 깔렸다. 그러나 사망의 직접적 원인이 그 때문인지는 부검 결과가 나오기 전까지는 모를 일이다. 쓰레기 더미가 어쩌다 무너졌는지 역시 마찬가지였다. 노인이 실수로 무너뜨렸을까? 염소처럼 아무 문제 없이 잘 피해 다녔다는 자기 집에서? 최무자가 사망할 당시 집 안에는 또 다른 사람이 있었다. 그러나 그 신원불상자에게 혐의점을 둘 수 있을까? 남을 죽이기는커녕 자기 자신조차 죽일 수 없을 것 같아 보이는데? 그렇더라도 뭘 목격하거나 듣지는 않았을까.

이재승은 잠시 노트를 밀어놓고 인터넷에 '염소의 길'이라는 검색어를 입력했다. 검색 결과가 전혀 나오지 않았다. '쓰레기집'이라는 검색어를 덧붙여봐도 마찬가지였다.

뭐야, 이거 사기 친 거야?

'염소의 길'은 검색되지 않았지만 대신 쓰레기집과 관련된 기사 하나를 볼 수 있었다. 일본발 외신 기사였다. 10년째 실종 상태였던 모친을 아들이 자기 집 방 안에서 시신 상태로 발견했다는 뉴스였다. 살인사건은 아니었다. 그랬다면 외신으로 보도될 정도로 화제가 되지도 않았을 것이다. 놀랍게도 아들은 10년 동안이나 자기 엄마의 시신이 집 안에 있다는 것조차 몰랐다는 것이다. 엄마가 죽어 있는 방에 들어가본 적이 없고, 문도 열어본 적이 없어서였다. 쓰레기 냄새 때문에 시취조차 맡지 못했다. 그래서 실종된 줄만 알고 10년을 살았다는 것이다.

그런 게 바로 쓰레기집이었다.

노인의 집도 마찬가지였다. 이재승이 현장에 갔을 때, 노인의 집은 그 자체로 쓰레기나 다름없어 보였다. 그 안에 무엇이 있었다고 한들 그걸 쓰레기 아닌 것과 구분하기는 어려웠을 것 같았다. 그런데 지구대 순경이 그걸 해냈다. 청소 작업팀을 쫓아 2층으로 올라갔다가 사람을 발견한 것이다. 청소가 거의 집을 무너뜨리는 수준이어서 순경이 제때 발견하지 못했다면 그 사람마저 무너지는 것들에 깔려버렸을 가능성이 높았다. 정작 순경은 그 신원불상자가 살아 있다는 것까지는 몰랐다. 기겁해서 2층에 시체가 한 구 있다고 급히 보고부터 했는데 살아 있었고, 정작 시체는 마당에서 유골 상태로 발견되었다.

흥미로운 것은 현장이 제때 통제되었다면 유골도 발견되지 않았으리라는 사실이었다. 현장이 통제되지 않는 바람에 계속 청소 작업이 진행되었고, 그 와중에 유골까지 발견된 것이다. 쓰레기를 치워야 쓰레기가 아닌 것을 발견할 수 있었다는 뜻이다. 쓰레기에 깔려 죽은 노인으로 인해 쓰레기를 치우게 됐다는 뜻이기도 했다.

흥미로웠다.

어떤 사건은 시작부터 그랬다.

3

이재승은 방송작가 오정안을 만났다. 공중파 프로그램에서 산1번지를 방송할 당시 극본을 쓴 작가였다. 오정안은 여전히 그 쓰레기집에 대해서 기억하고 있을뿐더러 노인의 사망에 대해서도 알고 있었다. 시신을 발견한 유튜버의 실시간 방송이 그런 쪽 일을 하고 있는 사람들 사이에서 이미 화제가 되고 있는 모양이었다.

"그렇잖아도 피디한테서도 연락이 왔었거든요. 아마 금방 다시 방송 잡을 거 같던데요?"

산1번지를 방송했던 프로그램은 세상의 온갖 말도 안 되는, 충격적인, 기막힌 일들을 취재해 내보내는 탐사 프로그램이었다. 이재승도 그 프로그램을 잘 알았다. 사회적으로 이슈가 되는 범죄 역시 자주 다뤘기 때문이다.

세상에는 믿을 수 없을 정도로 끔찍하고 충격적인 일들이 수두룩하게, 또 그보다 더 말도 안 되는 일들이 더 수두룩하게 벌어진다. 매일같이 벌어진다. 한 시간마다, 10분마다, 1분 1초마다.

이재승은 늘 흔적에 대해 생각했다. 잔혹한 사건 뒤에 남는 흔적들, 세상의 표면에 남는 주름들. 그런 건 늙어 죽지도 않고, 불타 사라지지도 않고, 그냥 화석이 된다. 사람들은 그 화석이 뿜어낸 숨을 쉬고, 걷고, 밥을 먹고, 잠을 잔다. 아무것도 모르는 채로 잘만 산다. 아무것도 알고 싶어 하지 않으며 잘도 산다. 어쩌면 놀라운 건 오히려 그런 걸지도 모른다.

"그런데 유튜브에 나온 그 말이 뭐예요? 설마……."

오정안이 물었다. 이재승이 대답해줄 거라고 믿으면서 물은 질문은 아니었을 것이다. 그토록 참을 수 없게 궁금하다는 뜻일 것이다.

시신을 발견한 유튜버는 하루가 지나기도 전에 산1번지에 관한 에피소드를 세 개나 올렸다. 매번 다음 방송에서 더 센 게 온다고 예고했다. 다행히 유튜버는 그 날 아침 들것에 실려 나오던 신원불상자까지는 촬영하지 못한 것 같았다. 그 정도의 현장 통제는 되었던 것이다. 그러나 녹음까지는 막지 못했다. '살아 있어요!'라고 외치는 소리가 자막과 함께 계속 반복됐고, 그 소리에는 묘하게 갈퀴 같은 게 있었다. 말하자면 잡아끄는 소리, 잡아당기는 소리.

이재승은 오정안의 질문에 대답하지 않고, 방송 당시의 산1번지 집 상태에 대해서 물었다. 이재승은 오정안을 만나러 오기 전에 산1번지가 방송됐던 회차를 찾아서 봤다. 인기 프로그램이라 거의 10년이나 지난 오래전 에피소드를 찾아보는 게 어렵지 않았다.

방송에 의하면 그때 방송팀은 지자체와 협력해 산1번지 쓰레기집을 바닥부터 천장까지 그야말로 탈탈 털어냈다. 청소만 한 게 아니라 수리도 하고 도배도 하고 마루도 새로 깔았다. 성형외과의 비포 애프터 사진처럼 폐물과 쓰레기로 가득 찬 집과 텅텅 빈 집이 교차 편집되어 화면에 뜨기도 했다.

"그건 뭐랄까…… 꽉 찬 쓰레기통을 비워준 느낌?"

오정안이 자조적으로 웃었다.

"쓰레기통을 비우고 깨끗이 씻었다고 해서 그걸 쌀통으로 쓰지는 않잖아요? 할머니한테는 그런 거였던 거지. 일주일도 안 가서 원상 복구였다고 말하면 좀 과장이고. 한 달이 안 갔던 건 분명해요. 그래도 몇 달은 우리도 계속 노력했거든요. 시청자들은 항상 그 후를 궁금해하니까. 그래서 주기적으로 청소 지원도 하고 했는데 소용없더라고요. 그 집의 문제는 쓰레기가 아니라 할머니였으니까."

"그래도 집 안으로 들어갔으니 치우기도 하지 않았겠어요?"

"그거야 당연히 그렇죠."

"그럼 집 안을 전부 다 살펴본 거예요? 샅샅이?"

"어떻게 그럴 수가 있었겠어요. 그래도 남의 집인데…… 저희가 무슨 새집 지어주는 프로그램을 한 것도 아니고, 압수수색영장 가지고 들이닥친 경찰들도 아니고……."

그 말이 묘하게 경찰은 뭘 했느냐는 말로 들렸다. 경찰은 몰랐다. 민원이 자주 들어오기는 했다지만 사건 신고가 되지 않은 집을 조사할 수는 없었을 것이다. 경찰의 일은 범죄가 발생한 후부터 시작된다. 아니, 사건이 접수된 후부터 시작된다.

"그럼 2층은요?"

이재승은 계속 물었다. 샅샅이 살폈든 대충 했든 어쨌든 2층에 올라가보기는 했을 터인데, 그렇다면 그때 뭘 본 게 있지 않겠냐는 질문이었다.

"아……."

신음인지 감탄사인지 모를 소리를 내뱉으며 오정
안이 한동안 입을 벌리고 있었다.

"2층 그 방이었군요!"

그러더니 얼빠진 것 같은 얼굴로 혼잣말처럼 대꾸
했다.

"그래도 그렇지…… 그게 가능한가? 살아 있다고
했잖아요? 설마 그때도 거기에 있었다고요? 그게 말이
돼요? 산 사람이 그렇게 기척 없이 있을 수가 있나? 우
리가 그때 촬영을 꽤 여러 날 했는데……."

그러더니 잠시 후에야 조금 정신이 돌아온 것처럼
말했다.

"아니, 내 말은 그런 뜻이 아니라…… 방마다 쌓인
게 너무 많았어요. 1층이든 2층이든. 또 할머니가……
우리가 이 방에서 물건을 내놓으면 그걸 저 방으로 다
시 들여놓고, 또 그걸 꺼내놓으면 또 다른 방으로 들여
놓고……. 그래도 다 들여다보기는 했는데…… 아닌가?
못 들어간 방이 있었나? 아니…… 그 집은 딴 집이었나?
그런 집 방송을 여러 개 했어요. 그런 집이 얼마나 많
은지 형사님은 상상도 못 하실 거예요. 그런 방송이 서
너 차례 나가고 나니까 시청자들도 더는 좋아하지 않았

고요."

　오정안에게서 명쾌한 대답을 듣기는 어려울 것 같았다. 되짚을수록 기억을 되살려내기는커녕 오히려 점점 더 혼란에 빠져드는 모양새였다. 그러나 아직 이재승에게는 물어야 할 질문이 남아 있었다.

　"청소를 하면서 마당은 어떻게 했어요?"

　"마당요?"

　"마당에도 뭐가 많았을 거 아닙니까?"

　"아, 많았죠. 창고에도 많았고, 지하실에도 많았고. 그 집이 오죽 큰 집이었어야 말이죠. 그때 몇 톤이 나왔더라……. 아무튼 마당에 있는 걸 엄청나게 버리고 할머니가 죽어도 안 된다고 그러는 건 창고로 옮기기도 하고 그랬던 것 같기는 한데."

　"나무가 있었죠?"

　"나무요?"

　만날 약속을 잡기 위해 통화를 할 때만 하더라도 당시의 방송 내용을 생생히 기억한다고 말하더니, 오정안은 기억하는 게 너무 없었다. 방송의 엔딩 장면이 바로 그 나무였다는 것조차 기억 못 하고 있는 것이다. 엔딩 멘트는 이랬다. 나무에 흰 꽃이 피었고, 이 집에도 이제 꽃향기가 가득합니다. 그리고 카메라가 그 나무를 원경으로 잡았다. 이재승이 기억을 환기시켜준 후에야 오정안이 고개를 크게 끄덕였다.

"아아, 맞아요. 그 나무 이름이 하필이면 쥐똥나무였어요. 나무라기보다는 관목 같은 거였는데. 아무튼 이름은 나무였어요. 그 집에 쥐똥이 정말 엄청났었는데, 하필이면 나무 이름도 쥐똥나무야. 그 집에서 쥐똥만 몇 포대가 나왔을 거예요. 그래서 엔딩 멘트에 나무 이름을 넣는 게 극적으로 더 효과가 있겠는지 오히려 더 나쁠지 의견이 분분했어요. 안 쓰기로 했죠. 나무는 당연히 건드리지도 않았고요. 그걸 왜 건드리겠어요. 나무가 쓰레기도 아닌데. 나무 근방에도 쌓인 것들이 많았었는데, 그걸 치워줘서 외려 나무 생육 환경은 좀 더 나아졌을걸요? 혹시 그 나무도 죽었어요?"

오정안은 이번에는 입을 가렸다. 자기가 한 말에 자기가 놀란 것 같았다.

죽은 건 나무가 아니었다. 죽은 건 사람이었다. 유골은 그 나무 아래에서 발견됐다. 그러나 오정안에게 그 얘기를 할 필요는 없었다. 이재승은 대신 다른 걸 물었다.

"손녀가 할머니를 설득했다고요? 방송에 그렇게 나오던데."

"글쎄…… 그걸 설득이라고 해야 하나……."

오정안이 애매하게 대답했다.

"설득을 했으니까 우리도 방송에 들어가긴 했겠죠? 말도 안 되는 거짓말도 좀 한 거 같더라고요. 그대로 놔 두면 집이 압류된다고 그랬다든가, 형사고발을 당한다 고 그랬다든가. 암튼, 그러면서 할머니를 어찌나 몰아세 우던지…… 그러다가 잘못되실 수도 있다고 저희가 오 히려 걱정을 할 정도였어요. 그런 경우가 있다더라고요. 본인 동의 없이 일방적으로 모아놓은 것들을 치웠다가 는 그 상실감을 못 견디는 분들이 있다는 거죠. 그런 사 람들한테는 그게 쓰레기가 아니거든요. 자기 전 재산이 사라진 거나 마찬가지니까 충격을 받거나 심한 경우에 는 극단적인 선택을 하기도 한다는 거예요. 그래서 일 부는 남겨두기로 한 거죠. 맞아요. 몇몇 방들은 그냥 놔 뒀어요. 방송에는 나오지 않았지만요. 아, 이제야 기억 이 나네요. 손녀한테도 그러자고 했고요. 그런데 손녀 반응이……"

"손녀 반응이?"

"상관없다고 하더라고요. 싹 다 치워버려서 할머니 가 죽든 말든. 그래도 집은 남을 거라면서."

오정안은 씁쓸히 웃었고, 이재승은 아무 반응도 하 지 않았다. 오정안이 말을 이었다.

"화가 나서 한 말이었겠죠. 할머니 때문에 손녀가 얼마나 속을 끓였겠어요. 이해 못 할 건 아니잖아요?"

오정안이 묻듯이 말했다. 그러나 이재승은 알아들었다. 실은 오정안 역시 이해할 수 없었다는 뜻이다. 모유리가 그토록 모질었다는 뜻이다.

11장

1

정보하는 다시 장강민의 옻닭집을 찾아갔다. 유골에 대해서 알아보고 싶었으나 달리 알아볼 데가 없었기 때문이다. 산 밑 외딴집에서 시신이 발견됐다. 그다음에는 시체 같은 사람이 발견됐다. 그런데 이번에는 또 유골이 발견됐다는 것이다. 정보하는 마치 두들겨 맞기라도 한 것처럼 정신을 차릴 수가 없었다. 산 밑 외딴집은 자신이 담당했던 집이었다. 한때 연인이었던 여자의 할머니 집이기도 했다. 어느 쪽으로 생각해야 덜 충격적일까.

어느 쪽이든 다를 바가 없었다.

"그거 개 뼈야, 개 뼈."

장강민의 어머니가 웃으며 말했다.

"개 뼈라고요?"

"그 집에서 불이 났는데 그때 개가 불에 타 죽었어. 근데 그걸 나무 아래에다 묻어줬다고 그랬거든. 그 집 뒷마당에 쥐똥나무가 많았어."

또 개가 죽었다……. 정보하는 속으로만 생각했는데, 그 마음을 읽기라도 한 듯 장강민의 어머니가 말했다.

"그 집이 개하고 무슨 원수를 졌나. 남의 집 개도 죽이고 지 집 개도 죽이고. 살이 끼면 그래. 그 집에서도 그게 꺼림칙하니까 개를 묻어주기까지 했겠지. 불이 났는데, 개가 줄에 묶여 있어서 도망도 못 간 모양이더라고."

"불난 걸 보셨어요?"

"보기만 해? 가보려고도 했지. 근데 못 가봤어. 무서워서. 큰불은 아니었나 봐. 금방 잡혔거든. 소방차도 안 오고. 그때도 소방서가 있었으려나, 근데?"

"당연히 있었겠지."

장강민이 끼어들었다. 모자가 소방서 얘기를 몇 마디 나누는 동안 정보하는 생각했다. 개 뼈가 아니다. 개 뼈일 리가 없다. 자신을 프로라고 강조하던 최 팀장의 말 때문만은 아니었다. 개를 묻어줬다는 말이 믿기지 않아서도 아니었다. 그게 개 뼈라면 경찰이 그런 일로 최 팀장에게 확인까지 했을 리 없기 때문이다.

"불이 밤에 나서 아주 잘 보였어. 동네 사람들이 다 뛰어나가고 울 어머니, 아버지는 신발도 못 신고 달려나가던 게 기억나네. 난 벌벌 떨면서 집에 있었는데 대성통곡하는 소리가 우리 집에까지 들리더라고. 그 집 할멈들이 아주 세상이 떠나가라 울더라고."

"개가 죽었다고 그렇게 울어요?"

"개가 죽어서 우나. 그 집 어른이 그날 하마터면 세상 하직할 뻔했으니 그렇게 울지."

"큰불이 아니었다면서?"

장강민이 또 끼어들었다.

"큰불 아니었어. 크게 번졌으면 모를까 동네 사람들이 몰려가서 금방 잡았거든. 근데 그 양반이 그 와중에 어디를 크게 데었댔나, 어디가 탔댔나…… 아무튼 그러고 나서 정말로 세상을 떴는데, 그때 장례를 아주 크게 했어. 내가 상여 나가는 걸 그때 첨 봤네. 그때 첨 보고 그 후에도 못 봤지."

장강민이 다시 끼어들었다.

"빈 관이었다며? 그게 그거였던 거야?"

노인이 장강민을 흘겨보고는 웃으며 말했다.

"장례가 하도 성대해서 애들도 다 나가 봤는데, 아직 시신 담기 전에 그걸 본 애들이 있어서 그런 말이 나왔던 모양이더라고."

그러다가 노인이 말했다.

"애들이 종작없이 그런 말을 떠들다가 엄청 쥐어박혔어. 싹수없는 소리 한다고. 사람들이 이상해. 죽기 전에는 아주 제 손으로 잡아 죽이기라도 할 듯이 욕을 해댔거든. 그 집에 빚 안 진 집이 없고, 가재도구 안 뺏긴 집이 없었으니까. 그런데 그 집에서 사람이 죽어 나가니까 아주 싸고돌아. 아주 한통속으로 싸고돌아. 그런 것도 정이라고 하는 건지, 참."

"그 집 할머니는요?"

"기리 엄마? 기리 엄마가 그때는 꽃 같았지. 그 꽃 같은 여자가 상여 나갈 때 어찌나 울던지……. 시아버지가 아니라 자기 친정아버지 죽은 것처럼 그런다고 수군수군했는데, 그래봤자 그게 시할머니, 시어머니 무서워서 그랬겠지. 시아버지가 죽으면 뭐 해. 호랑이 같은 시할머니, 시어머니에, 후취 자리 시증조할머니에……. 그래도 사람이 죽으라는 법은 없어. 노인네 하나가 세상을 뜨니까 그냥 연달아 쫓아가. 한두 해 안에 줄줄이 죽었어. 그러니 귀신 붙은 집이라는 소리가 안 나와? 기리 엄마가 그렇게 된 것도 그게……. 아이고, 정말 굿을 하든지."

"왜 연달아 죽어?"

"나이 들면 그래. 장례 치르느라 힘들어서도 죽고,
너무 울다가 기운 빠져서도 죽고."

"그런 게 어딨어?"

"아니면 뭐, 귀신이 잡아갔든가."

그러면서 장강민의 어머니가 또 웃었다.

식당에서 나서는 정보하를 장강민이 쫓아 나왔다.
핑계 김에 담배를 피우려나 보다 생각했는데, 어머니
앞이라 하지 못한 말이 있었던 모양이었다.

"동네 사람들이 그때 빚 탕감을 많이 했다 그러더
라고."

"무슨 소리야?"

"그 불나고 죽었다는 시아버지 말야. 그 사람이 죽
고 나서 말야. 불도 같이 잡아주고 장례도 같이 치러주
고 한 게 고마웠던지, 아니면 불난 액땜을 하려고 그런
건지 어쨌든 그랬다더라고. 빚 있는 집은 탕감해주고,
없는 집은 삯도 주고."

"넌 그런 걸 어떻게 알아?"

어떻게가 아니라 언제인지를 묻고 싶었는지도 모
른다. 장강민은 어려서부터 입이 가벼웠다. 그런 사실을
알고 있었다면 어려서 흔히 지어내던 괴담에 그 이야기

를 보태지 않았을 리 없었다. 더군다나 장강민은 빈 관에 대해서까지 알고 있지 않은가. 그게 사실이든 어머니의 말대로 애들이 지어낸 얘기든 간에 장강민이 입을 닫고 있었을 리는 없었다.

"울 할머니가 치매시잖냐. 치매란 게 그런 거라며? 옛날 일만 똑똑히 기억하는 거. 울 할머니가 그렇더라고. 내가 누군지도 몰라보면서 나 태어날 때는 기억해. 남 얘기를 하듯이 나 태어날 때 얘기를 조금 전 얘기처럼 하고……. 근데 그 집 얘기를 그렇게 자주 하시더라고. 그것도 아주 생생하게. 옛날 우리 집이 그 집에서 제일 가까웠잖냐. 불났을 때 달려가기도 제일 먼저 달려간 모양이야. 그때 우리 할아버지가 그 집에서 일을 했는데, 어떻게 된 게 일을 할수록 점점 더 빚만 많아졌대. 근데 그때 그걸 다 까줬다고 그러더라고. 다 까준 거니까 절대로 갚지 말라고 할머니가 그래. 어제 일처럼 말한다니까. 그러면서 아무한테도 얘기하지 말라고 말하기도 하고."

"왜?"

왜 아무한테도 얘기하지 말라고 한 걸까, 말을 끝맺지도 않았는데 장강민이 이어 말했다.

"그러니까 내 말이. 울 할머니가 그 얘기 하기 전에는 내가 그 비슷한 얘기를 하는 사람조차 본 적이 없어.

　　　유리 저편 유리

동네 사람들이 다 짬짜미 먹은 거야, 뭐야? 그래봤자 그
게 언제 적 얘기야. 빚을 얼마나 까줬든 그 후에 우리가
해준 게 더 많으면 많았을 건데. 안 그러냐? 그 할머니
그렇게라도 동네에서 안 내몰리고 살다 가실 수 있었던
거, 그거 다 동네 사람들 덕분 아니냐?"

장강민의 입에서 전자담배 연기가 길게 나왔다. 그
러더니 불쑥 말했다.

"넌 이제 아무 감정 없는 거지?"

정보하는 장강민의 말을 못 알아들었다. 잠시 후에
야 그게 모유리에 관한 말이라는 것을 이해했다.

"새끼…… 무슨 소리야. 언제 적 일을 가지고."

"그래, 그렇지."

그렇게 말이 끝나는가 했는데, 장강민의 말이 이어
졌다.

"니들 사귈 때는 내가 말하기가 좀 그래서 안 했는
데……. 난 걔 좀 그렇더라고."

정보하는 그냥 들었다.

"내가 이렇게 말하면 나도 다른 놈들이랑 똑같다고
생각할지 모르지만……. 암튼, 난 좀 걔가 그래. 그런 집
손녀라서 그런 게 아니라……."

무슨 까닭인지 장강민은 자꾸 말 사이를 띄웠다.

"내가 또 걔 얘기를 해야 하는데 말야."

또 개라고 했다. 개가 아니라 개.

"그 할머니가 길에서 죽은 것들을 잘 묻어줬거든. 길고양이 같은 거 말야. 요새는 고양이 죽였다가는 살인자 취급 받는 세상이지만 옛날에는 일부러 약을 놔서 죽이는 사람도 많았어. 하긴 너도 고꾜 살아봤으니 알겠지만."

장강민의 입에서 다시 담배 연기가 길게 나왔다.

"그런데 그날은 개더란 말야."

다시 개. 개가 아니라 개.

"그걸 걔가 지 할머니하고 같이 묻더라고. 그걸 어쩌다 내가 보게 됐는데 말야."

이번에는 개가 아니라 걔.

"근데 그 개가 다 죽지도 않은 것 같았거든. 그래서 아직 살릴 수 있다고 말하는 걸. 그러는 걸……."

끔찍한 얘기였다. 아니, 끔찍한 얘기가 시작될 것 같았다.

"근데 그 묻지 말라고 말리는 사람이 걔가 아니라 할머니더라고."

정보하는 아무 말도 할 수가 없었다.

"걔가……. 그때 걔 되게 어린애였는데……. 걔가 할머니가 말리든 말든 그 개를 묻더라고. 그것도 어찌나 야무지게 묻던지……. 좀 무섭더라고, 난 걔가."

대패삼겹살집에서 멀지 않은 곳에 작은 국숫집이
있었다. 작은 국숫집이라기보다는 단출한 국숫집이라
고 말하는 게 더 맞을 것 같은 가게였다. 메뉴가 잔치국
수와 비빔국수 두 가지뿐이었고, 메뉴만큼이나 가게 내
부도 단정했다. 가게에는 테이블도 없이 바만 있었다.
변두리 동네인 곡교보다는 대학가 근방에나 어울릴 가
게라고 생각했는데, 2년 만에 그 국숫집은 사라지고 대
신 테이크아웃 커피숍이 그 자리에 들어서 있었다. 커
피숍 안으로 망설임 없이 들어간 것은 그래서였다. 더
웠고, 주인이 같은 사람일 수도 있으리라고는 생각 못
했기 때문이다. 모유리와 대패삼겹살을 먹던 남자, 대패
삼겹살집에서 그토록 슬픈 표정이던 남자가 '어서 오세
요' 했다. 정보하는 그 남자와 눈이 마주치는 것을 피하
지 못했다.

그 남자를 구청 민원실에서 본 적이 있었다. 남자
는 건축물대장 용도변경에 대해 묻고 있었다. 그때 정
보하는 한눈에 그 남자를 알아봤다. 온통 모유리로 가
득 차 있던 때였다. 정보하는 그 남자의 목소리에 귀를
기울였고, 국숫집 건물이 그 남자 아버지의 소유라는
걸 알게 됐다. 그러니까 '대패삼겹살'은 건물주의 아들

이라는 것이다. 들으라고 하는 말처럼 들렸으나, 그런데
도 듣고 있지 않을 수 없었다.

모유리 앞에서 정보하는 그 남자를 대패삼겹살이
라고 불렀다. 그냥 대패라고 부르기도 했다. 모유리와
헤어진 후 '대패'가 하지 말아야 할 짓을 많이 했다. 모
유리의 현관문에 붙어 있는 쪽지를 본 적이 있었다. 세
상의 온갖 너덜너덜한 욕설로 가득 찬 쪽지였다. 모유
리에게 걸려온 전화를 옆에서 들은 적도 있었다. 그때
대패는 하염없이 울었다. 그 울음소리가 딱하거나 한심
하게 들리는 대신 기괴하게 들렸다.

여자 때문에 우는 남자의 하염없는 울음소리는 듣
기 싫은 정도를 지나 혐오스러울 정도라는 걸 그때 알
았다. 자신은 그러지 않으리라 결심했는데, 모유리와 헤
어진 후 다를 바가 없었다. 모유리의 현관문에 욕설 가
득한 쪽지를 붙이지는 않았고, 시도 때도 없이 전화를
걸어 너 없이는 못 살겠다고 펑펑 울지도 않았지만 마
음은 지옥 같았다. 한 발짝만 잘못 내디디면 대패보다
더한 짓도 할 수 있을 것 같았다.

그때 국숫집을 찾아갔었다. 들어가지는 않았다. 들
어가면 대패와, 아니 국숫집 사장과 눈을 마주치지 않
을 수 없는 구조였다. 그러면 대패가 위로해줄까.

괜찮아요, 다 지나가요, 라고 쓸쓸한 목소리로 말해

줄까.

아니면 너 그거 다 지나가고 나면 심하게 쪽팔린
다, 라고 충고해줄까.

그때는 들어가지 않았고, 이번에도 국숫집이었다
면 아마도 들어가지 않았을 것이다. 2년 전 그때처럼 여
전히 '대패삼겹살 남자'를 찾아온 이유를 스스로 알 수
없었기 때문이다.

장강민의 옻닭집에서 구청으로 돌아가던 길이었
다. 신호에 걸려 차를 세웠을 때 국숫집이 있는 건물이
보였다. 국숫집이 테이크아웃 커피숍으로 변한 건 차
안에서 이미 알 수 있었다. 그러니 그냥 지나가면 됐는
데 일부러 자리를 찾아 주차를 했고, 일부러 들어온 것
이다.

대패삼겹살 남자를 만나고 싶은 마음은 없었고, 만
나고 싶지 않은 마음도 마찬가지였다. 그런 마음이 대
체 무엇인지 알 수가 없었다.

알지 못하는 것은 더 있었다.

모유리는 어떤 사람인지.

모유리는 정말로 몰랐을까. 할머니 집에 사람이 살
고 있었다는 걸……. 그 사람이 살아 있는 시체나 마찬
가지였다는 걸. 게다가 유골까지 묻혀 있었다는 걸…….
누군가 그 집에서 죽었다는 걸 몰랐을까.

정보하는 키오스크를 향해 등을 돌렸다. '어서 오세요' 하며 보이던 대패의 미소가 신경 쓰였다. 손님에게 보이는 미소 같지가 않았다. 그 웃음은 뭐랄까……. 마치 나는 너를 안다고 말하는 것 같았다. 내가 너를 안다는 걸 너도 알지 않느냐고 말하는 것 같았다. 그랬다. 둘 다 서로를 모를 수는 없었다. 그렇더라도 모르는 척할 수는 있었다. 구청에서 그랬던 것처럼, 모유리의 집 앞에서 피하지 못한 채 딱 마주쳤을 때처럼.

정보하는 어쩌야 할지 결정하지 못했으나 대패는 정보하가 가게 안으로 들어오자마자 순식간에 결심한 듯했다.

"유리 할머니 얘기 들었어요."

남자가 커피를 뽑으며 말했다. 정보하는 어쩐지 낭패감이 들었으나, 차라리 잘됐다 싶은 심정으로 대답했다.

"소문이 빠르군요."

"이 앞으로 구급차도 지나가고 경찰차도 가고 청소업체 이름 쓰인 트럭도 몇 대나 지나가고……."

남자는 정보하가 주문한 아이스커피를 내놓았다. 다른 커피 전문점보다 얼음을 큰 걸 쓰는 것 같았다. 종이컵 대신 유리잔에 따른 커피가 사나운 얼음들 사이에 갇혀 있었다.

"고꾜가 아주 난리였다고 하더라고요. 바로 옆집 사장님이 아직도 고꾜 사시는 분이시라 좀 전해 듣기도 했네요."

정보하는 남자가 곡교를 고꾜라고 발음하는 것을 알아들었다.

"고꾜라고 말하시네요."

"네?"

정작 남자는 정보하의 말을 금방 이해하지 못하는 것 같았다. 잠시 후에야 고개를 끄덕였다.

"아…… 고꾜. 그걸 아시는구나. 맞아요. 곡교, 고오 꼬……. 미묘하게 다르죠. 강유리하고 나는 고등학교 동창인데, 그러고 보니 우리는 학교도 고꾜 고등학교라고 불렀네요."

고등학교 이름조차 곡교가 아니라 고꾜로 불렀다는 남자의 말은 귀에 들어오지 않았다. 강유리……. 남자가 말한 그 이름이 너무 귀에 설었다. 정보하는 모유리를 강유리라고 불러본 적이 한 번도 없었다.

"그런데 여긴 어쩐 일로? 설마 커피 마시러 오신 건 아닐 테고."

남자는 뒤늦게 묻고, 정보하의 대답을 기다리지도 않은 채 말했다.

"강유리가 묘하죠? 정말 묘해요. 가끔 오싹오싹하

기도 하고. 걔가 학교 때부터 정말 인기가 많았어요. 왜,
그런 분위기를 좋아하는 애들이 있잖아요? 나도 그중
하나였고요."

　　모유리가 인기가 많았다……. 처음 듣는 얘기였다.
쓰레기집 손녀라는 걸 모르는 애들이 없어서 늘 왕따였
다고 했고, 정보하는 그런 모유리가 안쓰러웠었다. 그런
데 인기가 많았다니……. 그것도 정말 많았다니……. 내
가 아는 모유리와 남자가 아는 강유리는 같은 사람이기
나 한 것일까.

　　"유리하고 끝나신 거죠?"

　　남자가 또 묻고, 또 대답을 기다리지 않은 채 말
했다.

　　"아니면 굳이 여길 찾아올 이유가 없으실 거 같아
서요."

　　이상한 말이었다. 끝났는데, 끝난 여자의 전 남친을
찾아올 이유라니. 그것도 모유리의 할머니가 그렇게 죽
은 직후에.

　　이 남자는 뭘 알고 있을까. 자신도 알지 못하는, 자
신이 여기까지 찾아온 이유를 정작 이 남자가 알고 있
는 것은 아닐까. 그런데 남자의 이어진 말이 뜻밖이
었다.

　　"혹시 돈 문제예요?"

"돈 문제요?"

"아니면 다행이고요. 난 유리 할머니 그렇게 됐다
는 얘기 듣자마자 내 돈부터 생각나서요. 유산, 유산 그
렇게 노래를 불러대더니 이제 정말 받게 되는 거잖아
요. 게다가 재개발 완전 확정이나 마찬가지라면서요?
그러면 내 돈 정도는 껌값일 텐데. 이제라도 주려나 싶
어서요. 그럴 리가 없겠지만……. 강유리, 보통 독한 년
아니잖아요. 아시죠?"

남자의 표정이 갑자기 변했다. 마지막 말은 거의
반말처럼 들렸다. 알잖아. 쪼다야, 너도.

그러나 정보하는 몰랐다. 아는 게 없었다. 모유리와
의 사이에 돈이 오간 적은 없었다. 돈에 관한 한 얘기조
차 오간 적이 없었다. 모유리에게 돈이 필요했다 한들
줄 수 있는 돈도 없었다. 그러나 누가 알겠는가. 모유리
에게 미쳐 있던 그때, 모유리에게 돈이 필요했다면 신
용대출이라도 받지 않았을까.

그러나 모유리는 그런 여자가 아니었다. 돈 얘기를
한 적도 없고, '유산, 유산' 노래를 부른 적도 없었다. 할
머니가 살아 있는 동안 가족 관계 정리를 해두라고 말
한 건 오히려 정보하였다. 그래야 나중에 상속 문제가
복잡해지지 않을 것이라고 충고했지만, 그때도 모유리
는 말했었다.

그러면 내가 저 쓰레기까지 다 물려받아야 하잖아.

그때 그토록 슬퍼 보이던 모유리의 얼굴을 기억했다. 그 얼굴은 결코 대패삼겹살이 말하는 그런 얼굴이 아니었다. 오싹하지도 않고, 지독하지도 않았다.

다만 슬픔으로 가득 찬 얼굴이었다. 이해받기를 바라는 얼굴, 받아들여지기를 바라는 얼굴……. 잘못 태어난 존재지만 그래도 세상으로부터 받아들여지기를 바라는 얼굴……. 렛미인, 렛미인 하고 말하는 것 같은 얼굴이었다.

12장

강유이는 가끔 비명을 지르며 깨어나곤 했다. 악몽 속에서 강유이는 어김없이 8월의 그 언덕길에 있었다. 트럭이 서 있던 언덕길. 아버지가 모는 트럭보다 더 큰 트럭. 삶아질 듯 더운 날이었고, 햇살은 살을 태울 듯했다. 그리고 휘파람 소리가 들렸다.

그 휘파람 소리는 말하는 듯했다.

소녀야, 너는 무섭지도 않니?

무서웠다. 죽도록 무서웠다. 뱃속에 뭔가 생겼다는 걸 알았을 때부터 강유이는 죽도록 무서웠다. 트럭도 무서웠고, 얼굴을 드러내지도 않은 채 휘파람 소리만 내는 그 트럭 운전사도 무서웠다. 그러나 가장 무서운 건 뱃속의 것이었다.

모유리를 낳은 후에는 무서운 게 달라졌다. 세상에서 가장 무서운 건 혼자 걷던 언덕길에서 만난 트럭과 얼굴도 없이 들려오던 휘파람 소리가 아니었다. 그보다 더 무서운 게 있다는 걸 강유이는 곧 알게 됐다.

　강유이는 열여덟 살 때 또 한 번 임신했다. 그때 잤던 남자도 모기리 같은 놈이었다. 펄펄 날뛰는 대신 덜덜 떨던 것만 달랐을 뿐이다. 강유이는 그렇지 않았다. 열다섯 살 때와 열여덟 살 때가 달랐다. 강유이는 혼자 가서 아이를 지웠다. 최무자가 준 모유리의 양육비로 병원비를 썼다. 아주 간단했다.

　그랬음에도 그날 강유이는 많이 울었다. 모유리를 생각하면서 울었다. 너한테는 왜 이렇게 못 했을까, 이렇게 쉬운데, 이렇게 쉬운 걸 왜 못 했을까. 그런 후회 때문에 울었던 게 아니었다. 그냥 눈물이 쏟아졌다. 온몸이 슬픔으로 가득 찬다는 느낌을 그날 처음 알았다. 그건 고통도 아니고 절망도 아니고 그냥 슬픔이기만 했다. 슬픔과 무서움이 같은 단어라는 걸 그날 알았다. 아니, 세상에서 가장 무서운 게 슬픔이라는 걸 그날 알았다.

　그렇다면 모기리가 미쳐 날뛰던 날, 그날도 그건 무서움이 아니라 슬픔이었던 걸까.

　천만에, 그럴 리가. 그 새끼는 그냥 나쁜 놈이었을 뿐이다.

나쁜 놈, 무서운 놈, 잔인한 놈, 개새끼.

곡교집을 처음 찾아갔던 날의 기억은 몇 년이 지나도 생생했다. 모기리의 엄마에게 돈 달라는 말을 채 꺼내기도 전이었는데, 모기리가 집으로 들어섰고, 강유이를 발견했고, 네가 여길 왜 왔냐고 묻지도 않은 채 두발차기를 날렸다. 그리고 다짜고짜 두 손으로 강유이의 목을 쥐고 숨이 끊어지라고 졸랐다. 숨이 막혀가는 동안 강유이는 세상에 존재하는 온갖 욕을 다 들었다. 어찌나 다양한 욕이었는지, 그 와중에도 이 개새끼는 심지어 창의적이기까지 하네 그런 생각이 다 들었을 정도였다.

모기리의 엄마 최무자가 자기 아들을 떼어내지 않았다면, 강유이는 그날 죽었을지도 모른다. 그걸 강유이보다 최무자가 더 잘 알고 있는 것 같았다. 애가 이러다 이 애를 다치게 하겠네가 아니라 이러다가 죽이겠구나 하는 얼굴이었다. 겁을 먹은 얼굴이었다. 그 작은 여자가 있는 힘을 다해, 그야말로 필사적으로 자기 아들을 떼어내고, 온몸으로 아들을 막아냈다. 모기리가 발길질을 하면 그 발을 자기 등으로 막고 모기리가 주먹을 휘두르면 그 주먹을 자기 머리로 맞았다. 어느 순간 강유이의 얼굴이 펑 젖었다. 어디가 찢어진 걸까, 깨진 걸까. 피 흘리는 모기리 엄마의 얼굴보다 그 피를 고스란히 뒤집어쓴 강유이의 얼굴이 더 피범벅이었다.

"도망가라!"

"도망가!"

자기 아들을 끌어안고 그렇게 외친 것도 모기리의 엄마였다.

그 후, 강유이는 '이제 어쩔 거냐'며 모기리를 찾아다니기는커녕 오히려 숨어 지냈다. 모기리가 나타날까 봐 잘 때도 얼굴까지 이불을 덮었다. 모기리가 자기 엄마를 짓밟던 순간의 기억이 사라지지 않았다. 모기리의 엄마가 있는 힘을 다해 막았음에도 강유이의 몸에는 모기리의 손자국이 수두룩하게 남았다. 기억은 통증과 함께 왔다. 퍽퍽 소리, 짝짝 소리, 으드득으드득하는 소리……. 그 소리는 자신의 얼굴을 덮었던 피 냄새와 함께, 그리고 뭔가가 부패하고 썩어가는 냄새와 함께 왔다.

그러는 사이 또 시간이 흘렀다. 시간은 잘도 흘러갔다. 숨만 쉬어도 시간이 흘렀다. 배는 점점 더 불러왔다. 알지 못하는 사람은 눈치도 못 챌 정도로 납작한 배였는데, 강유이의 눈에는 자기 배가 남산만 하게 보였다. 사람들이 그런 배를 왜 남산만 하다고 말하는지 알 것 같았다.

훗날 모유리가 태어난 후, 아주 가끔이긴 하지만

그 어린것에게 치미는 듯한 애정을 느낄 때가 있었다. 그러면 그런 감정이 너무 어이없어서, 뭐야 내가 미친 거야 하고 말았지만, 그렇더라도 그 순간의 감정이 얼마나 놀라웠는지에 대해서까지 부정할 수는 없다. 그럴 때면 생각하곤 했다. 그때 아버지에게 솔직히 말했다면, 그러기만 했다면, 이 아이가 이 끔찍한 세상으로 나오는 걸 막을 수 있지 않았을까. 그게 내가 했어야 할 일이 아니었을까. 그게 내가 이 아이에게 줄 수 있는 가장 큰 선물이 아니었을까.

그러나 열다섯 살 때는 아무것도 몰랐다. 아는 게 무서움뿐이었다. 그때 가장 무서운 건 이러다가 정말로 태어나버릴 것 같은 뱃속의 것이었다. 하루하루 더 무서웠다.

그래서 또 곡교에 가야만 했다. 이번에는 버스를 타고 갔다. 모기리가 혹시 집에 있을까 봐 무서워서 버스 정류장에서 내린 후에도 한참 망설였는데, 텅 빈 수레를 끌고 오는 최무자가 보였다. 당돌함 같은 건 완전히 사라져버린 강유이가 최무자를 보자마자 흑흑 흐느끼기 시작했다.

"타라."

최무자가 수레를 가리키며 말했다. 아무리 그런 와중이더라도 그 수레에 올라타고 싶지는 않았다. 엄마라기보다는 할머니 같은, 아주머니라기보다는 노인 같은 최무자의 힘이 셌다. 최무자는 울고 있는 강유이를 끌어당기고 밀어 수레에 태웠다.

"너는 어디 사냐?"

강유이는 자기 동네 이름을 말했다.

"그 동네에 가서 너네 집이 어디냐 물어보면 다 아냐? 동네 사람들이 다 아냐?"

"그럴 리가요."

"그러니까 주소까지 말해라. 내가 너 어디 사는 줄을 몰랐다."

강유이는 울음을 멈췄다.

"같이 가주실 거예요?"

돈 주실 거예요, 묻지 않고 그렇게 물었다. 최무자는 여전히 수레를 끌며 말했다.

"이젠 안 된다."

"네?"

"너무 늦었다."

강유이는 다시 울기 시작했다. 이번에는 아주 대성통곡이었다. 강유이는 그렇게 엉엉 울며 최무자의 수레에 실린 채 다리를 건넜다. 다리에서 수레가 턱에 걸려한번 크게 흔들렸다. 대성통곡하며 울고 있는 강유이의 몸도 같이 철렁 흔들렸다.

유리 저편 유리

"아프냐?"

최무자가 묻고, 이어 말했다.

"나도 아팠다."

그 말이 왜 드라마 대사처럼 들렸을까. 엉뚱한 곳에 잘못 삽입된 드라마 대사. 그래서 그런 와중인데도 강유이는 웃음을 터뜨렸고, 수레를 끌던 최무자가 그런 강유이를 돌아보았다.

"너 참 잘 웃는구나. 웃어라. 사람은 웃어야 산다. 웃지 못하면 그런 건 사는 게 아니다."

"안 살고 싶어요."

"안다."

"어떻게 알아요?"

"나도 그렇다."

"엄마, 되게 웃기는 사람이구나. 이제 보니까."

"웃기면 웃어라."

웃으라고 했는데, 강유이는 또다시 울기 시작했다. 다리를 다 건너서 다행이었다. 이제 최무자 말고는 누구도 강유이의 울음소리를 듣지 못할 터였다.

아니다. 누구도 없는 건 아니었다. 산1번지가 가까이 보이기 시작했다. 모기리에게는 아버지가 있었다. 모기리의 아버지는 일을 나가는 사람이 아니라고 했다. 돈이 너무 많아서 일할 필요가 없어 집에만 있는 사람이라고 했다.

　강유이는 모기리의 아버지를 본 적이 없었다. 모기리가 강유이와 자기 엄마를 짓밟으며 그 난리를 치는 동안에도, 1년 열두 달 하루 스물네 시간 집에만 있는다는 모기리의 아버지 모근우는 나와보지 않았다. 그 집에 사람이 있는 것 같은 기척도 없었다. 강유이는 그 후에도, 죽는 날까지도, 모근우를 보지 못하게 될 것이다.

13장

1

휘파람 소리가 들린다. 눈만 감으면 그 소리가 들린다.

뱃속에서부터 듣던 소리다. 엄마의 뱃속에 숨어 있을 때, 납작하게 달라붙어 악착같이 숨어 있을 때, 모유리는 생각하곤 했다. 밖으로 나가면 저런 소리를 듣겠구나.

위험하기 짝이 없는 소리였다. 무서운 소리이기도 했다. 그럼에도 바깥의 세상은 아름다울 것 같았다. 적어도 뱃속 같지는 않을 것이다. 엄마의 뱃속은 어두운 물뿐이었다. 미지근하고 미끄덩하고 탁한 물. 그 물에 둥둥 떠서 무엇이든 꿀꺽꿀꺽 삼키지 않을 수 없었다. 빨리 태어나고 싶었고, 그러려면 뭐든지 먹어야 했다. 엄마라는 이 '어린아이'와 연결된 줄을 싹둑 끊어내고 자유로워지려면, 완전히 자유로워지려면 그 수밖에 없었다. 그렇게 안타깝던 소망, 아니 욕망……. 태어나고 싶었던 욕망……. 그 지독하던 욕망…….

모유리는 그 욕망에 대해서도, 휘파람 소리에 대해서도 누구에게도 말하지 않았다. 거짓말쟁이라는 말을 들을 게 뻔했기 때문이다. 열다섯 살짜리 여자아이의 몸에서 생겨나 쓰레기 할머니의 돈으로 살아가는 아이는 태어나면서부터 흠집투성이였다. 마치 낙과 같았다. 잘 여물어 수확된 과일이 아니라 덜 익은 채로 툭 떨어져버린, 벌레가 먹어버린, 아니 벌레도 안 먹는, 누군가가 집어 던져버리거나 발로 차버려도 좋은, 먹을 데보다 먹지 못할 데가 더 많은. 아니, 먹었다가는 큰일이 날.

그런 아이는 조금만 잘못해도, 심지어는 잘못한 일이 없어도 나쁜 소리를 들었다. 모유리는 보고 듣고 배우면서 컸다. 그중에서도 가장 분명하게 배운 건 뭐든지 감춰야 한다는 것이었다. 엄마가 누구인지를 감추고 아빠가 누구인지도 감추고, 할머니가 누구인지는 당연히 감추고……. 무엇보다도 냄새를 감춰야 했다.

할 수 있다면 자신에게까지 감췄을 것이다. 자신이

그 모든 것을 안다는 사실을 모르는 체했을 것이다. 그러나 모유리는 다 알고 있었다. 뱃속에서부터 모든 걸 다 알았다. 엄마의 말이, 엄마의 울음이, 엄마의 한숨이 다 들렸으니까. 엄마를 향해 쏟아지던 욕설도 다 들었으니까.

그러나 그 휘파람 소리는 욕설은 아니었지.

유혹하는 소리……. 겁주는 소리……. 단숨에 잡아먹힐 거라고 겁주는 소리……. 세상은 그런 곳이라고 알려주는 소리…….

그러면서 그 트럭 운전사가 차에서 내리려고 했지. 그러나 내리지는 못했지. 당장 뛰어내리려고 운전석의 손잡이를 잡았으나 문이 열리지 않았지. 문만 열리지 않은 게 아니라 손바닥이 손잡이에 철썩 달라붙었지. 그 손이 점점 뜨거워졌지. 화상을 입을 듯이 뜨거워지더니 수포가 잡히기 시작했지. 그리고 그 나쁜 놈, 그 개새끼, 비명을 지르며 온몸을 비틀던 트럭 운전사는 그 와중에도 무슨 소리를 들었지. 그래서 얼어붙었지. 손은 타들어가는데 몸은 얼어붙었지. 어린 여자아이의 목소리였을 거야.

내리지 마……. 네가 내리면 내가 다치잖아.

나는 다친 채 태어나고 싶지는 않단 말야.

그 개새끼의 일그러지던 얼굴, 쏟아져 내리던

땀……. 입술 사이로 질질 흘러내리던 침과 신음…….
손이 익고 타들어가던 냄새…….

당신은 믿겠는지? 내가 이런 말을 하면? 믿지 않겠
지. 당연히 믿지 않겠지. 나를 거짓말쟁이라고 말하겠
지. 재수 없는 년, 오싹한 년이라고 욕을 하겠지.

그래서 모유리는 말하지 않았다. 대신 글을 썼다.
쓰다 보니 더 잘 쓰고 싶어져서 문화센터 같은 곳을 다
니기도 했다. 그곳에서 소설 쓰는 걸 배웠다. 소설은 꾸
며내는 이야기에 불과하니 무엇을 써도 좋다고 생각했
다. 그렇지 않은가. 그곳은 거짓말을 잘할수록 칭찬을
받는 곳이 아닌가.

그래서 모유리는 정신없이 썼다. 한번 쓰기 시작
하니 걷잡을 수 없게 이야기가 쏟아졌다. 말하자면 이
런 이야기들. 아빠는 사실 살인마 같은 놈이었던 거야.
어쩌면 연쇄살인마가 될 기질이 있었을지도 모르지. 만
일 그날 성공했다면 그렇게 되었을 거야. 엄마도 죽이
고 나도 죽이려고 했지. 지 인생이 좀 났다고 여겼는데,
뭔들 못 했겠어. 안 그래도 뭐든 할 수 있는 인간이었는
데. 할머니랑 엄마가 나를 살리려고 아빠를 죽였어. 왜
냐고? 여자들은 힘이 세잖아. 살인마가 될 아들을, 살인
마가 될 애인을, 그런 것도 인간이라고 살려놓으면 안
되지.

아니면 이런 건 어때? 우리 할머니는 알고 보니 살인마인 거야. 그걸 감추려고 쓰레기를 모아. 그러니까 저 쓰레기 밑에는 온갖 시체들이 다 있어. 아빠부터 시작해서 이 동네에서 죽은 모든 것들이 전부 다 묻혀 있어. 더 묻을 데가 없어서 뒷산 아래에도 묻었지. 그렇지만 내 자리는 남아 있어. 그러니까 언젠가는 나도 거기에 묻힐 거야. 할머니는 나를 그러려고 키웠지. 입술을 혀로 핥듯이, 입맛을 다시듯이 짭짭거리며, 나를 키웠지.

시시했다.

금방 시시해졌다. 그런 서사에는 어떤 비범함도 없다는 걸 금방 알게 됐다. 기껏해야 살인마 따위나 등장하는 그저 그런 이야기에 불과했다. 다른 수강생들도 모유리의 소설을 좋아하지 않았다. 합평이라는 명목하에 악평을 쏟아냈고, 깠고, 심지어 비아냥거리기까지 했다. 그러니까 이 장르가 호러야, 추리야, 로맨스야? 물었다. 자신도 모르는 사이에 반말투로 말했다는 것을 깨닫고는 금방 말을 고쳐 묻기도 했다. 그러니까 이 소설은 뭐예요?

다른 사람이 이어 말했다. 그러니까요. 할머니는 왜 쓰레기를 모으게 되었는지 서사가 없고, 그 아빠란 인물은, 아니 뭐, 애를 지워버린다거나 그런 생각도 할 수 있었을 텐데. 지금이 20세기도 아니고……. 소설이 꼭 윤리적일 필요는 없는 거잖아요? 게다가 살인이라니……. 난데없이, 뭘 그렇게까지 했냐는 말이지요. 그러니까 개연성이 없다는 거지요.

모유리는 예의 바르게 듣기는 했지만 집에 돌아와서는 프린트를 하고 클립을 끼워 가져갔던 원고를 한장 한장 뜯어내 빨간색 펜으로 죽죽 그어버렸다. 여덟 장의 A4 용지가 전부 새빨간 색으로 가득 찼다.

그러면서 생각했다. 그러니까 개연성이 없다는 거지……. 그러니까 개연성이 없다는 거지……. 그러니까 개연성이 없다는 거지…….

그 후로 모유리는 줄곧 개연성에 대해 생각했다. 그 후로 1년, 그 후로 2년, 그 후로 줄곧. 생각하다 보니 마침내 개연성이 무엇인지 또렷해졌다. 그건 할머니가 어쩌다 그렇게 되었는지가 아니라, 아빠가 어쩌다가 그렇게 되었는지도 아니라, 할머니가 언젠가는 반드시 죽을 거라는 사실이었다. 그리고 자신은 산1번지를 물려받게 될 거라는 사실이었다.

개연성은 이루어진다. 어떤 개연성은 그냥 기다리기만 해도 이루어진다. 할머니가 죽는 것은 백일치성으로도, 작정 새벽기도로도 이루어지지 않을 것 같았으나, 그러나 어떤 개연성은 소설과는 전혀 다른 방식으로 이루어진다.

2

최무자의 시신이 발견되기 전날인 15일 밤, 모유리
는 다리를 건넜다. 다리를 건너다가 잠시 멈춰 섰다. 어
렸을 때 그랬던 것처럼.

그때 모유리는 오랜만에 외할아버지의 농담을 떠
올렸다. 꼬끼오 다리. 그 말을 하면서 웃음을 참지 못하
던 할아버지. 곡교에서 다리를 철거하다가 사람의 뼈
같은 것을 발견했다던 말도 떠올렸다.

나뭇가지였겠지.

그러고 나서 할아버지는 다시 말했었다.

사람 뼈일 리가 있겠어.

마치 스스로에게도 확신이 필요하다는 듯이.

모유리는 다 들었다. 엄마가 듣는 이야기를 뱃속에
서 다 들었다. 엄마가 듣는 이야기뿐만 아니라 엄마가
하던 이야기도. 남들에게 하던 말, 스스로에게 하던 말,
중얼거리던 말, 욕설과 울음 전부.

엄마의 뱃속은 쓰레기로 가득 차 있었다. 소화시키
지 못한 이야기들, 위험한 욕망과 지저분한 상상들, 도

대체 이게 열다섯 살짜리 계집애가 할 법한 생각이야 궁금해질 지경이었지만 바로 열다섯 살이기 때문에 가질 수 있었을 더럽고 짜릿하고 눈물 나고 유치한 소망들. 그것들이 뭉쳐 뒤섞이고, 부패하고, 가스를 만들고, 냄새를 풍겼다.

이제 당신은 이해하겠는지?

내가 얼마나 태어나고 싶었을지.

그 시끄러운 뱃속, 그 냄새나는 뱃속에서 얼마나 빨리 뛰쳐나오고 싶었을지.

다시 15일 밤으로 돌아가자. 그날 밤, 다리를 건너 할머니 집으로 향했다. 당신은 자꾸 이유를 묻지만, 대체 무슨 이유가 있겠는가? 손녀가 할머니 집에 가는데. 보고 싶어서? 당연히 그렇게 말할 생각은 없다. 그러나 안 보고 싶어서? 그건 더 말이 안 되지 않는가. 그러니 그냥 아무 이유도 없었다고 해두자.

당신이 경찰이라면 아마도 이 대목에서 묻고 싶을 것이다. 그래서 할머니 집에는 들어갔는지? 그러나 이미 말하지 않았는가. 이미 진술하지 않았는가. 들어갈 수가 없었다고.

언젠가부터 할머니 집은 쓰레기들로 완전히 장악되어 그것들이 기둥 역할을 했다. 그것들을 치웠다가는 집이 무너져버릴 거라는 건 전문가가 아니라도 알 수 있었다. 그래서 높이 쌓을수록 더 안전해지는 집이었다. 쓰레기로 안전해지는 쓰레기의 집.

할머니는 언젠가부터 그 쓰레기집에서 두문불출했다. 더는 수레를 끌 힘도 없었고, 뭘 주우러 다닐 힘도 없었고, 그렇지 않다고 한들 쌓아놓을 데도 더는 없었다. 그래서 할머니는 쓰레기처럼 쟁여졌다. 자기 집에 놓인 최후의 쓰레기가 되었다.

모유리 역시 집 안으로 들어가지 못했다. 집 안은 커녕 마당까지도 들어가기가 어려웠다. 그래서 문밖에서만 할머니, 할머니 불렀다. 부르며 물었다.

할머니 밥은 먹었어? 자작자작 밥 지어 먹었어?

밥이 익을 때 자작자작 마음이 탔어?

아니다. 거짓말이다. 할머니를 그렇게 다정하게 불렀던 것이 언제 적 일이었는지도 기억나지 않는다. 할머니가 죽기만을 기다리는 동안 모유리도 나이가 들었다. 때때로 꿈을 꾸는데, 그 꿈속에서 모유리는 할머니보다 더 늙어 있다. 그게 어찌나 분한지 할머니의 머리채를 휘어잡고, 이 늙은이, 이 늙은이, 죽지도 않고! 이러면서 욕설을 퍼붓는다.

할머니가 입을 활짝 열어 송송 빠진 이가 보일 정도로 함박 웃는다. 약 오르지, 하는 얼굴이다. 할머니가 호더가 된 이유를 모유리는 꿈속에서 깨닫는다. 아무도 못 가져가도록, 그 무엇도, 그 누구도 못 가져가도록 쓰레기를 쌓아놓은 것이다. 아주 산처럼 쌓아놓은 것이다. 그 꿈에서는 모유리의 어린 아빠 역시 쓰레기 속에 묻혀 있다. 묻혀서, 묻힌 채 누워서, 해골인 얼굴로 활짝 웃고 있다. 너, 몰랐지? 이건 다 내 건데! 하는 얼굴이다. 꿈속에서 모유리는 이를 간다. 아니다. 이건 네 게 아니다. 너희들 게 아니다. 전부 내 거다. 나는 하나도 빼앗기지 않을 것이다. 내가 어떻게 태어났는데!

할머니와 함께 죽은 동물들을 묻어줄 때부터 알았다. 왼발 오른발로 꽝꽝 땅을 다질 때부터 알았다. 얘들은 이제 열심히 살아 있지 않아도 되지. 얘들은 이제 피를 안 흘려도 되지. 얘들은 이제 꿈을 안 꿔도 되지.

그러니까 꿈……. 뒷산에 묻어준 동물들과는 다르게 매일 밤마다 꾸지 않을 수 없었던 꿈. 매일 낮에도 꾸었던 꿈. 살아 있으므로, 앞으로도 살아가지 않을 수 없으므로 몸속에서 자라고, 꽃이 피고, 시들어가다가 마침내 부패하며 벌레가 꼬이며 냄새를 풍기던 꿈……. 마침내 독이 되어버린 꿈……. 그게 무엇이었는지, 그게 무엇인지 이제 나는 그 이야기를 할 준비가 됐다. 쓸 준비가 됐다. 당신은 들을 준비가 되었는지?

문은 열려 있었다. 그즈음 그녀의 할머니는 문단속

도 하지 않았다. 한때는 문을 열 때마다 끼익, 끽, 끼이이익 소름 끼치는 소리를 내던 문은 완전히 헐거워져더는 소리도 내지 않았다. 달빛에 의지해 좁은 길을 헤쳐 들어가야 했다. 아무것도 무너뜨리지는 않았지만 여러 번 옷이 걸리고 팔과 다리에 긁힌 자국이 났다. 모기도 엄청났다. 쌓인 것들을 건드릴까 봐 무서워 손을 휘둘러 모기를 쫓을 수도 없었다. 온몸의 구멍마다 모기가 달려들어 맹렬히 피를 빨았다.

집 안의 길이 그사이에 달라져 있었다. 마치 일부러 만들어놓은 미로처럼 가도 가도 끝이 없는 길이 이어졌다. 그러니 마침내 그녀가 닿은 곳은 미로 속이었겠는가, 미로의 끝이었겠는가.

그곳에 할머니가 있었다. 납작하게 깔린 채.

그때, 그녀는 비명을 질렀을까.

할머니! 하고 외쳤을까.

그러고 나서는 뭐라고 말했을까.

할머니, 죽은 거야? 라고 물었을까.

혹은 할머니, 아직도 살아 있는 거야, 하고 속삭였을까.

미안하다. 여전히 소설 이야기를 하고 있다. 언젠가 썼던 소설 중 하나 혹은 쓰고 싶었던 소설 중 하나일 뿐이다. 믿든 말든 그렇다.

빨간색 펜으로 죽죽 줄을 그은 후 쓰레기통에 던져 버렸던 소설이 다시 떠오른다. 비아냥거리던 수강생이 물었다. 그래서, 어떻게 됐는데요? 어쨌다는 건데요? 창피했다. 너무 창피하니 화까지 났다. 그런 말을 한 수강생에게도, 동의한다는 듯이 그런 말을 묵묵히 듣고 있던 강사에게도 화가 나서 다 죽여버리고 싶을 정도였다. 남에게 모욕 주는 일을 그토록 쉽게 하는, 그렇게 무례한 인간들은 한꺼번에 땅에 묻고, 왼발 오른발을 번갈아가며 땅땅땅 다져줘도 될 것 같았다.

그러나 지금은 다르다. 지금 누군가 내 이야기를 듣고 있는 사람이 있다면 나는 마땅히 사과해야 할 것이다. 지금 내가 하는 이야기가 당신들이 듣고 싶어 하는 이야기가 아니라는 것쯤은 알기 때문이다.

그러나 이야기란 그런 것이다. 사람들이 듣고 싶어 하는 말만 쓰면 그건 좋은 이야기가 아니다. 1년 동안 돈을 처들여가며 배운 것이다.

이야기에는 개연성! 항상 개연성이 중요하다!

그러니까 이야기는 이런 식으로 시작되어야 한다.

그녀가 아는 사람 중 누구도 그녀처럼 상속을 꿈꾸며 사는 사람은 없었다. 불행한 청춘들이었다. 또래들 중 무남독녀나 외동아들은 많았지만 상속을 기대하기에는, 그러니까 부모가 언제 죽을지 궁리하기에는 그들의 부모는 너무 젊었고, 무엇보다도 너무 가난했다. 빚이나 안 남기면 다행인 부모들이었다. 뜻밖의 행운이라는 것도 없어서 독신으로 늙어가다가 조카에게 유산을 남겨줄 부자 이모나 고모가 있지도 않았다. 그들은 술을 마시며 흔히 부모를 욕했다. 취했을 때는 상욕을 하기도 했다. 술이 깨면 모두들 부모를 욕한 자신에게 수치심을 느꼈고, 고통스러워졌고, 그래서 이번에는 스스로를 향해 상욕을 했다.

그러고 나서 그들이 돈을 벌러 갈 때, 그러니까 콜센터에서 욕설과 음담패설을 듣고, 편의점 사장에게 막말을 듣고 월급을 떼먹히고, 식당의 불판을 씻고, 바퀴벌레와 싸우고, 화장실 변기 속을 박박 닦고 있을 때, 상속을 물려줄 할머니가 있는 그녀는 그냥 살아 있기만 하면 되었다.

상속받을 때까지는 악착같이 살아 있어야 하므로 남들보다 더 열심히 살아 있어야 했다. 그래서 그녀의 정체성은 한마디로 열심, 오로지 열심이었다. 그랬음에도 첫 직장에서는 디스크가 터졌고, 두 번째 직장은 첫 월급을 받기도 전에 문을 닫았고, 세 번째 직장에서는 사수가 변태였고, 그 후로는 면접을 보러 오라는 곳조차 없었다.

언제부턴가 그녀 역시 엄마처럼 할머니가 빨리 죽기만을 기다렸다. 할머니의 삶은 세균으로 가득 차 있었고, 그녀의 삶은 불안으로 가득 차 있었다. 둘을 한꺼번에 끝내는 가장 좋은 방법은 할머니가 이 불편한 세상에서 좀 더 서둘러 떠나주는 것뿐이었다. 그러나 불행히도 할머니는 언제나 살아 있었고, 심지어는 영원히 살 것 같았다. 그녀는 좌절했다. 할머니를 찾아갈 때마다 좌절했다. 좌절만 했다면 다행이었을 것이다. 그런 것도 다행이라 말할 수 있다면. 그러나 그녀는 좌절만 한 게 아니었다. 자신의 꿈이 너무 참혹해서, 너무 비열하고 비참해서, 자신의 꿈에 스스로 상처를 입었다. 그 비참함과 비열함에 대한 상처가 너무 통렬한 나머지 자신이 할머니가 죽기를 바라는 것만큼이나 영원히 살기를 바라게 될 것이라는 걸 알았다. 할머니가 쓰러지면 간호를 하고 똥오줌을 받아내고, 의사가 더는 가망이 없다는 말을 할 때조차도 연명치료를 간절히 원하게 될 것이라는 걸 알았다. 죽기를 바라는 것과 살기를 바라는 것 중 어느 것이 더 간절한 진심인지도 깨닫지 못한 채 그럴 것이다.

그러나 할머니가 깔려버린 날에는 그런 진심 같은 것은 중요하지 않았다. 아무것도 중요한 게 없었다.

유리 저편 유리

그 밤, 그녀는 산속에서 여러 번 길을 잃었다. 잃을 길이 없는 산책로인데도 그랬다. 여러 번 멈춰서 길의 방향을 찾아야만 했었다. 그때마다 자신의 뒷덜미가 갈고리에 걸린 듯했다.

가라, 가. 무너진다.

할머니의 그런 목소리가 들렸다.

모유리, 내 손녀 모유리야. 가라, 얼른 멀리 가라. 아주 멀리 가라.

그 목소리와 함께 같이 떠오르는 말도 있었다.

도망가, 모유리. 도망가야 한다고.

그건 할머니의 목소리였을까. 그녀 자신의 목소리였을까.

벌써 눈치챘겠지만, 물론 또 다른 버전의 소설이다. 그런데 당신은 어떤 버전을 믿겠는지?

숨겨진 버전이 있다고 믿겠지.

내가 문을 열었다고 믿겠지. 집 안으로 들어갔다고 믿겠지. 그리고 뭔가를 했다고 믿겠지.

그게 당신이 생각하는 개연성이라면, 좋다. 믿어도 좋다.

14장

1

이재승 형사가 구청으로 찾아왔다. 민원인처럼 불쑥. 그야말로 불쑥.

"강유리 씨하고 한동안 가까운 사이셨다고요?"

강유리라는 이름이 낯설어서인지 금방 대답이 나오지 않았다. 형사는 재촉하지 않고 정보하의 대답을 기다렸다. 그러나 말없이 바라보는 눈빛이 더 재촉 같았다.

"꽤 된 일입니다. 모유리 씨 할머니 그렇게 되시기 전까지는 연락도 없이 지냈고요."

"그동안 강유리 씨한테는 다른 남자친구가 없었던

모양이던데. 아, 뭐 그렇다는 얘깁니다."

정보하는 아무 대꾸도 하지 않았다.

"뭐, 두 분 관계에 대해서 여쭤보려는 건 아니고요."

형사가 잠깐 말을 끊었다가 다시 이었다.

"곡교에는 자주 가셨나 봐요? 혹시 사망하신 노인을 최근에 만난 적이 있으셨을까요?"

"아니요. 최근에는 그쪽으로 나갈 일이 없었습니다만……."

정확한 말은 아니었다. 노인을 만난 적은 없지만 최근에 곡교에 나간 적이 있기는 했었다. 굳이 말해야 할까 싶었지만, 어쩌면 굳이 말해야 할지도 몰랐다.

"혹시 일주일 전쯤 일을 말씀하시는 거라면……."

"나흘 전이지요?"

정보하는 말을 잇지 못했다. 형사의 말이 의미심장하게 여겨졌다. 일주일 전이었다고 자신이 한 말을 콕 집어 나흘이라고 수정한 것이다.

"아, 무슨 일로 가셨던 건지는 압니다."

형사가 먼저 말했고, 정보하는 긴장했다. 무슨 일로 갔던 건지를 알고도 물어봐서가 아니었다. 무슨 일로 간 건지를 이미 알아보고 와서였다.

"산1번지 담당자셨다고요?"

"2년 전입니다. 그 후로는 노인을 만난 적이 없습니

다. 나흘 전에도 마찬가지고요."

"담당이었을 때는 자주 가셨겠죠?"

"당연히 그랬죠. 그러기는 했지만……."

긴장 탓인지 말이 꼬이는 기분이 들었다.

"집 안을 자세히 살펴보지는 못했습니다. 만일 그걸 물어보시는 거라면."

말이 꼬이는 것 같더니 기어코는 할 필요도 없는 말이 나왔다. 형사가 묻지도 않았는데, 자신은 그 집에 살아 있는 사람이 있다는 것을 알지 못했고, 유골에 대해서도 아는 바가 없다고 대답하고 있는 셈이었다. 정보하는 말을 돌렸다.

"너무 위험했거든요."

"염소의 길이요?"

정보하는 또 놀랐다. 형사가 '염소의 길'이란 말을 알고 있어서였다. 그런데 형사가 다시 물었다.

"그 말을 알고 있어요?"

정보하는 형사가 묻는 말의 진의를 파악할 수 없었다. 잠시 후에야 입을 열었다.

"책에서는 산양의 오솔길이라고 하더군요. 염소의 길은 모유리하고 저 사이에서 통하던 말이었고요."

"그래서 검색이 안 됐나? 아무튼 강유리 씨가……아, 모유리 씨 말입니다. 모유리 씨가 그런 말을 하더라고요. 집 안에 있는 좁은 통로로 할머니는 들락날락했지만 자기는 그럴 수 없었다고요. 나는 뭐, 다 무너진 다음에 가봐서 모르겠습니다만. 정말 그랬어요? 그래도 사람이 사는 집인데 사람이 들어갈 수 없을 정도로?"

"제가 담당했을 때는 그랬습니다."

"담당이었을 때는."

형사가 정보하의 말을 반복했다. 일종의 강조였다.

둘 사이에 잠깐 침묵이 고였다. 그 침묵의 압박감이 어마어마했다. 이런 걸 형사의 오라라고 말하는 것일까. 죄지은 것도 없는 사람도 납작하게 만들어버리는.

나흘 전 곡교에 갔던 건 주차 부지와 관련한 민원 때문이었다. 그때도 땜빵이었다. 여름에 휴가가 몰려 사무실에 여기저기 빈자리가 많았다. 그런데 나가보니 민원인이 아는 얼굴이었다. 전에는 편의점을 하던 사장이 자리를 옮겨 무인 아이스크림 가게를 하고 있었다. 산1번지를 담당할 때, 그 편의점에 자주 들렀었다. 모유리의 할머니가 박카스를 좋아했다. 그래서 한 박스씩 사곤 했는데, 사장이 자리를 지키고 있을 때면 꼭 한 병씩을 더 얹어주며 마시고 가라고 했었다.

그날은 아이스크림을 공짜로 줬다. 정보하가 커다란 아이스크림콘 하나를 다 먹는 동안 산1번지에 관한 이야기가 오갔다. 노인이 요새 통 안 보인다는 말, 이런 폭염에 노인이 어떻게 견디는지 모르겠다는 말 그리고 요즘은 손녀도 거의 안 들르는 것 같다는 말들이 두서없이 이어졌다. 정보하는 계속 '네, 그렇군요' 정도로만 반응을 했는데, 아이스크림 가게에서 나와서는 발걸음이 다리 쪽으로 향했다.

그날 아침, 구청이 들썩들썩했었다. 재개발 소식 때문이었다. 이번엔 단순한 소문이 아닌 것 같았다. 바로 내일이면 땅을 파기 시작할 것처럼 소문이 들썩거리다가도 언제 그랬냐 싶게 무산된 적이 한두 번이 아니었지만 그날은 다른 때와 달랐던 것이 토지수용 보상금액까지 구체적으로 말이 돌았기 때문이다. 게다가 그게 예상을 넘어서는 액수였다. 그 금액을 말하는 사람도, 듣는 사람도 입을 쩍쩍 벌렸다. 정보하 역시 마찬가지였다.

아이스크림 가게 사장인 곡교 주민과도 그 얘기를 나눴다. 사장이 아이스크림 통 속에 들어 있는 것 중에 제일 큰 걸 꺼내주며 먹고 가라고 붙들었던 이유도 실은 정보하가 구청 직원이어서였을 것이다. 그러나 어떤 정보는 관계자들보다 주민들 사이에서 더 빠르다.

재개발이 실행만 된다면 산1번지가 그 구역에 포함될 거라는 건 새로운 정보랄 것도 없었다. 그러나 산1번지를 둘러싼 임야와 나대지 일부가 노인의 소유라는 것은 처음 알게 된 사실이었다.

"다리만 건너면 다 그 할머니 땅이야. 거기 그 산책로로 들어가는 길도 토지대장에는 할머니 땅으로 돼 있을걸? 할머니가 그 길 막아버리면 산책도 못 한다 이 소리야."

그래서였을까. 발길이 다리 쪽으로 향했던 것은. 현장에서 곧바로 퇴근할 작정이었기 때문에 다시 사무실로 들어갈 필요는 없었다. 야산을 넘어야 하기는 하지만 산책로를 통해 집까지 걸어갈 수도 있었다. 그러나 폭염이었다. 야산을 넘어 집에 간다는 건 미친 짓이었다.

그러니 이렇게 말하면 어떨까. 뭔가가 끌어당기는 것 같았다고. 오후 5시였고, 8월이라 아직 대낮같이 밝았는데, 마치 어둠 속에서 빛이 번져오는 것처럼 산1번지 쪽에서 끌어당기는 듯한 어떤 기운이 느껴졌다고. 무슨 소리 같기도 했다고. 휘익…… 휘익…… 휘파람 소리 같았다고…….

모유리가 휘파람에 관한 얘기를 하곤 했었다. 엄마에게 들은 얘기라면서. 그런데 너무 어려서의 기억이라 꼭 엄마 뱃속에서 들은 것처럼 여겨지기도 한다며 웃어 보이기도 했었다. 그러면서 이런 말도 했었다.

사람들이 나를 귀신 들린 아이라고 그러잖아. 내가

226

아빠와 할아버지를 동시에 잡아먹은 아이라는 거잖아. 그러니 엄마 뱃속에서 휘파람 소리를 듣는 정도는 이상한 일도 아니잖아.

모유리는 무서운 얘기를 잘했다. 심지어는 그런 얘기를 웃으면서 말하기도 했다. 대패삼겹살의 말처럼 가끔은 오싹오싹했다. 오싹오싹한데 그럴 때마다 미치게 끌렸다.

그러나 어떻게 말한다고 하더라도 그날 자신의 발길이 산1번지 쪽으로 향한 것은 아이스크림 가게 사장과 나눈 재개발 얘기 때문이었다. 그날 문득 모유리가 그리웠다고 말할 수도 있겠지만, 그래봤자 역시 산1번지 때문이었다. 모유리가 상속받을 돈이 너무 엄청난 걸 알아버려서였다.

헤어지지 말 걸 그랬다. 적어도 내가 먼저 그러자고 말하지는 말 걸 그랬다. 모유리가 먼저 말했다고 하더라도 아주 딱 달라붙어 있을 걸 그랬다……. 그러니까 고작 그런 마음이었던 것이다. 그런데 그런 마음을 설명한다면, 설명할 수 있다면 형사는 그 마음을 이해할까. 하도 치사한 마음이라 찰떡같이 이해해줄까.

"다리 앞에 시시티브이가 있는 건 아시죠?"

물론 알았다. 다리 앞에 시시티브이가 있다는 걸 알았고 거기에 자신이 찍혔으리라는 것도 알았다. 형사가 이미 그걸 확인했으리라고도 짐작했다. 그러나 티브이 범죄 프로그램을 보면 시시티브이는 꼭 필요할 때면 고장 나 있거나 점검 중이다.

정보하는 아무 이유도 없이 궁지에 몰린 기분이었다. 살면서 시시티브이를 걱정할 일이 생길지는 몰랐다. 그 시시티브이에 자신이 찍혔는지 아닌지를 걱정할 일이 생길지는 꿈에도 몰랐다. 그것도 찍혔는지가 아니라 안 찍혔을지를 걱정할 일이 생길지는. 그날 정보하는 다리를 건너지 않았다.

그런데 그때 형사의 말이었다.

"모유리 씨가 15일 밤에 그 다리를 건넜더라고요."

정보하는 또 놀랐다. 형사는 왜 이런 말을 내게 하는 것일까. 그게 내가 알아야 하는 일인 걸까.

무슨 까닭인지 접객실의 냉방 온도가 갑자기 뚝 떨어진 것처럼 느껴졌다. 등에서는 땀이 흐르는데, 얼굴로 쏟아지는 천장의 냉방 바람은 송곳 같았다. 형사가 그런 정보하를 유심히 바라보다가 말했다.

"할머니 집에 갈 때는 다리를 건너갔는데, 집에 갈 때는 산으로 갔다고 하더라고요."

그래서…… 그래서 어쨌다는 건가.

"그래서 산책로 시시티브이를 확인해봤다 이 말입니다. 산책로에도 시시티브이가 있는 거 아시죠?"

정보하는 대답하지 못했다. 물론 알고 있었다. 그러나 형사가 묻는 질문이 그에 관한 것 같지는 않았다. 아무리 어리석어도 그 질문이 어떤 대답을 요구하는 것인지 모를 수는 없었다. 그 시시티브이에 누가 찍혔는지 아느냐는 뜻이었다.

"그게 참 묘하게도 말입니다? 산책로로 갔다고 말하는 모유리 씨는 안 찍히고……."

"산책을 하러 갔었습니다."

정보하는 말하지 않을 수 없었다. 아니, 고백하지 않을 수 없었다. 아니, 자백하지 않을 수 없었다.

"아, 산책. 산책…… 그거 좋죠. 요즘 같은 열대야에도 거긴 시원한가 몰라. 그래요? 시원해요? 사람들이 산책을 많이 해요? 한밤중에? 노는 날도 아닌데? 그럼 안 피곤한가? 그다음 날 근무할 때 안 졸려? 나는 집에만 가면 그냥 시체야. 산책은 무슨. 더워죽겠는데. 게다가 거기 멀던데? 집에서 아주 멀던데?"

아니다. 자신이 듣고 있는 소리는 전부 헛소리였다. 자신이 만들어내 혼자 듣고 있는 환청이었다. 형사에게서 들은 말은 실은 한마디뿐이었다.

"모유리를 만난 거죠, 거기서?"

2

모유리와 만나기 시작하던 무렵이었다. 아직 특별한 사이가 되지는 못하고 마냥 설레기만 하던 때······. 너무 설레서 정신을 차릴 수 없었던 때······.

너는 왜 그런 애를 만나고 다니냐?

한 친구가 말했었다. 곡교로 돌아와 다시 만나기 시작한 친구들 중 하나였다.

취향도 참 독특하다.

그렇게도 말했었다.

정보하는 다시는 그 친구를, 친구인지 아닌지도 알 수 없는 '그 새끼'를 만나지 않았다. 연락이 와도 나가지 않았고, 화났냐고 묻는 문자에도 답하지 않았다. 겨우 그 정도가 정보하가 표현할 수 있는 분노의 전부였다. 한 대 때려주지도 못했고, 욕도 해주지 못했다. 정보하에게는 그런 폭력적인 성향이 없었고, 욱하는 성격도 없었다. 성장하는 동안 사고 한번 치지 않은 건 아니지만 대개는 자잘한 것들이었다.

정보하는 평범하게 컸다. 아버지가 스스로 생을 마감한 후, 평범해지기 위해 노력했다. 문제아가 되지 않으려고 노력한 게 아니라 평범해지기 위한 노력이었다. 왕따를 당한 적도 없고 주목을 받은 적도 없었다. 그러는 동안 평범해지려고 기를 썼던 이유는 사라지고 그 무엇도 아닌, 그저 버티려고 하루하루 애쓰는 삶만 남게 된 것 같았는데 공무원 시험에 합격한 후로는 사정이 조금 달라졌다. 소개팅 건수가 늘어났고, 애프터 신청을 하면 거절을 당하는 경우가 현저히 줄어들었다. 비슷한 사람들의 세계, 평범한 사람들의 세계에서는 공시 합격이 사법고시 합격쯤으로 여겨졌다. 정보하는 그런 기분이 좋았다.

곡교로 발령이 났을 때는 기분이 오묘했다. 금의환향이라는 말은 스스로 생각해도 말이 안 되는 소리였지만, 어쨌든 그 비슷한 기분은 들었는데 첫 출근 날부터 자신을 알아보는 사람을 만난 덕분이었다. 장강민이었다. 호들갑스럽게 반가워했고, 술 한잔하자고 했고, 앞으로 네 덕 볼 일이 많겠다고 말하기도 했다. 그게 곡교식 환영 인사라는 걸 모르지 않았음에도 정보하는 그 인사가 마음에 들었다.

그리고 모유리가 나타났다.

책에만 파묻혀 사는 동안 연애가 그토록 간절한 꿈이었을까. 합격만 하면 제일 먼저 하고 싶었던 일이 연애였을까. 합격만 하면 사람처럼 살 거라고 생각했는데, 사람답게 사는 일 중에 가장 중요한 일이 연애였을까. 한 가지는 분명히 말할 수 있었다. 그게 가장 뜨거운 일이었다고.

정보하는 노인 앞에서는 모유리와의 관계를 드러내지 않았다. 숨긴 것은 아니었다. 모유리가 원했다면 말했을 것이다. 그러나 모유리는 원하는 것 같지 않았고, 정보하는 모유리가 자신을 완전히 받아들이지 않는다고 느꼈다. 그때 렛미인, 렛미인 더 열심히 속삭인 사람은 정보하였다.

공무로 산1번지를 방문했는데 모유리가 할머니와 함께 있던 적도 있었다. 정보하는 노인의 등 뒤로 모유리의 손을 잡았다. 모유리는 그 손을 뿌리치지 않았다. 쓰레기집, 그 온갖 쓰레기와 악취 속에서도 정보하는 달콤했고 뜨거웠다.

노인이 그들의 관계를 눈치챘을 수도 있다고 생각한 순간이 전혀 없었던 건 아니다. 가끔은 자신을 바라보는 노인의 시선이 의미심장하게 여겨지기도 했다. 그러나 아마도 자의식 때문일 거라고 여겼고, 그런 순간은 금방 지나갔다.

그러나 기억나는 하루가 있다.

산1번지에 쌓인 외부 적치물이 문제가 된 적이 있었다. 다리를 건너면 산1번지와는 다른 방향으로 산책로가 이어졌는데, 그 길을 잘못 접어들어 산1번지로 향하는 산책객들이 있었고, 그들 중에는 그야말로 '깜짝 놀라서' 신고하는 사람들이 있었다. 그런 사람들 중에 난데없이 힘 있는 사람이 있기도 했다. 힘 있는 사람을 아는 사람이 있기도 했다. 시위원, 구위원, 구청장, 경찰서장 등등의 친구, 친척, 군대 동기, 단골 미용실 원장 등등…….

그날도 그런 식으로 위에서부터 내려온 점검과 시정 조치 지시가 있었다. 정보하는 잔뜩 짜증이 나서 노인의 집에 도착했다. 매번 똑같은 일의 반복이었고, 그날따라 그게 지겨웠다. 웽웽 달라붙는 파리 떼도 그날따라 더 못 견디겠는 심정이었다. 그래서 혹시 노인에게 짜증을 부리기라도 했을까. 혹시 자신도 모르는 사이에 험한 말이라도 했을까. 노인이 갑자기 말했다.

"저기 유리 오네."

노인이 턱끝으로 가리키는 방향은 다리 쪽이었다. 다리는 텅 비어 있었다. 사람은커녕 개 한 마리, 새 한 마리 보이지 않았다. 그러니 노인이 다리를 건너오는 다른 사람을 모유리로 착각했을 리는 없었다.

갑자기 울화가 치밀어 올랐다. 노인이 자기를 놀린다고 생각했다. 정보하는 대체로 조용한 성격이고 욱하는 기질도 없었지만, 한번 뒤집히면 수면 아래에 있던 모든 것들이 마구잡이로 쏟아져 나오는 것 같은 기분일 때가 있었다. 보통은 그냥 지나갔지만 아주 가끔은 그런 기분에 함몰됐다. 그런 게 바로 욱하는 거라고 말한다면 변명하기 어렵겠지만, 그건 정말 드문 경우였다. 그리고 바로 그날이 그랬다.

그동안 참았던 것, 냄새와 벌레, 온갖 쓰레기에 대한 혐오와 구토, 아무리 말을 해도 들어 처먹지를 않는 노인에 대한 염증과 분노가 합쳐져 배설물 같은 악취를 풍기며 입 밖으로 쏟아졌다. 노인은 귓등으로도 듣지 않았다. 적어도 정보하가 느끼기에는 그랬다. 정보하가 발광을 하든 지랄을 하든 다리 쪽만 바라보았다.

그러다가 또 한 번 말했다.

"유리 온다니까."

노인은 알고 있었을 것이다. 그날 자신을 바라보던 노인의 눈빛에 대한 기억이 오래 남았다. 쓰레기를 뒤지는 눈빛이었다. 섬뜩한 기분이 들었던 건 그래서였다. 쓰레기를 뒤지는 사람이니 노인이 찾는 것이 향기로운 것일 리는 없었다. 기어코 찾아내는 것이 귀한 것일 리도 없었다. 그렇다면 뭘까. 뭔데, 도대체 뭔데! 뭘 보고 있는 거야! 이 늙은이, 도대체 뭘 보고 있는 거야!

입 밖으로 그렇게 소리쳐 말하지는 않았지만, 그러나 그러지 않기 위해 이를 악물어야 했었다. 쏟아져 나오려는 말을 있는 힘을 다해 참아야 했었다. 말하자면 이런 말들. 이제 그만 좀 하라고. 손녀도 그만 고생시키고 나도 그만 좀 힘들게 하라고. 그러려면 어째야겠느냐고. 이따위 집 다 불태워버리고, 땅이라도 손녀한테 넘겨주라고.

살 만큼 살지 않았느냐고.

그런 말들을 삼키느라 침까지 흘릴 것 같은, 아니 어쩌면 정말로 흘리고 있었을 정보하를 바라보는 노인의 시선이 집요했다. 말 너머의 말까지 뒤지는 눈빛이었다.

그러니까 정보하가 그 와중에도 하고 있던 이런 생각들.

이 늙은이가 언제 죽겠어.

모유리가 이 집을 언제 상속받겠어.

설마 내가 그때까지 걔하고 사귀고 있겠어.

설마 내가 걔하고 오래가기야 하겠어.

그런 애랑…….

자신도 깨닫지 못해서 자신에게조차 비밀이 된 말들. 그 뜨겁고 달콤하고, 그래서 심지어 쩔쩔매는 것 같은 마음에도 불구하고, 절절 끓는 철판 위에 볶이는 듯 안달 나 있는 마음에도 불구하고……. 동시에 함부로였던 마음과 말들. 비밀은 결코 폐기 처리 되지 않는다. 쓰레기가 될망정 어딘가에 쟁여진다. 부패하고 냄새를 풍기고 벌레가 꼬일망정 결코 완전히 사라지지는 않는다.

그리고 누군가가 그걸 뒤지고, 찾아낸다.

3

신원불상자가 깨어났다는 전화를 이재승은 구청에서 받았다. 정보하와 함께 있을 때였다. 전화를 끊은 후 곧바로 출발했지만 병원으로 향하는 동안 이재승이 줄곧 생각한 건 신원불상자가 아니라 정보하였다.

처음에는 입을 꾹 다물고 있던 정보하는 한번 입이 열리자 많은 얘기를 쏟아냈다. 묻지 않은 얘기도 했는데, 빈 관과 개에 대한 것이 그중 하나였다. 불이 났고, 개가 타 죽었고, 빈 관이 어쩌고저쩌고하는 얘기. 이재승으로서는 전부 처음 듣는 얘기들이었다. 아마도 대개는 쓸데없는 말이겠지만, 그중 혹시 쓸데 있는 것이 있다면 그건 곧 탐문을 통해 알아낼 수 있을 것이다.

보다 흥미로운 것은 오히려 바로 눈앞에 있었다. 정보하라는 자……. 모유리보다 더 이상하고 더 흥미로웠다. 주절주절 내뱉는 말이 전부 전 여자친구였던 모유리를 변명해주는 말인 것 같은데, 그러니까 그 집에서 이상한 일들이 벌어졌을 뿐, 그건 모유리와는 아무 상관 없는 일이라고 말하는 것 같은데, 다시 해석해보면 그게 변명이나 변호가 아니라 고발처럼 여겨지기도 했다.

정보하에게는 들키고 싶지 않은 무언가가 있어 보였다. 나흘 전 곡교에 갔었다는 사실이 아니라, 다리를 건넜는지 안 건넜는지가 아니라, 모유리에 대해서 뭘 알고 있는 것에 대해서도 아니라……. 그 자신에 대해 말하고 싶지 않은 뭔가가 있어 보였다. 그 말에 닿지 않으려고 애쓰는 게 분명했는데, 본인 자신에게조차 들키고 싶지 않은 어떤 마음 때문인 듯했다.

지켜주고 싶은 마음일까.

아니면 처음부터 그런 게 없었다는 걸 들키고 싶지 않은 마음인 걸까.

전화가 걸려오지 않았다면, 정보하에 대해 좀 더 알아낼 수 있었을 것이다. 그러나 의식을 회복했다는 신원불상자가 언제 다시 상태가 나빠질지 알 수 없었으므로 서두를 수밖에 없었다.

이재승은 병원에 도착하기 전에 의식을 회복한 신원불상자에게 가장 먼저 말을 건넸었다는 간호사와 통화를 했다. 간호사가 환자분 이름이 뭐냐고 묻자 신원불상자가 대답했다고 했다.

모근우.

그러더니 금방 다시 말하더라는 것이다.

모지리.

무슨 말을 하는 거냐고 묻기도 전에 간호사가 보충 설명을 했다. 처음에는 모근우라고 대답하더니 금방 모지리라고 말하더라고, 자기가 모지랍게 그렇게 됐다는 뜻일까요? 이재승에게 반문을 하기까지 했다. 모지랍다……. 간호사가 사투리를 쓰는 사람인지 아니면 뜻을 강조하다 보니 엉뚱한 말을 하게 된 것인지는 몰랐다. 중요하지도 않았다. 신원불상자가 자신을 모지리라고 말한 건 아닌 게 분명하므로.

모기리. 신원불상자는 자신을 모근우라고 했다가 곧 모기리라고 한 것이다. 어쩌면 모근우인 신원불상자가 아들인 모기리의 이름을 부른 걸 수도 있다. 그러나 제삼의 인물일 가능성 또한 완전히 배제할 수는 없다. 유전자 감식 결과가 나오기 전까지는 아주 낮은 가능성이라도 버려서는 안 됐다. 그러나 기다려야 하는 것이 너무 많았다. 검사해야 할 것도 너무 많았다.

신원불상자는 이재승이 병원에 도착했을 때까지 깨어 있었다. 이재승에게는 그게 기적처럼 여겨졌다.

"환자분."

간호사는 신원불상자를 여전히 그렇게 불렀다. 이어서 이재승이 불렀다.

"모근우 씨?"

신원불상자는 대답하지 않았다. 잠시 후, 이재승은 다시 말했다.

"모기리 씨?"

여전히 아무 대답도 없었다. 다만 어리둥절한 표정일 뿐이었다. 어쩌면 어이없다는 표정인지도 몰랐다.

이게 뭐야, 도대체……. 참 어이가 없네, 생각하는 얼굴일지도.

어떤 생각을 하고 있든 간에 신원불상자가 대답을 할 수 있는 상태가 아닌 것만은 분명했다. 당연했다. 기적이란 게 그렇게 쉽게 올 리는 없다. 신원불상자는 실은 이렇게나마 깨어났다는 게 믿기지 않을 정도로 여전히 참혹한 모습이었다.

4

그런데 강유리…… 아니, 모유리는 알고 있었을까. 이 살아 있는 시체가 할머니의 집에 있었다는 걸. 모유리와 개에 관한 이야기가 떠올랐다. 정보하에게 들을 때는 웃기는 얘기라고만 생각했는데 새삼스레 기분이 좋지 않았다.

이재승은 병실에서 나와 양혜규에게 전화를 걸었

다. 얼마 전까지만 해도 같은 팀이었다가 난데없이 사이버 수사팀 쪽으로 가버린 양혜규는 곡교 출신이었다. 양혜규가 자기 동네 얘기를 할 때마다 곡교라는 발음이 '꼬끼오'처럼 들려서 기억에 남았었다. 정보하에게서 들은 얘기를 확인해볼 수 있겠느냐고 병원에 오는 길에 부탁해두기는 했지만 큰 기대를 하지는 않았는데, 뜻밖에 양혜규는 그 짧은 시간 동안 많은 것을 알아낸 모양이었다.

모칠성이라는 새로운 이름이 등장했다. 모근우의 아버지이고 모기리에게는 할아버지인 사람. 정보하가 말했던 바로 그 '빈 관' 소문의 주인공. 양혜규가 알아본 바에 의하면 산1번지에서 오래전에 화재가 났던 건 사실이라고 했다. 그 불을 기억하는 사람들이 여전히 있었다. 화재가 커서 그런 게 아니라 불이 난 직후 곧바로 상사가 있었기 때문이라는 것이다. 그 장례를 집에서 치렀는데, 상여까지 메는 건 그때도 드물던 일이라 그 일을 사람들이 두고두고 기억했다. 그러나 빈 관 소문에 대해서는 모두 코웃음을 치더라고 했다.

이재승도 그럴 거라고 생각했다. 빈 관 소문이 사실이라면 나무 밑에서 발견된 유골이 높은 확률로 모칠성의 것일 텐데, 그럴 리는 없을 것이다. 유골을 집마당에 묻고 빈 관을 상여에 실을 이유가 어디에 있겠는가.

시신의 상태가 염습을 할 수 없을 정도로 참혹했던 게 아니라면…….

시신에 보여서는 안 될 뭔가가 있는 게 아니었다면…….

쉽게 생각할 수 있는 의문이기는 했지만 동시에 가능성이 적은 추론이기도 했다. 시신의 흔적을 가리기 위해 암매장을 한다는 것도, 그러고 나서는 빈 관이라는 것을 숨겨야 하는 것도 각고의 노력이 필요한 일일 터인데, 그 두 가지 일을 동시에 해야 할 이유가 있을 리 없다.

그래도 모칠성에 대해서는 좀 더 알아볼 필요가 있을 것 같았다. 양혜규가 수집한 정보에 의하면 모칠성은 돈놀이로 상당한 치부를 했다. 돈놀이를 시작한 건 그 선대 때부터였는데, 모칠성이 가업을 잘 물려받았다.

모씨 집안이 곡교에 들어온 건 그 선대 때였다. 일본 부자가 버리고 간 집을 적산으로 불하받았는데, 그 과정에서 담당자의 채무를 까주는 식으로 뇌물을 크게 썼다는 소문이 돌았다. 그러나 마을 사람들은 누가 그 집을 사서 들어온다는 얘기를 듣고 다들 혀를 찼다.

사연이 있었다. 그 집을 일본 부자가 지었는데, 일본이 패망한 후 자기 나라로 돌아갈 때 딸을 데려가지 않았다. 정신적 장애가 있는 딸이었다. 황급한 와중에 어디 숨어버린 딸을 못 찾았다는 말도 있었고, 곧 다시 돌아와 데려가려 했다는 말도 있었고, 그 딸을 홀로 두고 간 게 아니라 돌보는 사람을 구해 맡기고 갔는데 그 사람이 그 집 재물만 들고 튀어버렸다는 말도 있었다. 아무튼 그 딸이 빈집에서 굶어 죽어 발견될 때까지 동네 사람들이 그 사실을 몰랐다.

"무슨 고릿적 옛날얘기야. 〈전설의 고향〉이야?"

"〈파묘〉가 천만 찍는 시댄데요?"

양혜규의 말이 무슨 말인지도 못 알아들으면서 이재승은 계속 들었다.

일본 부자가 떠난 후, 동네 사람들이 그 집을 먼지 털듯이 털었다. 앞다투어 돈이 될 만한 것은 무엇이든 털었다. 그런데도 아픈 딸이 그 집에 숨어 있는 것은 몰랐다. 나중에 죽어 시취가 풍길 때가 되어서야 알았다. 산1번지가 동네에서 떨어진 집이라 시취조차 묻힐 뻔했는데, 뒤늦게 그 집 문짝까지 뜯어 오려던 동네 사람이 그 냄새를 맡았다.

"그런데 요기가 바로 냄새나는 부분인데요."

금방 시신이 부패해 냄새가 날 때가 되어서야, 라는 말을 하더니 이번에는 또 다른 냄새에 대한 이야기였다.

"정말 몰랐을까요?"

"뭘?"

"그 집에 그 딸 있던 거?"

실은 이재승도 똑같은 생각을 하고 있었다. 일본 부자가 버리고 간 집, 그것도 대저택. 그 집을 털러 들어 가서 산 사람을 발견했다면, 보통은 그 사람을 구할 것 이다. 보통은 그렇게 생각할 것이다.

그러나 그들은 그러지 않았다. 혹은 그러지 못했 다는 것이다. 무슨 소리가 들리면 잘못 들었다고 생각 했을 것이고, 뭘 봤어도 잘못 봤다고 믿었을 것이다. 정 말로 벌어졌던 일이라면 그랬을 것이다. 그러나 오래된 일이다. 사실인지도 알 수 없고, 사실이라 하더라도 살 이 많이 붙은 얘기일 것이다. 이야기는 점점 더 황당해 져 괴담으로 발전했다. 굶어 죽은 귀신이 매일 밤 그 집 벽 속에서 우는 소리를 낸다는 것이다.

"야! 〈전설의 고향〉 끝난 지가 언젠데!"

이재승이 참지 못하고 소리를 지르자, 한마디도 지 지 않는 양혜규가 또 대답했다.

"그거 리메이크 몇 번이나 된 거 모르세요?"

그랬나.

"굿이라도 하지 그랬대, 그 집은."

"한두 번 했겠습니까, 그런 집에서?"

"그런데 왜 귀신이 안 떠나? 무당이 용하질 않았나?

일본이 너무 멀어서 못 가?"

"아버지가 사과를 안 했잖아요."

이재승은 못 알아들었다. 젊은 양혜규와 말을 나누다 보면 종종 못 알아듣는 말이 있었다. 은어와 신조어가 아닌데도 그랬다.

"과거사, 사과, 진정한 사고와 보상, 그런 거 모르십니까?"

"그걸 왜 여기다 갖다 붙이냐?"

비로소 알아들은 이재승은 이번에도 또 빽 소리를 지르려다가 그만 웃어버리고 말았다. 씁쓸한 웃음이었다.

5

리메이크. 이야기는 계속해서 반복되고, 발전한다. 스스로 생명력을 얻는다. 흔들리지 않는 배경이 있는한 더욱 그러하다. 산1번지에 관한 괴담은 노인이 홀로사는 거대한 쓰레기집이라는, 온갖 방향으로 해석이 가능한 배경을 갖고 동네 사람들에게뿐만 아니라 유튜브, 심지어는 공중파에서까지 재생산됐다.

모씨 집안은 대대로 남자들이 단명했다. 폐가나 다

름없던 산1번지를 훌륭한 저택으로 고쳐 이사를 들어
왔던 모칠성의 부친이 그 집에서 얼마 살지도 못한 채
죽었다. 그 후 가업을 이어받아 큰돈, 작은 돈 가리지 않
고 돈놀이를 하던 모칠성마저 병에 걸렸는데, 곧 죽을
것처럼 위중했다. 그 후에도 온갖 병에 걸렸고, 그때마
다 사경을 헤맸다. 괴담에 생명력이 생겼다. 버려졌다
가 굶어 죽은 일본 부자의 딸이 그 집 남자들을 다 잡아
먹는다는 식으로. 자기를 버린 아버지에 대한 원한 때
문에.

남자들이 단명하는 집안에서 삼대독자로 모근우
가 태어났을 때는 혹시라도 그 어린아이에게까지 무슨
일이 생길까 여자들이 아주 싸고돌았다. 귀신 들린 집
에서 태어나는 바람에 처음부터 그랬는지, 아니면 어른
들이 너무 싸고도는 바람에 그리되었는지는 알 수 없지
만, 모근우는 보통 애들과 달랐다. 다들 전자일 거라고
믿었지만 뒤의 이유도 없지 않았을 것이다. 늙거나 젊
었거나 여자들이 번갈아가며 싸고도는 바람에 모근우
가 발에 흙은커녕 먼지도 묻히지 않으며 컸다.

그러나 여자들이 아무리 싸고돌아도 막을 수 없는
것이 있었다. 모근우의 첫 울음소리부터가 그랬다. 고추
달고 태어난 사내아이의 울음소리가 다 큰 여자의 울음
소리처럼 들렸다. 그토록이나 서글프게 들렸다. 그렇게

들리는 것을, 아무리 아니라고 생각하려 해도 아니라고 믿을 수가 없었다. 여자들은 동시에 뒤를 돌아보았다. 그곳에 뭔가가 있는 것 같았다. 눈물로 펑 젖은 무언가가. 아니, 누군가가.

여자들은 뒤를 돌아볼 때 그랬던 것처럼 다시 동시에 고개를 돌렸다. 누구도 자신이 본 것에 대해 말하지 않았다. 더 정확히 말하면 입을 다물었다. 다만 그때부터 세 여자는 작심한 것처럼 울지 않았다. 서로가 서로를 괴롭히며 울고불고하던 세 여자는, 수시로 통곡을 하던 세 여자는 그 후로는 서로를 괴롭히는 와중에도, 괴롭힘을 당하는 와중에도 울음소리만큼은 내지 않았다.

최무자가 시집을 왔을 때, 가장 먼저 들은 말도 '울지 말라'는 것이었다. 이 집에서는 울면 안 된다고 했다. '이 집'이란 게 무슨 말인지도 이해하지 못한 채로 어린 신부 최무자는 어른들의 말을 고분고분 들었다. 그러나 어떻게 울지 않을 수 있겠는가. 시어른들은 무섭고, 남편이란 자는 징그럽고 싫었다. 병아리 같던 새색시 최무자는 밤마다 숨죽여 울었다. 동네 사람들이 아무리 쉬쉬했다고 한들, 산1번지가 귀신 들린 집이라는 소문도 금방 알게 되었다. 숨죽여 울고 있으면 벽 너머 혹은 벽 속 어딘가에서 음률을 맞추듯이 누군가의 울음소리가 화답을 해왔다.

삼대독자 모근우는 열여섯 살이 되면서부터 혼처를 알아보기 시작했는데, 열아홉 살이 되어서야 상대를 구할 수 있었다. 최무자는 아버지가 자신을 얼마에 팔아넘겼는지 알지 못했다. 며느리를 구하는 데 3년이나 걸렸다는 걸 보면 시아버지가 결코 적은 값을 치르지는 않았을 것이다. 어쩌면 빚 탕감의 대가였을지도 모른다. 시집을 와서야 알게 되었는데, 모칠성은 빚도 잘 주고 빚 탕감도 잘해줬다. 물론 언제나 탕감의 대가가 빚보다 더 컸다.

부모와 함께 봤던 맞선 자리에서 겨우 얼굴만 익힌 남자와 서울 한복판의 회관에서 결혼식을 올렸다. 호텔도 아니고 회관이었으나 그래도 최무자는 기가 죽었다. 거둬들여야 할 부조금만 아니었다면 회관은커녕 집 앞마당에서 혼례를 치렀을 거라는 사실을 몰라서였다. 예식만 치르고 시집으로 들어오자마자 최무자가 가장 먼저 한 일은 웨딩드레스며 폐백 옷 따위를 보자기에 싸고, 속곳과 양말을 새것처럼 빠는 일이었다. 빌린 것을 돌려주는 것도, 빌리지 못해 살 수밖에 없던 것을 내다파는 것도 최무자가 해야 했다. 이부자리가 두 채였는데, 두 채의 이불 속 솜이 달랐다. 새 솜을 넣은 한 채와 달리 다른 한 채는 헌솜을 넣었다는 걸 알았을 때는 속은 기분이었다.

그러나 속인 건 최무자도 마찬가지였다. 최무자는 모근우보다 세 살 많은 게 아니었다. 호적이 아닌 실제 나이로는 다섯 살이나 많았다. 결혼식을 끝내고 시집으로 들어올 때 동네 사람들이 우르르 집 밖으로 나와 새색시를 구경했다. 누구는 혀를 쯧쯧 찼고, 누구는 입을 손으로 가리고 웃었다. 나이 속인 걸 들킨 것 같았다. 그게 무서워서 자신이 속은 것에 대해서는 생각도 못 했다. 최무자는 모근우에 대해서 아무것도 몰랐다.

모근우가 밤일에 환장하던 시기에도 그게 그저 마땅히 겪어야 하는 일인 줄로만 알았다. 참으면 넘어가는 일인 줄로만 알았다. 모근우는 밤낮이 없었고, 장소를 가리지도 않았다. 그건 여자를 안거나 품는 일이 아니었다. 폭력이었으나 최무자는 그게 폭력인 줄도 몰랐다. 그걸 몰랐던 건 모근우 역시 마찬가지였다. 생애 처음 알게 된 '그 일'이, 자기 몸속에 그런 것이 있어 그런 식으로 쏟아져 나온다는 그 사실이, 그리고 그때 그렇게 들려 올라가는 듯한 느낌이, 그 추락하는 듯한 기분이 기쁘고, 찬란하고, 더럽고, 괴로워서 어쩔 줄을 몰랐다. 모근우에게 그건 몸의 쾌락이 아니라 발견의 쾌락 혹은 정신의 추락이었다.

결혼한 지 몇 개월 만에 애가 생겼다. 그러나 들어선 줄도 몰랐던 애가 잘못됐다. 두 번째 아이는 거의 산달을 다 채웠는데 낳아보니 죽은 아기였다. 손가락 발가락이 다 있고, 뺨을 건드리면 입술을 오물오물하며 젖을 빨 것 같았다. 그러나 기껏해야 죽은 것이었고, 더군다나 기껏해야 계집아이였으므로 시어른들이 포대기에 둘둘 말아 내다 버렸다. 산에다 묻어줬다고 했으나 내다 버린 게 분명했다. 최무자는 뒷산을 뒤지고 다녔다. 흐느껴 울며 찾아다녔으나 찾은 것은 빈 포대기뿐이었다.

아아, 그렇게 악독한 여인들이라니.

얼마나 아무렇게나 내다 버렸으면 빈 포대기만 나뒹군단 말인가.

그러니 아이가 이런 악독한 집에 태어나고 싶었겠나.

그날 뒷산에서 터뜨린 최무자의 통곡이 산1번지 담장을 넘어왔다.

아무도 들은 체하지 않았다.

벽 속에서 우는 여자 말고는.

그 후 언젠가부터 뒷마당에 나무 하나가 자라기 시작했다. 저절로 씨가 날아와서 저절로 뿌리를 내린 나무니 저절로 죽겠지 했는데, 그러기는커녕 무럭무럭 커

　　　　　유리 저편 유리

서 꽃도 피울 것 같았다. 친정집에도 있는 쥐똥나무였다. 열매가 다닥다닥 맺히는데, 그 모양이 꼭 쥐똥 같았다. 이름과는 달리 봄이면 하얀 꽃을 찬란하게 피우고 진한 향기를 풍기는 키 작은 나무였다.

산1번지 뒷마당에 자리 잡은 쥐똥나무는 무럭무럭 컸다. 그러다가 한 그루, 두 그루 늘어나더니 뒷마당 전체가 숲이라도 될 기세였다. 집 뒤의 야산과 경계가 없어져 마치 산이 집을 먹어치우는 것처럼 보였다. 최무자는 그게 무서웠다. 그곳에 죽은 딸아이의 포대기를 묻었는데, 나무들의 사나운 뿌리가 포대기를 찢을 것 같았다. 어차피 썩어 없어질 것이나, 그래도 뿌리에 친친 감기고, 그러다가 찢기는 것은 싫었다. 그러면 땅속에서 죽은 아기가 또 피를 흘릴 것 같았다.

포대기를 묻을 때 깊이 묻은 기억이 없었다. 악독한 늙은이들이 눈치챌까 봐 서둘러 묻느라 얕게 묻고 땅만 다져줬었다. 그래서 처음에는 호미로만 파도 나올 줄 알았다. 그러나 나중에는 큰 삽을 가져와야 했다. 그 삽날에 뭔가가 걸렸을 때, 쥐똥나무의 뿌리 중에서도 독한 뿌리인 줄 알았다. 꺼내놓고 볼 때도 그게 뼈인 줄은 몰랐다.

뼈라니. 나무 밑에서 뼈가 왜 나온단 말인가.

포대기만 묻었는데 뼈가 왜 나온단 말인가.

최무자는 다시 땅을 파기 시작했다. 비슷한 것이 자꾸 나왔다. 끝도 없이 나왔다. 최무자가 정신을 놓아 버린 게 혹시 그때가 아니었을까. 뿌리마다 알감자가 맺히듯 뼈들이 맺혀 있었다. 열매처럼 열려 있고, 꽃씨처럼 맺혀 있었다.

그중에 아기의 뼈 같은 게 보였다. 꽃씨 같은 아기의 뼈, 열매 같은 아기의 뼈가.

내가 미쳤구나…….

최무자는 생각했다. 내가 미쳐서 헛것을 보고 있구나.

그랬음에도 땅 파는 것을 멈출 수는 없었다. 오히려 미친 듯이 파기 시작했다. 꽃씨 같고 열매 같은 아기의 뼈는 악독한 늙은이들이 뒷산에 내다 버린 자기 아이의 뼈 같았다. 아이가 스스로 집을 찾아 돌아온 것 같았다.

그렇겠지. 그게 맞겠지. 그게 아니면 뭐겠어.

혼자 집 찾아오는 길이 외로워 다른 뼈들도 데려왔겠지. 세상의 온갖 버려진 뼈들, 사람이고 짐승이고 가릴 거 없이 원혼이든 원귀든, 객혼이든 객귀든 다 데려왔겠지.

이리 나오렴, 아가야. 거기에 있지 말고 이제 이리로 나오렴.

유리 저편 유리

미친 듯이 파고 파고 또 파다 보니 끝이 보였다. 밑이 뻥 뚫린 끝이. 땅의 저쪽까지 파버린 것 같았다. 그래서 지구 저쪽의 하늘이 보이는 것 같았다. 그런 일은 가능하지 않다는 걸, 아무리 못 배운 최무자라도 알았다.

나는 미쳤구나……

최무자는 또다시 생각했다.

그런데 자신이 미쳤다면, 미친 게 사실이라면 그건 두말할 나위 없이 '이 집'의 늙은이들 때문이었다. 그들은 최무자를 달달 볶아 죽이고 푹푹 삶아 죽이기로 작정한 사람들이었다. 자신들이 그렇게 살았으니, 최무자에게도 그렇게 했다. 그들은 도미노 속의 여자들이었다. 서로를 무너뜨리면서 같이 무너지고 같이 박살 났다. 그런데도 스스로를 불쌍히 여기지 않았고, 혐오하지도 않았다. 죽은 여자아이가 태어나면 서슴지 않고 내다 버렸다.

그런 사람들은 벌을 받아야 했다. 그렇지 않은가. 버려서는 안 될 것을 버렸으니 누군가는 그들에게 벌을 내려야 하는 게 아닌가.

최무자는 자신의 손에 들려 있는 삽을 내려다보았다. 그런 것이 자기 손에 있는 게 하나도 이상하지 않고 오히려 당연하게 여겨졌다. 최무자는 한 번에 세 여자를 박살 내는 방법을 알았다. 세 여자뿐만 아니라 한 남자까지도. 한 쓸모없는, 버러지 같은 인간까지도. 그자는 자기 딸이 버려지는데도 문밖 한번 내다보지를 않았다. 자기 딸이 야산에 버려져 짐승들에게 뜯어 먹히는 동안에도 최무자를 올라타고 또 올라타는 것밖에 몰랐다.

그러니 어쩌겠어.

벌을 받아야지.

최무자는 삽을 고쳐 잡았다. 그 삽을 질질 끌면서 2층으로 향했다. 모근우의 방이 있는 2층. 불이 켜진 듯 계단과 복도가 환하게 빛났다. 벽도 환했다. 그 벽 속에서 무슨 소리가 들렸다. 궁금하지도 않았다. 그 벽 속에 무엇이 살고 있는지 아니까. 그것이 원하는 게 뭔지도 알았으니까.

아빠는 날 버리고 엄마는 날 잊었지.

벽 속 소리가 노래처럼 들렸다. 한 계단 한 계단 올라가며 듣다 보니 그게 자기 노래 같고 죽은 아기의 노래 같기도 했다. 최무자의 아버지는 최무자를 팔았고, 최무자의 어머니는 딸을 잊었다. 최무자는 딸이 버려지는 걸 막지 못했고, 모근우는 딸이 버려지거나 말거나 상관하지 않았다.

죽여, 죽여! 그런 것들은 다 죽여버려!

그래야지, 그래야겠지. 최무자는 '그런 것들'에 자기도 포함되어 있다는 걸 알았다. 자신 역시 벌받아야 할 사람이었다. 그래서 앞으로 할 일이 무섭지 않았다.

최무자는 마침내 모근우의 방문 앞에 멈췄다. 그리고 방문에 손을 얹었다. 모근우가 피를 흘리면 세 늙은이는 피를 토할 것이다. 모근우가 쓰러지면 세 늙은이는 자빠져 비명을 지를 것이다. 모근우가 숨을 멈추면 세 늙은이는 뼈가 바수어지고 영혼이 갈기갈기 찢길 것이다.

삽을 든 최무자가 방문의 손잡이를 잡았다.

문을 열어, 문을 열어!

최무자는 마침내 문을 열었다.

열었다!

7

그런데 모기리가 뱃속에서 발길질을 한 게 그때였나. 그야말로 어마어마한 발길질이었다. 저를 배고 있는 어미를 패 죽일 것 같은 발길질이었다.

　오랜 시간이 지난 후 강유이가 산1번지에 나타났을 때, 최무자는 강유이의 뱃속에 든 것이 계집아이라는 것을 단박에 알아보았다. 옛날에는 그런 걸 알아내는 방법이 있었다. 아이를 밴 어미가 길을 걷다가 왼쪽으로 돌아보면 아들이고, 오른쪽으로 돌아보면 딸이라고 했다. 아이를 밴 어미의 배가 잔을 엎어놓은 모양으로 둥글면 아들이고, 툭 튀어나온 모양이면 딸이라고 했다. 강유이는 언제나 오른쪽으로 고개를 돌렸다. 모기리가 잡아 죽이겠다고 달려들 때도, 그 황급한 와중에도 고개는 항상 오른쪽으로 돌렸다.

　사람들은 열다섯 살짜리 계집아이가 기어코 출산을 한 것은 다 최무자 때문이라고 말했다. 그런 수군거림이 있다는 걸 최무자도 알았다. 손이 귀한 집안이라 무조건 대를 이을 욕심으로 최무자가 강유이에게 숨겨놨던 돈을 한 재산 떼줬다는 얘기였다. 강유이가 아들을 낳기만 하면 거기에 보태 더 큰 재산을 떼줄 예정이었는데 그만 계집애가 나와버렸다고 말하는 사람도 있었다. 강유이가 아들을 낳았으면 최무자가 키웠겠으나 딸을 낳는 바람에 호적에도 올려주지 않았다고 단정 지어 말하는 사람도 있었다.

사람들이 뭐라고 말하든 최무자는 귓등으로도 듣지 않았다. 최무자는 언제부턴가 동네 사람들과 말을 섞지 않았다. 길에서 마주쳐도 보는 둥 마는 둥 했다. 그러거나 말거나 동네 사람들은 최무자에게 상냥했다. 심지어는 점점 더 다정해졌다. 보기만 하면 말을 걸었다. 최무자는 그 이유도 알았다. 자신을 정신 나간 사람으로 취급하는 것이었다. 나이가 좀 젊었다면 꽃을 꽂고 다니는 미친년처럼 취급했겠지만 너무 빨리, 너무 일찍 늙어버려서 그런 식으로 최무자를 희롱하는 사람은 없었다. 오히려 먹을 걸 가져다주고, 잘 살아 있나 들여다보기도 했다. 문도 두드리지 않고 그냥 마당 안으로 들어와 떡도 내려놓고, 김치전도 내려놓고 그랬다.

그러다가 쥐똥나무에 이르곤 했다.

그리고 말했다.

거름을 잘 써서 그런가…… 참 잘도 자라, 저 나무. 꽃도 잘 피고.

15장

모유리도 쥐똥나무 아래를 파본 적이 있다.

모유리도 그 쥐똥나무 아래에서 뼈를 발견한 적이
있다.

그래서 더 깊이 팠는데, 파고 또 파다 보니 할머니
가 발견했던 것과 똑같이 깊은 구멍이 나타났다. 구멍이
커서 그 안으로 들어갈 수도 있을 것 같았다. 고개를 들
이밀자마자 모유리는 이상한 나라의 앨리스처럼 구멍
속으로 떨어졌다. 한없이 떨어졌다. 그러나 앨리스와는
달리 모유리는 이상한 나라에 이르지 못했다. 어느 곳에
도 이르지 못했다. 그 구멍에는 바닥이 없었다. 그래서
끝없이 떨어지고 끝끝내 떨어졌다. 영원히 떨어졌다.

그 이야기를 할머니에게 들려줬다. 꿈이라고 생각

해서 말해줬는데, 할머니가 손을 잡고 말했다.

　내 손 잡아라. 안 그럼 떨어진다.

　할머니도 떨어지는 중이었던 것이다. 언제부터였는지는 알 수 없지만 할머니는 계속해서 떨어지고 있었던 것이다. '떨어진다'고 했던 할머니의 말이 추락이 아니라 헤어짐에 대한 말이라는 것을 이해한 것은 훗날의 일이다.

　그러니까 그들은 구멍 속 손녀와 할머니. 손을 놓으면 영원히 헤어져 혹은 떨어져 다시는 만나지 못할 손녀와 할머니. 영원한 고독 속을 헤매거나 혹은 그 고독마저 깡그리 사라진 진공 속에 둥둥 떠 있거나…… 손을 놓치는 순간 각자 떠 있어야 하는…… 완벽히 혼자가 되어 둥둥 떠 있어야 하는…… 외롭고 슬픈, 어쩐지 오싹한, 할머니와 손녀.

　세상에서 제일 무서운 건 슬픔이라고 강유이가 말한 적이 있었다. 뱃속에 있을 때 강유이가 그렇게 말하는 걸 들었다. 그래놓고는 정작 자신은 그런 말을 한 줄도 몰랐다. 완전히 술에 꼴아 있었으니까. 꽐라가 되어 있었으니까. 엄마라는 그 어린 여자아이는 뱃속에 애가 있을 때도 술을 마셨다. 그것도 엄청나게, 고래처럼 마셨다. 그래서 모유리 역시 탯줄을 통해 술을 받아 마셨다. 그리고 취했다. 술에만 취한 게 아니었다. 강유이의 말에도 취했다. 세상에서 제일 무서운 건 슬픔이라는 말에.

그 슬픔이 탯줄을 타고 흘러들어와 모유리에게 말을 걸었기 때문에.

세상으로 나가고 싶니.

거기엔 슬픔뿐이란다.

그거참 무섭지.

세상으로 나가보고 싶니.

거기엔 고독뿐이란다.

아무도 없지.

그거참 무섭지.

쥐똥나무 아래에 묻혀 있던 수북한 뼈들……. 그건 할머니가 묻은 게 아니다. 할머니가 죽은 것들을 묻을 때는 모유리가 그 자리에 함께 있었다. 항상 같이 있었다. 할머니와 함께 있지 않을 때도 땅을 다지는 소리는 들렸다. 어디선가 그 소리가 들려왔고, 가만히 귀를 기울이면 할머니의 숨소리도 같이 들렸다. 그러면 자신도 그곳에 할머니와 함께 있는 것 같았다. 할머니와 같이 땅을 다지는 것 같았다.

이제는 당신도 기억하겠지.

내가 땅을 어떻게 다지는지.

오른발 왼발 번갈아가며 땅땅땅.

16장

1

정보하는 달려서 다가왔다. 많은 남자들이 호기심 때문에, 그게 좋은 것이든 비열한 것이든 어쨌든 호기심으로 모유리에게 다가오곤 했었다. 그러나 정보하처럼 달려서 온 남자는 없었다.

정보하는 다짜고짜 달려와 수레를 밀기 시작했다. 잠시 후 자기소개를 했다. 새 담당자였다. 모유리는 숱한 담당자들을 만났다. 행정복지센터, 구청, 보건소, 파출소, 경찰서, 무슨무슨 지원센터 기타 등등. 그들 대부분이 친절했다. 겉으로는 그랬다. 그러나 그렇지 않은 담당자도 있었다. 속만 그런 게 아니라 겉까지 그런 담당자도 있었다. 아예 못돼 처먹은 담당자도 있었다. 그들은 할머니의 쓰레기를 발로 툭툭 찼고, 그 위에 함부로 자기 쓰레기를 던졌다.

참지 못하고 구역질한 사람도 있었다. 할머니 집마당에서 죽은 고양이가 나온 적이 있었다. 쥐에게 파먹혔는지 개에게 파먹혔는지, 그 사체가 쓰레기 더미 바깥으로 반쯤 끌려 나와 있었는데, 파먹히고 뜯어 먹힌 그 몰골이 참으로 끔찍했다. 갑자기 울음소리가 들렸다. 그날 복지센터에서 나와 있던 여자가 울음을 터뜨린 것이다. 자기 울음에 자기도 놀랐는지 나중에는 아예 악을 쓰고 울었다. 공무원이 됐는데 이런 쓰레기 집이나 담당하게 된 자신의 처지를 저주하는 울음소리였다. 그 후 담당자가 바뀌었는데 이번에는 남자였다. 그때 모유리는 코웃음을 쳤다.

울음을 터뜨리는 남자는 없다는 건가. 겁을 먹거나 구역질을 하는 남자는 없다는 건가.

적어도 한 가지, 모유리는 말할 수 있었다.

울음을 터뜨리지 않는 여자도 있다. 겁을 먹지 않고 구역질을 하지 않는 여자도 있다. 바로 모유리 자신이었다.

새로 나타난 담당자 정보하는 나쁘지 않게 여겨졌다. 울음을 터뜨리거나 겁을 먹거나 구역질을 할 것 같지 않았다. 할머니의 쓰레기 위에 자기 쓰레기를 던질 것 같지도 않았다. 수레를 밀 때부터 그걸 알 수 있었다. 숨소리가 달랐다. 싫은 것을 참는 숨소리가 아니었고, 견디는 숨소리도 아니었다.

정보하의 숨소리는 앞으로 나아가는 숨소리, 힘을 보태주는 숨소리였다. 그날, 날이 끔찍하게 더웠다. 수레를 미는 손등으로 이마의 땀이 뚝뚝 떨어졌다. 그런데도 정보하는 더 힘껏 밀고, 더 더 힘껏 밀었다. 나중에는 모유리와 할머니는 힘을 줄 필요도 없었다. 정보하가 미는 힘으로 그냥 실려 가는 것 같았다.

정보하가 어렸을 때 할머니 집 담장을 넘었던 아이라는 것은 이미 알고 있었다. 할머니가 그 얘기를 해줄 때 사무치는 기억들이 떠올랐었다. 아이들이 자신에게 귀신 들린 아이라고 부르던 기억, 돌멩이를 던지던 기억. 그래놓고는 지들이 더 무서워하며 도망치던 기억.

그때마다 이를 악물었던 기억. 돌멩이에 맞은 데보다 턱이 더 쪼개질 것 같던 기억. 모유리는 무섭지 않았다. 무서워하려고 하지 않았다. 아무것도 무서워하면 안 됐다.

쥐똥나무 아래에서 수북한 뼈들을 발견했을 때도 마찬가지였다. 그 뼈들이 누구의 것인지, 무엇의 것인지는 몰랐다. 뼈만 보고도 그런 걸 알 수 있다면 모유리 자신부터가 자기에게 귀신이 들렸다고 생각하지 않겠는가. 혼령도 불러오고, 산 사람을 공중에 둥둥 뜨게 하기도 하고, 그럴 수 있다고 말이다.

그러나 모유리는 다 알았다. 할머니가 자주 그 나무 아래에 있었다. 하염없이 있었다. 그러다가 모유리와 시선이 마주치기도 했다. 그 시선이 '모유리야, 너는 지금 뭘 보고 있니' 묻는 것 같기도 했다. 아니면 '아무것도 보지 말아라' 말하는 것 같기도 했다.

모유리는 다 알았다. 모르는 것 없이 다 알았다. 어떻게 모를 수가 있겠는가. 그건 귀신 들린 능력 때문이 아니었다. 강유이가 모든 걸 다 봐서였다. 그리고 그때 자신은 강유이의 뱃속에 있어서였다. 강유이가 본 걸 같이 봤고, 강유이가 들은 걸 같이 들어서였다.

2

강유이가 최무자의 수레를 타고 산1번지에 온 날이었다. 한시도 집에 붙어 있는 적이 없던 모기리가 그날은 자기 방에 있다가 창밖을 내다보았다. 대문이 열리는 소리 때문이었다. 열릴 때마다 그리고 닫힐 때마다 빌어먹게 요란한 소리가 들렸다. 안 들으려야 안 들을 수가 없는 소리였다. 최무자가 집에 돌아올 시간이 아니었다. 그래서 창밖을 내다보았는데 엄마의 수레에 뭔가가 실려 있었다. 모기리는 자기 눈을 의심했다. 엄마의 수레에 쓰레기 대신, 아니 쓰레기 같은 강유이가 있었다.

아무것도 내다 버리는 것이 없는 엄마, 주워 오는 모든 걸 쌓아놓고 사는 엄마가 강유이를 주워 왔다. 애를 뱄다고 주장하는 강유이. 누구의 것인지 알 수 없는, 알고 싶지도 않은 뱃속의 아이. 엄마는 그러니까 강유이의 뱃속에 있다는 그 징그러운 것까지 같이 주워 온 것이다. 눈이 뒤집혔다. 강유이가 한번 찾아왔다 간 것으로도 부족해 이번에는 아주 살러 들어오는 거라고 믿었다.

열여덟 살도 되기 전에 아이 아빠가 되고 싶은 마음은 꿈에도 없었다. 자기 애라고 주장하는 강유이의 말을 안 믿을 수는 없었지만, 믿고 싶은 생각도 없었다. 그렇게 살 수는 없었다. 자신에게 폼 나게 살 능력이 없다는 정도는 스스로도 알았지만 능력 같은 게 무슨 필요가 있는가. 돈이 있는데.

돈, 돈, 돈.

집 안 가득히 쌓인 돈.

자기 집 마당에 항아리가 수두룩이 묻혀 있고, 그

항아리마다 돈이 가득가득 쟁여져 있다는 말을 철석같이 믿는 건 동네 아이들이 아니라 오히려 모기리였다. 물론, 문자 그대로 항아리라고 생각하는 것은 아니었다. 돈이라고는 한 푼도 안 쓰는 아버지, 돈을 쓰기는커녕 돈 되는 걸 계속 주워 들이는 엄마. 그러니 할아버지가 갈퀴로 긁어모았다는 현금이 집 안 어딘가에 고스란히 있는 건 너무 당연했다.

모기리는 부잣집 아들이었다. 그러나 그러면 뭐 한단 말인가. 쓸 수 있는 돈이 하나도 없는데. 모기리는 최무자가 새벽 시장에서 주워 온 우거지나 생선 머리, 선지피 따위를 먹으며 컸다. 어른들은 혀를 찼고, 아이들은 놀렸다. 동네에서 제일가는 부잣집 아들인데, 거지새끼라는 놀림을 받았다. 돈만 찾으면 이 지긋지긋한 집구석에서 날라버릴 거라는 결심은 오래전부터였다. 그런데 그러기도 전에 강유이가 살러 들어온 것이다. 뱃속의 것까지 함께 끌고서.

모기리는 달려 나갔다. 그때 가장 먼저 눈에 보인게 몽둥이라고도 도끼라고도 불릴 만한 어떤 것이었다. 그런 것이 복도 끝에 비스듬히 서 있었다. 없는 게 없는 집이니 도끼가 그곳에 있다고 해서 이상할 것도 없었다. 모기리는 복도 끝으로 달려가 그걸 움켜쥐었다. 단숨에 달려 내려가 모유리의 머리통을 깨버릴 작정이었다. 엄마가 말리면 엄마의 머리통까지 깨버릴 작정이었다. 그게 그 둘을 정말로 죽여버릴 작정이었다는 뜻은 아니다. 그런 마음이었던 건 사실이지만, 그건 작정과는 달랐다. 마음이 더 큰지 작정이 더 큰지는 몰랐다. 행동이 가장 빨랐던 것만큼은 분명했다.

아버지의 방문이 열려 있는 걸 안 건 도끼를 손에 움켜쥐고 다시 계단으로 달려 내려가려 할 때였다. 그 와중에도 그 문이 열려 있는 게 이상했다. 어쩌면 항상 열려 있는지도 몰랐지만 모기리는 본 적이 없었다. 2층으로 자기 방을 옮긴 지가 얼마 되지 않았기 때문이다. 그해 여름, 1층에 모기와 벌레가 들끓었다. 어디 방충망이 구멍 난 것 같은데 찾을 수가 없었다. 모기뿐만 아니라 한 번도 본 적 없는 벌레들이 창궐했고, 알을 깠고, 날아다녔다.

2층에는 벌레 대신 아버지가 있었다. 그 사실을 까맣게 잊고 있었다. 문 안쪽으로 아버지의 등이 보였다. 있지 않아야 할 곳에 있는 도끼보다 자기 방 안에 있는 아버지가 더 기괴하게 여겨졌다.

아버지라니. 아버지라니.

모기리는 속으로 중얼거렸다. 불러본 적도 없는 아버지였다. 어려서는 불러봤을지 모르지만 커서는 그런 기억이 없었다. 하루 종일, 1년 열두 달 방문 밖으로 나오지도 않는 아버지였다. 엄마가 삼시 세끼를 날랐다. 방 안으로 들어갈 때도 있었고, 방문 밖에 놔둘 때도 있었다. 밥을 가지고 들어가서는 주섬주섬 쓰레기들을 가지고 나왔다. 아마 똥과 오줌도 가지고 나왔을 것이다. 그러니 모기리가 자기 아버지를 구역질 나는 인간이라고 생각한다고 한들, 그 혐오 때문에 증오심이 생겼다고 한들 비난하기는 어려울 것이다.

무슨 기척이 느껴졌던 것일까. 아버지가 등을 돌렸다. 그리고 눈이 마주쳤다.

안녕하세요……. 인사라도 해야 하는 것일까. 그 와중에 그런 생각이 들었고, 그 와중에 그런 생각을 하는 자신이 기막혔고, 그런데 그 와중에도 손에 들고 있는 것을 등 뒤로 감추려고 했다. 그러다가 자신이 들고 있는 것이 도끼라는 것을, 도끼 비슷한 것이라는 것을 다시 깨달았다.

"뭘 봐, 씨발……."

모기리는 속삭이듯이 중얼거렸다. 당황했기 때문이었다. 아버지에게가 아니라 자신에게. 아버지에게 뭔가를 감추고 싶은 마음이 남아 있는 자신에게. 게다가 감추려는 것이 하필이면 도끼여서.

아버지는 아무 말도 하지 않았다. 그런데도 모기리는 다시 말했다. 이번에는 악을 써서.

"뭘 보냐고! 씨발 놈아!"

아버지를 씨발 놈이라고 부른 게 그날이 처음은 아니었다. 그보다 더한 욕설로 부른 적도 많았다. 친구들에게 말할 때, 혼자 중얼거릴 때, 세상의 모든 욕설로 아버지를 불렀다. 그러고도 부족해 온갖 창의적인 욕설을 만들어서 불렀었다. 그러나 아버지 앞에서 아버지를 '씨발 놈'이라고 부른 건 그때가 처음이었다.

그리고 순간 바람이 빠지듯, 나사가 풀리듯, 뭔가가 풀렸다. 몸속에 숨어 있던, 차마 바깥으로 나오지 못했던 것들이, 온갖 혐오와 증오와 분노와 악의가 한꺼번에 출렁하고 넘쳐 나왔다. 잠금장치가 풀려버린 것이다.

파괴의 욕망, 절멸의 욕망이 아버지를 욕설로 부르는 순간에 절정으로 치솟았다.

도끼는 언제 어디에서 가장 먼저 휘둘렸을까.

그날, 도끼에 가장 먼저 맞은 사람은 누구일까.

3

그래서 누가 죽었어?

뱃속의 모유리가 묻고는 했다.

떠벌이, 세상에 둘도 없는 수다꾼, 어떤 비밀이든

털어놓고 싶어 안달 나 있는, 명랑하고 천진한 강유이는 그 질문만큼은 대답하지 않았다. 강유이답지 않게 우물쭈물했다.

너도 봤잖아.

네가 제일 잘 봤을 거면서.

정작 강유이는 그 장면을 똑똑히 보지 못했다. 그 순간에 눈을 감아버렸기 때문이다. 차마 볼 수가 없어서.

아들이 아버지를 죽이는 장면을…… 엄마가 아들을 죽이는 장면을…… 할머니가 자기 손녀의 할아버지를 죽이는 장면을…….

그런데 정말 그랬을까? 강유이는 본 그대로만 기억했고, 기억하는 그대로만 믿었다. 보지 못했고 기억하지 못했으므로 그에 관한 이야기 같은 건 없었다. 꾸며내거나 보탤 수도 없었다. 강유이는 이야기꾼이었지만 창의적이지는 않았다. 그럴 여지가 없었다. 눈앞에서 실제로 벌어진 일이 너무 무서웠기 때문이다. 그 일이 떠오를 때마다 강유이는 눈을 감고 귀를 막았다. 강유이의 이야기는 그때 사라졌고, 모유리의 이야기는 그때 시작됐다.

최무자는 어땠을까.

아들이 마당으로 달려 나왔을 때, 아들의 손이 이

미 피에 젖은 것처럼 보였다. 아들의 맹렬한 적의와 악의가 그렇게 보였던 건지도 모르지만 정말로 피가 뚝뚝 떨어지고 있는 것 같았다. 그래서 그 피가 어디에서 생긴 것인지 궁금해하기도 전에, 여자아이를 보호해야 한다는 생각부터 들었다.

그야말로 필사적으로.

아들 모기리의 눈이 돌아가 있었다. 그것만큼은 분명했다. 때때로 최무자는 아들 모기리가 무서웠다. 거칠고 막돼먹은 모기리가 너무나 당연하게 여겨져서 그랬다. 죽은 딸아이 대신 생긴 아들이라 여겼고, 그래서 꽃같이 키우겠다고 결심했는데 그러지를 못했다. 그걸 가장 잘 아는 사람이 바로 자신이어서, 그래서 무서웠다. 아들은 할아버지도 닮지 않고 아버지도 닮지 않았다. 할아버지보다 더 몰인정했고 아버지보다 더 무감했다.

그러니 더 잘 키웠어야 했는데 그러지를 못했다. 늙은 여자 셋이 살아 있을 때는 젖 먹일 때 빼놓고는 아들을 안아볼 수도 없었다. 아들이 세 살 때 시어머니를 끝으로 늙은 여자들 모두가 죽었다. 아이는 그때까지도 젖을 먹었다. 늙은이들이 오냐오냐했고, 최무자는 그때만 아들을 안을 수 있었던 터라 원하는 만큼 젖을 내줬던 것이다. 늙은이들이 죽은 후 젖을 떼려고 하자 아이는 젖을 깨물기 시작했다. 최무자는 비명을 지르며 아들의 뺨을 때렸다. 말리는 늙은이들이 없으니 두 대, 세 대 때렸다. 그럴수록 아들은 더 악착같이 최무자의 젖을 깨물고 놓지 않았다.

그때 남편은 어디에 있었나. 남편이란 자는 살아 있는 사람이 아니었다. 방문 밖으로 나오지도 않았다. 차라리 그게 나았다. 밖으로 나오면 개를 죽였다. 집에서 키우는 개도 죽이고, 남의 집 개도 죽였다. 늙은이들이 그때마다 개값을 치르고 그 죽은 개를 묻었다. 그러면서 말했다. 이뻐서 그랬던 거라고. 너무 이뻐하다 보면 그렇게 되는 거라고.

이쁘면 죽여, 개를?

최무자는 그런 말을 들을 때마다 귀를 씻었다. 아들 모기리도 그렇게 된다는 말로 들렸기 때문이다.

시아버지 모칠성도 개를 죽였었다. 잡아먹으려고 죽였다. 채무자들도 개처럼 여겼다. 낑낑거리는 개, 핥아대는 개, 차마 짖지도 못하는 개……. 그 개들이 낑낑거리는 소리를 더 낼 수 없게 되어도 연민하지 않았다. 그리고 묻어버렸다.

그리고 그 늙은이 셋, 그 늙은 여자들도 죽였다.

나를 죽였다.

한 번에 죽이지 않고 서서히, 시간을 들여 자작자작 뜸을 들여가며 삶아 죽였다.

그렇다면 나는…….

나는 누구를 죽이게 될까. 누구나 누구를 죽이는 이 집안의 사람인 나는.

4

사고였다.

그렇게 먼저 말한 건 강유이였다. 덜덜 떨면서, 입술만 떨고 손만 떠는 게 아니라 온몸을 벌벌벌벌 떨면서 강유이가 말했다.

"이거 사고야……. 엄마, 이거 사고라고!"

강유이는 최무자를 자꾸 엄마라고 불렀다. 수레에 실려 올 때도 그랬었다. 엄마, 이제 보니까 웃기는 사람이구나. 그래서 웃기면 웃으라고 말해줬었다. 그러나 그 순간에는 그럴 수 없었다. 떨지 마라, 웃어라 말할 수 없었다.

"가라, 가!"

최무자는 강유이에게 악을 썼다.

"가라! 그리고 다시는 오지 마라! 이리로는 얼씬도 마라!"

최무자가 가라고 했는데도 강유이는 자꾸 '엄마, 엄

마……' 그러면서 산1번지 마당에서 맴을 돌았다. 미친 년처럼 맴돌았다. 최무자가 그런 강유이를 끌어안고, 얼굴을 두 손으로 붙들고, 이리저리로 뱅뱅 돌아가고 있는 시선을 자신에게로 향하게 했다.

"가라!"

그리고 밀어냈다. 대문 밖으로 밀어내고, 잠금 고리가 고장 난 문을 막았다. 강유이가 문을 두드리며 계속해서 엄마, 엄마 불렀다. 그 소리가 점점 아이의 목소리로 변했다.

엄마, 손 치워. 안 보이잖아! 손 좀 치워보라니까! 나 좀 보게 손 치우라고! 쫌!

그건 악을 쓰며 발길질을 하는 소리였다. 강유이의 배를 찢고 튀어나올 것 같은 아우성이었다. 최무자 역시 그 소리를 들었다. 어쩐지 익숙한 소리였다. 오래전 자신의 뱃속에서도 들렸던 소리였다. 태어나려고 기를 쓰는 소리. 그건 대를 이은 모씨들의 소리였다.

타는 숲처럼

17장

1

이재승은 신고자인 유튜버를 다시 불렀다. 만만치 않게 불평을 들으리라 생각했는데, 이 유튜버는 오히려 이재승의 연락을 반겼다. 유튜버가 경찰서로 오는 길 내내 생중계를 했다는 사실은 나중에 알았다.

본명은 윤명훈, 활동명은 윤고기. 활동명이 고기라면 먹방 유튜버에게나 어울리는 이름이 아닌가 생각했는데, 먹는 고기가 아니라 괴기에서 온 것이라고 했다. 도시 괴담 유튜버 윤고기. 어울리는 이름 같기도 하고, 아닌 것 같기도 했다. 아무튼 이재승은 그날 윤고기에게서 정말로 괴담 하나를 듣게 되었다.

윤고기가 곡교 산1번지를 촬영한 건 제보 때문이었다고 했다. 윤고기처럼 괴담 유튜버가 되고 싶은 지망생이 산1번지 쓰레기집을 아이폰으로 촬영했다. 그런데 나중에 편집하려고 봤더니 동영상이 감쪽같이 사라졌더라는 것이다. 클라우드에도 마찬가지였다. 그러나 오프라인에는 남은 게 있었다. 백업을 위해 지니고 다니는 외장하드에 동영상 일부가 남아 있었는데, 거기에 여자가 찍혀 있었다. 곡교 산1번지 쓰레기집에서 나오던 여자가 자기가 찍히는 걸 알기나 하듯 뒤를 돌아보더니 순식간에 사라졌다. 오싹했다. 아무리 기억을 더듬어봐도 그 여자가 들어가는 걸 봤던 기억이 없었기 때문이다. 유튜버 지망생은 서둘러 그 장면을 캡처했다. 그 영상마저 사라질 걸 걱정했던 것인데 기우가 아니었다.

다행히 급히 캡처해두었던 사진은 남았다. 그 사진이 윤고기에게 전송되어 왔다. 그런데 그게 조작 같지 않고 정말 무슨 오컬트 사진처럼 보였다. 윤고기가 제보를 받자마자 드론까지 챙겨 산1번지로 달려간 이유였다.

이재승은 고개를 끄덕이며 들었다. 귀 기울여 듣는 척하기는 했지만 듣는 내내 기가 차다는 생각만 하고 있었다. 다른 유튜버가 찍었다는 영상은 십중팔구 기술

적인 문제로 삭제되었을 것이다. 그게 아니라면 구라에 불과하겠지.

그렇더라도 캡처본에 남아 있다는 여자의 사진에 대해서는 물어보지 않을 수 없었다.

"그런데 와우, 글쎄, 그 사진까지 사라진 거예요! 그냥 저절로 지워져버렸다니까요!"

믿을 수 있겠느냐는 듯 윤고기가 목소리까지 높여 외쳤을 때, 이재승은 하마터면 '그 자식'의 머리를 한 대 갈길 뻔했다. 사진을 안 보여주려고 구라를 까고 있는 게 뻔했기 때문이다. 그 수가 너무 빤하게 보여서 자칫 때릴 뻔했지만 실제로 그러지는 않았다. 이재승은 그런 형사가 아니었다. 이제는 그런 시절도 아니었다. 참고인이 아니라 피의자라 하더라도 폭력은 행사하지 않았다. 욕은 어쩔 수 없이 가끔 튀어나왔지만 폭력은 없었다. 주먹이 쥐어질 때마다 그 손을 다른 손으로 눌렀다. 어금니도 자주 깨물었다. 임플란트만 벌써 세 개째였다.

캡처본은 없지만 유튜버 지망생이라는 자가 산1번지를 촬영한 날짜가 언제였는지는 들을 수 있었다. 14일 밤이라고 했다. 15일 밤이 아니라 14일 밤.

이재승은 윤고기를 돌려보낸 후 모유리가 찍힌 15일 밤의 시시티브이 영상을 다시 돌려 보았다.

이런…… 씨…….

스스로에게 욕이 나오려는 것을 간신히 참아야만 했다. 윤고기의 괴담을 하품하며 들었다고 생각했는데 실은 푹 빠졌었던 게 아닌가. 당연히 모유리가 찍힌 시시티브이 영상은 아무 문제 없이 재생됐다. 사라지기는 커녕 선명하기만 했다.

영상 속에서 모유리는 다리를 향해 걸어오고 있다. 그뿐이다. 표정을 읽을 수는 없고, 태도에서 이상한 점을 발견할 수도 없다. 그저 다리를 건너고 있는 한 평범한 여자의 모습일 뿐이다.

그러나 윤고기의 말이 사실이라면, 그 유튜버 지망생이라는 자가 정말로 산1번지 내부로 들어가거나 나오는 여자를 찍었던 것이 사실이라면, 모유리는 한 달 전이 아니라 이틀 전 밤에도 산1번지에 있었다는 소리다. 시신이 발견되기 전날 밤에도 있었고, 그 전전날 밤에도 있었다는 소리다.

모유리가 아닐 가능성을 배제할 수는 없지만 웃기는 소리다. 이런 경우에는 당연히 모유리를 가장 먼저 떠올릴 수밖에 없다. 다리 앞 시시티브이에는 일주일 전까지의 영상이 남아 있었다. 이재승은 다시 한번 영상을 날짜별, 시간별로 돌려 보았다. 모유리는 보이지 않았다.

그러나 산을 넘어서 왔을 수도 있었다. 15일 밤에

도 모유리는 산을 넘어 자기 집으로 돌아갔다고 했다. 둘레길이라 이름 붙은 산책로에도 시시티브이는 있었다. 그러나 아무리 낮은 야산이라고 해도 산은 산이었고, 산에는 사잇길이 많았다. 시시티브이가 전부 커버할 수 없다는 뜻이다.

만일 14일 밤 모유리가 야산의 사잇길을 통해 산 1번지에 왔던 게 사실이라면 그때 노인은 살아 있었을까, 죽어 있었을까. 혹은 죽어가는 중이었을까. 15일 밤에는 왜 다시 왔던 걸까. 그것도 시시티브이에 찍혀가면서. 부검 결과는 아직이었다. 한여름에는 사건이 많이 벌어졌다. 폭염에는 특히 더. 부검실이 매우 바쁠 것이다.

이재승은 유튜버 지망생에게 전화를 걸었다. 경찰서로 부를 필요까지 있을지는 아직 몰랐다. 유튜버 지망생 역시 윤고기처럼 이재승의 전화를 반겼다. 경찰서로 소환되지 못한 것을 안타까워하는 기색이기까지 했다.

산1번지 촬영은 14일 해가 진 후부터 시작해 자정이 넘을 때까지 계속됐다고 했다. 집을 둘러가며 주변까지 찍었기 때문에 그 여자가 '사건 현장'에 있는 장면을 놓쳤을 수는 있다고도 했다. 그러나 그랬다면 동영상에도 찍히지 않았어야 했다. 그렇잖아요? 유튜버 지망생은 이재승에게 오히려 물었다. 그러나 그 여자는 동영상에 분명히 있었다. 희미했지만 분명했다. 캡처본에도 있었다. 마치 자신을 바라보는 것 같았다. 소름이 돋았다.

여자 모습이 어땠는지 좀 더 자세히 말할 수 있겠냐고 물었더니, 유튜버 지망생은 망설이지도 않고 대답했다.

"어우, 그냥, 전형적인 귀신 스타일? 긴 생머리? 흰 원피스? 그리고 눈빛이 진짜!"

전형적인 귀신 스타일이라니. 귀신에게도 그런 게 있나? 이재승은 참고 들었다.

"그런데 동영상이 희미했다면서 눈빛까지 봤어요?"

"아니, 그건 느낌이 그랬다는 말이죠."

이재승은 몇 마디 더 물었다. 그러는 동안 확신할 수 있었다. 이 새끼, 구라 까고 있구나…….

"봤어요, 못 봤어요?"

이재승은 친절한 목소리로 물었다. 그리고 곧바로 소리를 질렀다.

"봤냐고요, 그 여자!"

"네!"

마치 벌떡 일어나 각이라도 잡고 내뱉는 구호처럼 곧바로 '넷!' 하는 대답이 돌아왔다. 유튜버도 아니고 아직 지망생이라고 하더니 윤고기만큼 뻔뻔하지를 못했다. 그러나 그 대답이 '아니요!'가 아니라 '네!'였다는 사실은 여전히 중요했다. 아니, 특히나 중요했다.

그때부터 지망생의 말이 달라졌다. 여자가 찍힌 동영상이나 캡처본은 처음부터 없었다. 그러나 여자는 있었다. 그 여자를 봤다. 윤고기가 시신을 발견한 동영상을 올린 후, 그 집이 자신이 촬영했던 집이라는 걸 알게 됐다. 시체로 발견된 사람이 언제 죽었는지는 모르지만 자신이 촬영하고 있을 때 이미 죽어 있었을 수도 있을 것 같았고, 그랬다면 굉장한 괴담이 될 것 같았다. 게다가 여자가 있었다! 정말이지, 오싹한 여자가!

이 새끼, 또 구라 까고 있네. 윤고기가 말한 것과 일의 선후 관계가 달랐던 것이다. 둘 중의 하나가 거짓말을 하고 있었다. 그 이유가 유튜브 방송 때문일 것이 뻔했다. 이자들이 지금 사건이 더 커지기를 기다리고 있는 게 분명했다.

이재승은 다시 목소리를 낮춰 부드럽게 물었다.

"그 여자가 집 안에 들어가는 걸 봤어요?"

"아니요……."

"안 들어갔어요?"

"아니, 그게 아니라…… 그것까지 보진 못했어요. 집 뒤쪽을 찍다가 앞으로 돌아 나올 때 봤거든요. 그사이에 들어갔는지 들어갔다 나온 건지는……. 내가 봤을 때는 산 쪽으로 올라가고 있었는데……. 어우 씨, 그 시간에 산으로 왜 가는 건지……. 그리고 그 시간에 거기 있었으면 그게 그 집에서 나온 게 아니고 뭐겠어요?"

"집 뒤쪽에는 뭘 찍으러 갔어요?"

"아니, 그게…… 그건…… 그때는 오줌 누러……."

이런 씹새……. 이재승은 다시 참았다.

"그럼 여자가 나타나기 전후 동영상은 있어요?"

"아니요……."

처음에는 지웠다고 했다. 윤고기가 시켰다고 했다. 윤고기는 왜 그런 걸 시켰을까. 사건과 관계되어 있다든가 뭔가 켕기는 게 있어서가 아니었다. 증거가 있으면 괴담은 성립하지 않는다. 그게 윤고기의 철학이라고 했다. 증거가 있으면 괴담은 성립하지 않고, 증거가 없으면 괴담이 된다. 이건 또 무슨 개소리인가.

이재승은 유튜버 지망생의 말을 믿지 않았다. 만일 그 캡처본이 있기만 하다면 윤고기가 어떤 지시를 했든 간에 지망생이 그걸 지웠을 리가 없을 것이다. 윤고기도 마찬가지일 것이다. 전송받은 캡처본이 있는 게 사실이라면 결정적인 순간에 쓰려고 지니고 있을 게 틀림없었다.

사실을 알아낼 방법은 없었다. 있으면 내놓는 게 좋을 거라고 협박할 수도 없고, 욕할 수도 없고, 당연히 팰 수도 없다. 존재하는지 아닌지 알 수도 없는 증거를 확보하기 위해 압수수색영장을 신청할 수도 없다.

이재승은 다른 방법을 찾아야 했다.

모유리를 다시 만나야 했다.

이재승은 전화기를 집어 들었다.

2

느닷없이 뺨의 경련이 시작됐다. 뺨 속에 새 한 마리가 있기라도 한 것 같았다. 놀라 손으로 뺨을 눌렀으나, 눌렀다기보다 붙들었으나 소용없었다. 뺨이 작고 표독스러운 새의 날갯짓처럼 파닥파닥 뛰었다. 경찰의 전화를 받은 후부터였다. 다시 경찰서에 나와달라는 요구 때문은 아니었다. 경찰서에는 백 번도 가줄 수 있었다. 뺨이 떨리기 시작한 건 유골을 발견한 위치를 들었을 때부터였다.

"나무 아래라고요?"

모유리가 물었고, 이재승 형사가 되물었다.

"뭐 짚이는 게 있어요?"

뺨 속으로 새가 들어온 건 그때였다.

모유리는 어렸을 때 틱 장애를 앓은 적이 있었다. 크면서 자연스럽게 사라졌는데, 난데없이 다시 그 증상이 되돌아온 것 같았다. 모유리는 한 손으로 경련하는 뺨을 누르고, 남은 한 손으로는 입을 막았다. 틱틱거리는 소리가 튀어나올까 봐.

카페에 있던 손님이 모유리를 힐긋힐긋 쳐다보기 시작했다. 모유리의 얼굴이 이상하다는 걸 눈치챈 것 같았다. 손님이 손을 들어 올렸다. 주문을 더 하려는 것 같지는 않았다. 네 얼굴이 왜 그래 물으려는 것도 같았고, 네 얼굴 이상하다고 알려주려는 것도 같았다. 괜찮다고 상냥하게 웃어 보이거나 신경 끄시지 그래, 하며 사나운 표정이라도 짓고 싶었는데 그 어떤 표정을 짓는 것도 가능하지 않았다. 얼굴 근육이 수십 개로 나뉘어 모두 다른 방향으로, 아니 제각각의 욕망으로 움직이는 것 같았다. 조화를 잃고 균형을 잃은 얼굴이 카페 창에 비쳤다. 창밖은 짙은 어둠이 깔려 있었고, 그 창에 비친 자신의 얼굴은 끔찍하게 창백했다.

머리가 길어서 다행이었다. 긴 머리를 앞으로 다 쏟아 내리면 창백하고 오싹한 얼굴을 감출 수 있지 않겠는가. 그러나 그러면 손님이 더 놀라겠지. 놀라 자빠지겠지. 기절을 하겠지.

그래서 손님 쪽으로는 얼굴을 돌릴 수 없었다. 그래서 양해를 구할 수도 없었다. 모유리는 손님을 남겨 둔 채 말도 없이 그대로 카페를 나올 수밖에 없었다.

그리고 걷기 시작했다. 잠시 후, 빈 택시를 발견하고 손을 들어 올렸는데 멈추는 듯하더니 그냥 달려서 지나가버렸다.

어우 씨, 귀신 같은 년……,

택시 운전사는 그렇게 생각했을지도 모른다.

그래서 모유리는 그냥 걸었다.

뺨은 계속해서 떨렸다. 나아지기는커녕 점점 더 심해지더니 잠시 후부터는 드디어 입 밖으로 소리가 튀어나오기 시작했다. 사람 없는 길거리라 다행이었다. 듣는 사람이 아무도 없으니 맘 놓고 쿵쿵거릴 수 있었다.

쿵쿵쿵쿵, 틱틱틱틱 하는 의미 없는 발음들.

집은 멀지 않았다. 걸어서도 충분히 갈 만한 거리였다. 그리고 집에는 약이 있었다. 온갖 종류의 약이, 처방받아 그때그때 다 먹지 않은 약들이 불안장애, 공황장애, 수면장애 등을 가리지 않고 수북했다. 모유리는 집에 도착하자마자 그 약들 중 수면 성분이 없는 것으로만 골라 한 움큼 먹었다. 그러고는 눈을 감고 시간이 지나가기를 기다렸다. 쿵쿵쿵쿵 대신 똑딱똑딱 입으로 중얼거리며.

다행히 똑딱똑딱할 때마다 뺨과 입술의 경련이 조금씩 가라앉고, 쿵쿵쿵쿵 하는 소리도 잦아드는 것 같았다.

똑딱, 똑딱, 또옥딱…….

그런데 그렇게 몇 번을 세면 정보하가 도착할까.

카페에서 나오기 전에 모유리는 정보하에게 메시지를 보냈다. 할 말이 있다고, 집으로 와줄 수 있겠냐고 물었다. 갑작스러운 틱 증상이 시작되지만 않았다면 카페에서 보자고 할 수도 있었을 것이다. 그러나 메시지를 보낼 때는 이미 상태가 너무 나빴고, 그런 상태로는 집 이외에 달리 떠올릴 수 있는 곳이 없었다.

메시지를 아직 안 읽었는지 답이 없었다. 그러나 읽을 것이다. 아직 읽지 않았더라도 어쨌든 읽게 될 것이다. 죽지 않고서야 읽지 않겠는가. 읽을 수밖에 없지 않겠는가.

그리고 무엇보다도, 나는 아직 그를 죽일 생각이 없다…….

모유리는 여전히 뺨을 누르고 있던 손으로 이번에는 가슴을 눌렀다. 너무 놀라서였다. 내가 지금 무슨 생각을 하는 거야……. 마치 생각이 머리가 아니라 가슴에 있기나 한 것처럼, 뺨으로 들어가 틱 장애를 일으켰던 새가 이번에는 가슴으로 들어가기나 한 것처럼 모유리는 가슴을 누른 채 입을 벌렸다. 새가 나와야 한다면 입으로 나와야겠지. 아니면 어디로 나오겠어.

성인 급성 틱 장애는 뇌 기능의 이상으로 올 수도 있다고 알고 있었다. 자기 뇌에 무슨 문제가 생긴 게 분명했다. 그게 아니라면 난데없이 왜 그런 생각이 들겠는가.

나는 아직 그를 죽일 생각이 없다니……. 마치 언젠가는 죽일 생각이 있기나 한 것처럼……. 죽일 놈, 나쁜 새끼, 개새끼…… 온갖 욕설을 다 뱉었다고 해도 그게 진짜 죽이겠다는, 죽이고 싶다는 마음인 건 아니잖는가.

나는 누구도 죽이고 싶지 않다……. 죽이고 싶지도 않았다…….

약기운이 좀 더 넓게, 온몸으로 퍼지게 하기 위해 모유리는 비즈볼 의자에 앉은 자세를 느슨하게 만들었다. 그러자 마치 비즈볼 의자에 쓰러져 죽은 여자 같아졌다. 그 죽은 것 같은 자세의 여자 몸속에서 이상한 소리가 들렸다. 이상한 것이 몸속에 들어와 이상한 소리를 내고 있었는데, 그게 새소리 같기도 하고 말소리 같기도 했다.

나는 누구도 죽이지 않았어…….

나는 누구도 죽이고 싶지 않았다고…….

그렇게 한 건 너지…….

네가 그랬지…….

모유리는 악을 썼다.

저리 가! 사라져!

네가 날 불렀잖아!

꺼져!

내가 증인이야. 네가 날 증인으로 불렀잖아.

너는 안 했다고 말하고 싶은 거잖아.

너의 증인은 나, 나의 증인은 너, 너는 나, 나는
너…….

웃기니, 이런 말? 너는 처음부터 나를 못 믿었잖아.
너는 처음부터 내가 무서웠잖아.

저리 가, 제발 꺼져…….너는 처음부터 없었어…….

그래서 보는 눈을 남겼어?

진짜 증인이 필요해서 남겨뒀던 거야?

그 인간을 살린 건 너지. 죽지도 못하게, 죽이지도
못하게, 살려놓았지.

분명히 수면 성분이 없는 약들로만 골라 먹었는데

도 잠이 왔다. 그것도 아주 쏟아지듯이 왔다. 정보하가
오는 걸 기다리지 못하고 잠들 것만 같았다. 잠이 들면
지금 이상한 소리를 내고 있는 저것과 꿈속에서 딱 마
주치게 될 텐데, 분명히 꿈속인 걸 알면서도 그게 꿈 같
지 않을 것이다. 세상이 거꾸로 뒤집혀, 배가 뒤집힌 듯
거꾸로 뒤집혀 천장이 바닥이 되고, 바닥이 천장이 되
고 물이 차오를 것이다. 점점…… 점점 더 차올라 더는
떠오를 곳도 없게 되는…… 천장……. 거기, 천장……
열어줘, 날 나가게 해줘……. 날 빠져 죽게 하지 마…….
제발 나를 좀 꺼내줘……. 혹시 여기는 고래 뱃속? 아
니…… 고래는 무슨…… 엄마 뱃속이겠지. 엄마 뱃속에
서 기어코 살아남으려고 하는 저것이 말하고 있는 거겠
지. 신이 나서 말하는 거겠지.

  우리가 그랬어, 엄마!
  아빠를 내가 죽였다고! 그런 건 살려두면 안 되잖
아! 그런 것도 인간이라고 살려두면 안 되는 거잖아!
그래서 우리 셋이 힘을 합쳤잖아! 왜냐고? 여자들은
힘이 세니까! 그러니까 힘센 여자 셋이 힘을 합쳤는
데, 그 인간 같지도 않은 거 하나 못 죽이겠냐고!

  그런데 말야, 엄마……. 내가 그런 소설을 썼거든.

그런데 씹더라고. 그야말로 발기발기 찢어버리는 것처럼 씹더라니까. 이게 호러야, 추리야, 로맨스야? 그러면서 비웃더라니까…… 개연성이 없대.

그럼 개연성이 있으려면, 어째야 하는 건데? 개연성이 있는 세상에서는 엄마가 아들을 못 죽이지. 그것도 도끼로 찍어서는 못 죽이지. 개연성이 있는 세상에서는 딸이 아빠를 못 죽이지. 그것도 뱃속의 딸에게는 그런 힘이 없지. 당연히 못 죽이지.

개연성이 있는 세상에서는 남자가 여자를 때리지. 아빠가 태어나지 않은 딸을 죽이지. 아들이 늙은 엄마의 머리채를 휘어잡지.

고작 그게 개연성이라니…… 태어나지 말 걸 그랬나 봐.

태어나면 좀 더 괜찮은 곳일 줄 알았는데…… 평생 유산 받을 날이나 바라며 살게 될 줄 누가 알았겠어. 태어나더라도 그냥 나다운 모습으로 태어났으면 좋았을 텐데, 왜 평범하게 살려고 기를 쓰는 사람으로 태어났나 몰라. 평범한 사람의 개연성이란 기껏해야 로또 아니면 유산이나 바라며 살게 되는 거라는 걸…… 그러나 그런 날은 결코 오지 않는다는 걸, 특별히 운이 좋은 사람에게조차 그런 날 받게 되는 유산은 기껏해야 쓰레기뿐이라는 걸…….

엄마는 도대체 왜 그런 걸 가르쳐주지 않았던 거야…….

틱틱틱틱.

어디선가 소리가 들린다.

아니다. 틱 소리가 아니다.

문을 두드리는 소리다. 비즈볼 의자에서 벌떡 일어나느라 모유리는 하마터면 옆으로 쓰러질 뻔했다. 쓰러져 완전히 자빠질 뻔한 중심을 간신히 손 하나로 지탱했는데, 그러느라 손목이 비틀린 것처럼 아팠다. 그렇게 아픈 손목으로는 흐트러진 머리를 다시 잡아맬 수조차 없었다. 그래서 모유리는 흐트러진 모습 그대로, 오싹하다기보다는 미친년 같은 모습으로 문을 열 수밖에 없었다. 정보하가 문 앞에 서 있었다.

3

"꽃이 없네."

정보하는 당황하는 기색이 역력했다.

"잠깐 잠이 들었었거든. 정보하가 꽃을 가져다주는 꿈을 꿨어. 웃기지?"

웃길 리가 있겠는가. 헤어진 지 2년이나 된 옛 남자를 자기 집으로 불러놓고는 꽃을 기대하다니. 웃긴다기보다는 섬뜩한 말에 가까웠다. 더군다나 정보하는 예전에도 모유리에게 꽃을 선물해본 적이 없었다. 모유리를 위해서라면 뭐든지 하고 싶던 때, 꽃인들 안 사고 싶었을까. 그러나 그러지를 못했었다. 모유리에게 잘 보이고 싶어 안달 나 있던 그때, 과하거나 과하지 않은 것을 가늠하고 눈치 보느라 못한 일이 많았었다. 어디까지 만지면 안 과하고 어디부터는 과하게 되는 걸지 몰라 충분히 안고 만지지도 못했었다. 그런데 하물며 꽃이라니.

"꽃을 받고 싶었어?"

정보하는 가볍게 농담처럼 대꾸했다. 그러려고 노력했다. 그들이 좋은 사이였을 때처럼. 아직도 그런 사이인 것처럼.

모유리가 자신을 부른 이유는 몰랐다. 메시지는 짧고 간단해서 창을 열어 읽지 않아도 무슨 내용인지 알수 있었다. 모유리는 왜 자꾸 나를 보자고 하는 것일까. 왜 자꾸 엉뚱한 곳에서 만나자고 하는 것일까. 산1번지 앞에서 보자고 한 것도 그랬었지만, 헤어진 마당에 전 남자친구를 자기 집에서 만나자고 하는 것은 더욱 이상했다. 이상하다기보다는 불안했다고 말하는 게 더 옳을지도 몰랐다.

물론 오지 않을 수 있었다. 무시할 수도 있었다. 그러나 결국 왔고, 왜 꽃을 가지고 오지 않았냐는 얘기 따위를 듣는 중이었다.

이게 무슨 말도 안 되는 상황인지.

그러니 농담처럼 말을 받는 것 말고 달리 무슨 수가 있겠는가.

"이제 보니 모유리는 꽃을 좋아하는 여자였구나."

그들이 좋은 사이였을 때, 둘은 흔히 서로의 이름을 성까지 붙여 부르곤 했었다. 정보하는 뭘 먹고 싶어? 모유리가 물으면 모유리가 먹고 싶은 거, 라고 대답하는 식으로. 그때는 그런 낯간지러운 대화가 하나도 낯뜨겁지 않았었다.

"안 좋아해. 그런 걸 누가 좋아하겠어. 사람들은 그런 걸 왜 좋아하나 몰라. 꽃병에 꽃을 꽂아놓고 바라보고 있다니 이상한 일 아니야? 그건 죽어가는 걸 보는 거잖아. 언제 죽을까 하염없이 기다리며 쳐다보고 있는 거잖아."

말하면서 모유리는 정보하의 등 뒤로 손을 뻗어 문을 닫았다. 자동으로 잠기는 기능이 고장 나 꼭 손으로 밀거나 당겨야 하는 문이었다. 고장 난 문은 닫힐 때마다 철컹 소리를 냈다. 그 소리가 2년 전보다 더 크게 들리는 것 같았다.

타는 숲처럼

"형사한테 전화가 왔었어."

그런 말을 듣게 될지도 모른다고 생각했었다. 아무 일도 없이 모유리가 자신을 부른 건 아닐 거라고.

모유리가 지난 2년 동안 다른 남자를 만나지 않았다는 형사의 말이 불쑥 떠올랐다. 실은 그 말이 계속해서 머릿속을 맴돌았다. 다 지나왔다고 생각했는데 왜 그 말은 흘러가지 않는 것일까. 흘러갔다면 혹은 흘려보냈다면 모유리가 부른다고 모유리의 집에까지 올 생각을 했을까.

아닌가⋯⋯. 그건 전혀 다른 문제인 것일까.

형사의 말에 이어 장강민의 말도 떠올랐다. 장강민이 개에 대해 했던 말⋯⋯. 아니, 모유리에 대해 했던 말. 그리고 또 이어서 대패삼겹살의 말도 떠올랐다. 돈에 관한 말⋯⋯. 아니, 모유리에 관한 말. 부른다고 온 것은 혹시 모유리의 진짜 모습을 확인해보고 싶어서인 걸까. 그러나 이제 와서 뭐 하러⋯⋯.

"그런데 정보하가 형사한테 내 애기를 했어?"

쿵, 하는 소리가 들렸다. 문이 닫히는 것 같은 그런 소리가. 자신에게서 나는 소리였다. 가슴속에서 쿵. 왜 그런 소리가 나는지 몰랐다. 형사를 만났고, 모유리에 관한 애기를 했었다. 형사가 물었으므로 대답했다. 숨겨야 할 애기가 있다고 생각하지도 않았다. 그런데 왜 그런 소리가 나는 것일까.

"그런데 말야."

정보하가 반응할 사이도 없이 모유리는 이어 말했다.

"정보하도 거기 있었잖아."

다시 쿵. 이번에는 미세하지도 않았다. 더 크고 더 결정적으로 떨어지는 소리였다.

형사도 같은 말을 했었다. 그리고 그때도 가슴에서 같은 소리가 울렸었다. 자신이 그곳에 있었던 걸 형사가 알고 있어서가 아니라 잘못 알고 있어서였다.

그날 밤, 정보하는 산에 있었다. 그러나 모유리를 만난 건 아니었다.

정보하는 곡교 인접 동네에 살았다. 산책로는 곡교에서만 진입할 수 있는 게 아니라 주변의 모든 동네에서 가능했다. 그래서 그 야밤에 산책을 하러 갔던 거냐고 묻는다면, 정보하는 대답할 수 있었다. 그렇다고. 평생 안 하던 산책을 그날 밤에는 유독 하고 싶었다고. 너무 더웠다고. 잠이 오지 않았다고. 그래서 산책로에 올라갔는데 곡교 쪽이 익숙하다 보니 발길이 자신도 모르는 사이에 그리로 향했던 거라고. 그게 말이 되는 소리냐고 묻는다면 또 대답할 수 있었다. 그런데 거기서 모유리를 만났다면, 그게 더 말이 안 되는 소리가 아니겠

타는 숲처럼

냐고. 지난 2년 동안 한 번도 만나지 않았던 모유리를, 연락도 하지 않았던 모유리를 하필이면 거기서 그날 만났다면.

그러나 모유리는 그곳에 있었고, 자신도 그곳에 있었다. 그랬다는 것이다.

"정보하는 거기 왜 있었던 거야?"

형사도 똑같이 물었었다. 그때도 지금도 정보하는 대답할 수 없었다. 자신도 그 이유를 알 수 없었기 때문이다. 형사는 대답을 오래 기다리기는 했지만 다시 묻지는 않았었다. 그러나 모유리는 묻고 또 물을 작정인 것 같았다.

"어째서?"

"왜?"

그러다가 불쑥 말했다.

"정보하는 예의에 대해서 어떻게 생각해?"

정보하는 완전히 얼어붙은 것처럼 아무 말도 할 수가 없었다. 둘은 그때 식탁에 마주 앉아 있었는데, 모유리의 얼굴이 한 뼘쯤 정보하에게로 다가왔다.

"무례에 대해서 말야."

14일 저녁, 정보하는 술을 마셨다. 오랜만에 장강민과 만나기로 한 자리였는데 나가보니 장강민 혼자가 아니었다. 모유리와 만나기 시작하면서 멀어졌던 친구도 같이 있었다. 모유리에 대한 마음이 지나간 것처럼 그에 대한 분노도 지나간 터라 그 만남이 달갑지 않다거나 하지는 않았다. 그렇더라도 열적은 마음은 남아 있었다. 술을 급히 마시게 된 이유 중 하나였을 것이다.

정보하보다 미리 도착해 있던 친구들은 재개발 애기를 하고 있었다. 그즈음에는 재개발 말고는 다른 화제가 아예 없다시피 했다. 땅이 있는 사람이나 없는 사람이나 마찬가지였다. 다들 장강민을 부러워했고, 다들 장강민을 미워했다. 정보하도 마찬가지였다.

모유리의 애기가 어느 시점에 시작되었는지는 알 수 없었다. 모두들 취해 있었다. 너는 왜 그런 애를 만나냐, 라고 물었던 친구가 이번에는 말했다.

"너는 왜 그런 애랑 헤어졌냐?"

정보하는 전처럼 화를 내지는 않았다. 그냥 웃으면서 들었다.

"이 새끼, 아주 복덩이를 걷어찼지."

"복덩이가 뭐냐? 복권이지."

"로또지."

"야, 그 집 평수가 도대체 얼마나 되는 거냐? 그 집 임야까지 있다던데?"

"로또지, 로또야. 아주 대박 로또지."

이야기가 그쯤에서 끝났으면 좋았을 것이다. 그런데 그때 누군가 말했고, 그 말이 유독 귀에 박혔다.

"근데 모유리 걔가 얘를 진짜 좋아하지 않았냐? 옆에서 봐도 눈에서 꿀이 뚝뚝 떨어졌잖냐. 걔 그런 얼굴인 거 난 첨 봤어. 걔 이쁜 얼굴인 것도 그때 첨 알았잖아. 안 이뻐도 로똔데 이쁘기까지 했어, 걔가. 그런 애를, 이 새끼…… 등신처럼…… 걷어찼어."

모유리의 눈. 꿀이 뚝뚝 떨어졌다는 모유리의 그런 눈을 정보하는 기억하지 못했다. 그때 정보하는 자기 사랑에 취해서 모유리의 눈은커녕 그 눈에 담긴 사랑도 똑똑히 보지 못했다.

그런데 걷어찼다니……. 남들 눈에는 그렇게 보였던 것일까. 늘 차였다고 생각했는데, 정말로 그랬는데……. 술자리가 끝날 때까지 정보하는 모유리에 대한 생각에서 빠져나올 수가 없었다. 모유리가 자신을 얼마나 좋아했는지 그게 남들 눈에는 환히 보였다는 말만 계속 맴돌았다. 너무 취해서 그런 생각을 곱씹는 자신이 제정신인지 아닌지도 생각할 수 없었다. 그 밤, 난데없이 솟구쳤던 그리움, 그냥 목소리나 한번 듣고 싶었던 마음, 아니면 소식이나 한번 전하고 싶었던 마음이 무슨 마음이었는지도 알 수 없었다.

이틀날 새벽, 갈증 때문에 잠에서 깼을 때 정보하는 잠깐 멍한 기분이 들었다. 취중에 무슨 짓을 한 것 같았다. 급히 몸을 돌려 누워 카톡을 열어 보았다. 안도의 한숨이 새어 나왔다. 맨 위에 떠 있는 대화창은 장강민에게 보낸 것이었다. 술집에 도착하기 전, 곧 도착이라는 메시지를 보낸 것이 마지막이었고, 장강민은 그걸 읽지도 않았다. 다행이라 생각하며 모유리 생각을 떨쳐냈다. 아주 떨쳐낼 수는 없었지만, 그건 숙취 같은 것이라고 여겼다.

그러나 잠시 뒤 다시 벌떡 일어나 앉지 않을 수 없었고, 그다음에는 다시 잠들 수 없었다.

뭔가 분명히 하지 말아야 할 짓을 했다는 느낌 때문이었다.

유리야, 잘 있니…….

문득 네가 생각났다…….

너는 잘 지내고 있니…….

나는 가끔 네가 생각난다…….

유리야, 나는 취했다…….

와우, 씨…… 나 미쳤다……. 나 왜 이러냐…….

취하긴 했지만, 술에 취해 온통 모유리 생각뿐이기는 했지만, 그래도 전화를 하거나 카톡을 하지는 않았을 거라고 믿었다. 그렇게 믿고 싶었다. 그렇게 믿고 싶은 마음이 너무 열렬한 나머지 그렇게 믿어지기도 했다. 정보하는 문자를 확인했다. 모유리에게 2년 전 마지막으로 보낸 메시지가 카톡이 아니라 웹발신 업무 문자였던 게 기억났기 때문이다. 산1번지 담당자가 변경되었다는 안내 문자였는데, 그런 걸 카톡으로 보낼 수는 없었다. 그즈음에는 모유리와의 대화창을 다시 열어 보고 싶지도 않았었다.

카톡과 달리 아이폰 문자는 삭제 기록이 남지 않는다. 휴지통이 있지만 비우면 그만이다. 휴지통은 차면 비운다. 냄새나면 털어버린다. 벌레가 꼬이면 씻는다. 그 모든 게 다 안 되면 휴지통까지 버린다. 이게 쓰레기에 관한 상식이다.

그럼에도 정보하는 이튿날 산을 올랐다. 술로 떡이 되었던 와중에도 필터에 남은 찌꺼기처럼 어떤 기억이, 들척지근하고 가렵기도 한 무언가가 그곳으로 이끌었다. 모유리와 자주 산책하던 곳이었다. 모유리의 손을 잡고 놓지 않던 곳이기도 했다. 자신을 진짜 좋아했다는 모유리, 그 후 다른 남자를 만나지 않았다는 모유리가 그곳에 있기를 바라는 마음과 그렇지 않기를 바라는

마음이 뒤섞여 멀미를 일으킬 지경이었다. 모유리를 욕
망하는 마음과 그런 자신을 수치스러워하는 마음이 뒤
섞였다. '그런 애'를 욕망하는 마음과 '그런 애'에 대해
오래전에 끝나버린 호기심이 펄펄 끓는 온도와 빙점 아
래의 냉기로 뒤섞였다. 하루가 다 지나도록 술이 안 깨
서 다행이었다. 그 모든 멀미 같은 감정을 숙취라고 여
길 수 있었다.

그날, 야산에서 정보하는 산1번지를 내려다보았다.
어둠 속 쓰레기집은 아름다워 보였다. 그날따라 더 아
름다워 보였다. 그때 산1번지 앞에서 뭔가 흔들리는 것
이 보였는데, 꼭 모유리 같았다. 그러나 동시에 그럴 리
없다는 것도 알았다. 사람의 기척을 알아볼 정도의 거
리가 아니었고 더군다나 밤이었다. 그러므로 흔들리는
건 숙취와 함께 울렁거리는, 마치 토할 것 같은 자신의
욕망이라는 걸 알았다. '그런 애'와 '그런 애' 중에 어마
어마한 유산 상속자가 된 '그런 애'를 욕망하는 마음이
끓어올라 다른 모든 감정을 순식간에 눌렀다. 그러자
욕망의 민낯이 드러났다.

모유리에게 착 달라붙고 싶은, 다시는 떨어지고 싶
지 않은…… 그래서 노인이 마침내 숨을 거두면 이렇
게 소리칠 수 있기를 바라는.

유리야! 이젠 다 네 거야!

타는 숲처럼

혹은,

이젠 다 우리 거야!

그러나 그때도 했던 생각. 그 늙은이가 언제 죽겠어. 얼마나 오래 기다려야 그 늙은이가 죽겠어……

5

그들이 좋은 사이였을 때, 둘은 자주 야산의 둘레길을 산책하곤 했었다. 폭식과 거식을 거듭하는 모유리는 자주 다이어트가 필요했다. 모유리가 산책로를 걷는걸 좋아하는 건 다이어트 때문만은 아니었다. 산책로에서는 산1번지와 다리가 내려다보였다. 할머니의 집도 내려다보였다. 내려다보는 것에서는 은은히 스며 나오는 것들이 있었다. 다리와 집을 내려다보고 있으면 그들의 어린 시절이 떠올랐고, 그러면 자신들이 운명적으로 맺어진 사이처럼 여겨지기도 했다. 그런 느낌이 동시에 떠오를 때는 손을 잡았다. 누가 먼저랄 것도 없이 손을 잡고, 그 손에 힘을 주었다. 영원히 놓지 않을 것처럼.

온 산에 꽃이 만발한 날도 있었다. 밤에도 산책로가로등 불빛이 켜져 있어 온갖 꽃들이 다 보였다. 붉은 꽃, 푸른 꽃, 흰 꽃……. 이름을 알 수 없는 온갖 꽃들이 어둠에 자기 색깔을 조금씩 감춘 채 밤의 향기를 뿜어 냈다. 그 낮은 야산에 세상의 모든 꽃들과 모든 향기가 다 있는 것 같았다.

어쩌면 히스꽃도.

염소가 지나가는 길에 핀다는 히스꽃. 분홍 보라, 분홍 보라 보라 보라 하는 꽃. 나 좀 보라 하는 것 같은 꽃.

모유리는 꽃을 보는데, 그러나 정보하는 땅을 봤다.

"너네 할머니 집 평수가 얼마나 되냐?"

"진짜 크다. 여기서는 더 커 보여."

그럴 때마다 모유리는 말했다.

"정보하, 꽃을 봐. 꽃을 보라고."

정보하는 그때도, 지금도 여전히 모른다. 곧 계절이 지나면 고스란히 드러나게 될 시든 꽃잎들의 마음을. 모유리의 상처받을 마음을.

그들이 영원하지 못했던 건, 영원할 수 없기 때문이 아니었다. 세상에 영원한 건 없기 때문도 아니었다. 그런 건 없다는 생각 혹은 믿음 뒤로 숨어 있던 마음이 있었다. 그건 모유리가 아니라 정보하였다. '그런 애'와 오래갈 수는 없을 거라고 처음부터 생각했던 정보하의 마음이었다. 너는 그런 애랑 만나고 싶니, 라고 친구들이 말할 때, 그런 말을 하는 친구들을 혐오하고 경멸했지만 설렘과 호기심을 거두고 나면 결국 그 마음이었다는 걸 정보하는 곧 알게 될 테지만, 알고 나서도 모르는 체하게 될 것이다.

오래 못 갈 거라는 걸 알고 있었고, 오래가서는 안 된다고 생각했던 것을……. 그러니까 그런 애랑은…….

사랑한다고 말하지 않은 건, 사랑하지 않은 건 모유리가 아니라 정보하였다.

18장

1

모유리는 정보하에게 자기가 쓴 소설 얘기를 하곤
했다. 그중에는 꽃에 관한 얘기도 있었다. 꽃에 관한 이
야기인데, 시작은 도끼를 든 여자의 등장이었다.

도끼를 든 한 늙은 여자가 계단을 올라가고 있다.
자세히 보면 아주 늙은 여자는 아니다. 어쩌면 아주 젊
은 여자일지도 모른다. 그 여자는 방금 자기 아들을 죽
였다. 지금은 자기 아들의 피가 묻은 도끼를 들고 자기
아들의 아버지를 죽이러 가는 길이다.

모유리가 거기까지 얘기했을 때, 아직 꽃 얘기는 시작도 안 했는데, 정보하가 모유리의 말을 끊었다.

"넌 왜 맨날 그런 얘기만 쓰냐?"

"좀 재밌는 얘기를 써보는 건 어때?"

"아니면 아예 화끈하게 가든가. 넷플릭스를 봐. 대충 나쁜 놈은 요샌 나쁜 놈 축에도 못 껴. 요새 나쁜 놈은 그냥 아무나 다 죽여. 연쇄살인마 뭐, 그럴 필요도 없어. 신종 나쁜 놈들이 나와서는 이 사람 저 사람 아주 신나게 죽여. 울고 짜고 그런 거 없다니까. 엄마, 아빠도 없어. 요샌 다 돈이야. 돈이 귀신보다 더 무서워. 귀신이 나와도 그 이유가 다 돈이야. 귀신도 돈 때문이 아니면 안 날뛴다고. 귀신이 뭐 하러 날뛰어, 귀찮게!"

모유리는 대꾸하지 못했다. 정보하가 자신의 말을 그런 식으로 끊어버린 것에 당황했기 때문이다. 게다가 자신이 쓴 소설을, 그리고 소설 속 인물들을 요즘 트렌드에도 못 끼는, 신종도 아닌 구식 유물로 취급했기 때문이다.

창작 수업을 같이 듣던 사람들은 최소한 끝까지 읽어주기는 했었다. 적어도 그런 척하기는 했었다. 그런데 정보하는 끝까지 들어주지도 않고, 장르가 뭐냐고 묻지도 않고, 개연성에 대해 묻지도 않았다.

그래도 모유리는 기대를 버리지 않았다. 언젠가는

들어주지 않을까. 다른 사람도 아니고 정보하니까. 실은 그 이야기가 도끼 이야기가 아니라 한 여자의 슬픔에 대한 이야기라는 걸, 꽃에 관한 이야기라는 걸 정보하도 다 듣고 나면 알게 되지 않을까. 그런 소설도 괜찮은 소설이라는 걸 알게 되지 않을까.

그러니까 이렇게 이어질 소설.

2

어느 날 여자아이가 마당 안으로 들어왔다. 꽃 같은 여자아이였다. 꽃처럼 활짝 핀 여자아이.

그는 아주 오래 꽃을 보지 못했다. 꽃이 피는 것도, 지는 것도. 방에는 발코니가 있지만 그는 그곳으로 나가는 문턱조차 넘지 않았다. 나가더라도 마찬가지일 것이다. 마당에 쌓인 것들만 더 잘 보일 것이다. 남에게 빼앗아 온 것들, 남이 버린 걸 주워 온 것들. 결국 전부 남의 것들. 남이 흘린 눈물과 욕설과 비명이 산처럼 쌓여 있는 마당.

그것들을 그의 아내라 불리는 여자가 지켰다. 그가 아무것도 하지 않으며 살기로 결심한 것과 달리 그 여인은 절대로 쉬지 않기로 각오한 것 같았다. 끝없이 주워 왔고, 끝없이 쌓았고, 쉼 없이 지켰다. 여인의 결심으로 장악된 집 안에는 꽃씨가 앉을 곳이 없었다.

그런데 그 여자아이가 대문을 열고 집으로 들어오는 순간, 모든 계절이 그 아이의 뒤를 쫓아 들어오는 것 같았다. 꽃씨를 품은 봄과 꽃을 피우는 여름이, 꽃잎을 떨구는 가을과 그 꽃씨를 다시 깊이 묻는 겨울이, 그 모든 계절의 모든 바람과 향기가.

오랜만에 꽃을 접고 싶었다. 꽃술과 꽃잎의 주름 그리고 그 주름을 건드리는 바람까지 다 접고 싶었다. 한때 그는 종이로 무엇이든 접을 수 있었다. 그러나 그가 종이꽃을 접는다면 그것도 뭔가 하는 일이 되지 않을 것인가. 아무것도 하지 않기로 결심을 하면서 뭔가를 하고 싶다는 마음을 먹는 것도 그만두었다. 그를 싸고돌던 세 여인은 그에게 하지 않아도 되는 일들만 가르쳤었다. 더는 아무것도 하지 않기로 결심한 이후로는 그들이 뭘 바라든 말든 그 스스로 하지 않았다.

그런데 그날 그 꽃 같은 여자아이가 혹은 그 여자아이가 실어 온 바람과 계절이 그를 흔들어버렸다. 아니다. 어쩌면 그 꽃이 꺾이는 무참한 풍경이 그를 흔든 건지도 모른다. 악독한 폭력이었다. 아들이라 불리는 그 아이의 폭력이 너무나 악랄해서 깜짝 놀랄 지경이었는데, 깜짝 놀라는 것도 뭔가 하는 일에 속한다는 생각이 들어 입술을 깨물었다. 입술을 깨무는 것도 오랜만이었다.

나의 아들은 참으로 나의 아버지를 닮았구나.

그런 무참한 생각이 아버지에 대한 기억을 불러왔다.

잔혹한 아버지였다. 매일같이 사람들을 끌고 와 매일같이 모욕했다. 매질이 더 아플까, 모욕이 더 아플까 궁금해질 정도의 욕설과 경멸과 모욕이었다. 그러면 여자들 셋이 그의 귀를 막아주곤 했다. 좋은 것만 보고 좋은 것만 들으라고 했다. 그러나 여자들 셋이 번갈아가며 그의 귀를 막아줘도 때리는 소리, 맞는 소리, 우는 소리, 무엇보다 경멸하고 모욕하며 침을 뱉는 소리는 기어코 들려왔다. 개들도 자주 짖었다. 때리는 소리가 나도 짖고, 맞는 소리가 나도 짖었다.

그때는 개 짖는 소리를 제일 견딜 수 없었다. 사람들이 비명을 지를 때는 여자들 셋이 그의 귀를 막아주었지만, 개가 짖을 때는 그러지 않았기 때문이다. 평화를 찾기까지 아주 오랜 세월이 걸렸다. 평화와 무위가 같은 말이라면 그랬다.

그런데 여자아이가 그의 집으로 들어왔다. 무위의 땅에 꽃을 피우려는 듯이 오고, 또 왔다.

여자아이가 수레를 타고 오던 날에도 그는 창가에

서 있었다. 늙은 여자가 그 수레를 끌고 왔는데, 그는 그때까지 자신의 아내라 불리는 여자가 수레에 예쁜 것과 좋은 냄새를 실어 오는 것을 본 적이 없었다. 그 때문인지 좋은 날의 기억이 떠올랐다. 기억을 하는 것도 뭔가를 하는 일이라 해서는 안 되겠으나 어쩔 수가 없었다. 그에게도 그런 것이 있었던 것이다. 꽃들의 고요로 가득 찼던 어떤 밤의 기억. 밤의 꽃잎이 날리던 기억……. 그가 그런 밤을 얼마나 좋아했던지.

개만 안 짖었다면 좋았을 텐데.

어째서 그런 밤마다 어김없이 개가 짖었던 걸까.

부디 개들에게 평화를…….

그 아이에게도 그런 마음이었으려나. 그 아이, 이번에는 꽃 같은 여자아이가 아니라 아들에 대해서이다. 아들이라 불렸던 아이, 어쩌면 여전히 아들이라 불리는 아이.

방문 밖에 그 아이가 서 있었다. 그는 그 아이의 얼굴보다 그 아이의 손에 들린 것을 먼저 보았다. 죽음의 냄새가 풍겼기 때문이다. 아무것도 묻히지 않은 도끼에서 죽음의 냄새가 쏟아지듯이 났다. 곧 그 냄새가 아들이 들고 있는 도끼에서 나는 게 아니라는 것을 알게 되었다. 그 아이의 뒤에 한 여자가 서 있었다. 아이가 들고 있는 도끼의 손잡이를 그 여자가 같이 잡고 있었다. 벽

밖으로 걸어 나온 여자였다.

그 여자가 손을 내밀었다. 꽃을 달라는 듯이.

그렇다. 그는 기어코 종이꽃을 접고야 말았던 것이다.

그 꽃을 그때 그 여자에게 주었어야 하지 않았을까.

그랬다면 모든 일이 달라지지 않았을까.

그 아이가 달려 내려가는 것을 막을 수 있지 않았을까.

그러나 그동안의 세월이 너무 길었다. 무위와 적요의 세월이. 이제는 자신이 무엇 때문에 그런 결심을 했고, 무엇을 위해 아무것도 하지 않아야 하는지도 무의미해졌다. 언제부터 자신이 무위에 빠져버렸는지도 이제는 기억나지 않았다.

아버지가 사람들을 괴롭히는 걸 더 이상 보고 싶지 않았을 때?

여자들이 그의 귀를 막는 걸 더는 견딜 수 없었던 때?

아니면 벽 속의 여자가 나타났을 때?

그것도 아니면 딸이 죽어서 태어났을 때…….

그 딸을 내다 버리는 것을 봤을 때…….

아니면 불이 났을 때…….

알 수 없는 일이다. 확실한 것은 마당에서 무슨 일

타는 숲처럼

이 벌어지든 그는 아무것도 하지 않으리라는 것이다.

아무것도 할 수 없을 것이라는 것이다.

얼마 후, 아내가 도끼 같은 것을 질질 끌며 2층으로 올라왔을 때도 마찬가지였다. 언젠가는 삽을 가지고 올라왔던 아내가 이번에는 도끼를 들고 올라왔다. 도끼에서 피가 줄줄 흐르고 있었다. 자세히 보니 눈물이었다. 도끼에서 눈물이 흘렀다. 아니, 펑펑 쏟아지고 있었다.

복도에는 여전히 벽 속에서 나온 여자가 있었다. 벽 속의 여자가 울기 시작했다. 아내도 울기 시작했다. 두 여자가 폭풍처럼 울고 벼락처럼 울었다.

종이꽃이 그들의 울음에 비를 맞듯이 젖었다.

19장

시신이 발견됐다는 신고가 들어왔다. 삼십대로 추정되는 남성으로, 발견 장소는 곡교동 인근 야산이었다.

이재승은 곧바로 현장으로 가 사체를 확인했다. 살인사건이 의심되지는 않았다. 이미 목격자가 확보되어 있었는데 사망자는 과음과 실족, 그런 게 문제였을 것으로 보였다. 딱히 위험한 데가 없는 낮은 야산이었다. 그런데 실족사라니. 죽음은 정말로 엉뚱한 곳에서 기다리기도 한다.

사체 얘기를 듣자마자 어째서 정보하가 떠올랐던 걸까. 정보하와 연락이 안 닿은 게 이틀째였다. 모유리도 마찬가지였다. 느낌이 영 좋지 않았다. 무슨 일이 더 벌어지려는 것일까. 무슨 일이 더 벌어지는 중인 것일

타는 숲처럼

까. 아니면 무슨 일이 이미 벌어진 것일까.

과도한 생각이었다. 정보하든 모유리든 연락이 닿지 않은 게 고작 이틀이었다. 벌써 이틀인 게 아니라 고작 이틀. 게다가 주말을 낀 이틀이었다. 세상에는 핸드폰을 꺼놓고 사는 사람도 있다는 걸 모르지 않았다. 형사인 자신조차 가끔은 그렇게 잠수를 타고 싶을 때가 있었고, 그럴 수만 있다면 다시는 물 밖으로 고개를 내밀고 싶지 않다고 생각하기도 했다. 그러니 이해하자고 들면 이해 못 할 상황은 아니었다. 정보하에 관해서는 그랬다.

그러나 모유리는 상황이 조금 달랐다. 주말은 모유리의 휴일이 아니었다. 게다가 무단결근이었다. 카페에서 일하기 시작한 후로 한 번도 그런 적이 없었다고 했다. 그러므로 혹시 둘 중 하나에게 무슨 일이 벌어졌다면, 그런 걸 자신이 걱정해야 한다면, 그건 정보하가 아니라 모유리에 대해서여야 했다.

그런데 왜 걱정보다 불길하다는 생각이 먼저 드는 것일까.

모유리에 관해서라면 확실히 그랬다.

형사 생활을 하다 보면 미신에 홀릴 때가 없지 않았다. 미신을 믿는 게 아니라 믿고 싶어진다. 그런 것에라도 홀려야 사람이란 존재를 이해할 수 있을 것 같기 때문이다. 이런 건 사람이 하는 짓이 아니라고, 사람은 이런 게 아니라고 스스로를 설득하고 싶어지는 때가 있다는 뜻이다.

초짜 시절에 선배와 함께 무당집에 간 적이 있었다. 점을 보러 갔던 건 아니었다. 하도 막막한 나머지 사체가 묻힌 위치라도 물어보려 했던 것도 아니었다. 그 무당의 남편이 살해당한 사건 때문이었다. 무당이 점집의 바닥을 뒹굴며 몹시 울었는데, 이 무당은 자기 남편이 그런 식으로 죽을 운명인 것도 몰랐나 하는 생각이 먼저 들었고, 그런 생각을 하는 자신이 싫었다. 나중에 그 무당이 바로 범인이라는 것이 밝혀졌을 때는 역시 귀신보다 더 무섭고 지독한 건 사람이구나 생각했고, 그때도 그런 생각을 하는 자신이 싫었다.

모든 일은 사람이 저지르고, 그걸 해결하는 것도 사람이다.

그 후 20년, 이재승은 점점 더 잔혹한 사건, 사람이라면 저지를 수 없을 것 같은 사건들을 겪었다. 그러나 어떤 사건도 사람이 저지르지 않은 사건은 없었다.

산을 내려오는 길에 이재승은 양혜규의 전화를 받았다. 신원불상자가 사망했다는 소식이었다. 다른 소식도 있었다. 사망한 신원불상자의 디엔에이 결과였다. 짐작대로 모유리와 일치했다.

"모근우란 소리지? 죽은 사람이."

묻듯이 말했지만 혼잣말이나 마찬가지였다. 그래도 양혜규는 대답했다.

"25프로 일치면 삼촌일 수도 있죠? 고모, 이모, 조카 기타 등등도?"

"시끄럽고. 그럼 유골이 모기리다 이건가."

역시 혼잣말이었다.

전화를 끊고 이재승은 걷던 방향을 바꿨다. 산1번지가 사체 발견 현장에서 멀지 않았다. 차를 이용하면 산을 에둘러 가야 했지만 둘레길이라 명명된 산책로를 걸으면 한 시간 이내에 도착할 수 있는 거리였다. 둘레길을 걷는 동안, 이재승은 곳곳에서 시시티브이를 봤다. 모든 카메라에 지능형 시시티브이라는 안내 문구가 붙어 있었다. 딥러닝을 하고, 영상을 분석하고, 심지어는 신고까지 한다는 시시티브이였다. 좆 까고 있네……. 이재승은 혼잣말로 욕을 했다. 이러다가는 시시티브이가 형사질도 하겠다. 수갑도 채우겠다.

산책로의 시시티브이에 대해서는 모유리도 알고 있을 가능성이 높았다. 모유리는 카메라에 찍히지 않고도 산1번지로 가는 길을 알고 있을 것이다. 그렇다면 오히려 의심스러운 것은 모유리가 찍히지 않은 산책로의 시시티브이가 아니라 정확히 찍힌 다리 앞 시시티브이였다. 그랬어야 했을 이유가 있을까. 그렇다면 다시 가능성 둘. 하나, 모유리가 사실만을 말했을 가능성. 둘, 반드시 다리 앞 시시티브이에 찍혀야만 하는 이유가 있었을 가능성.

그리고 또 다른 의문도 있었다. 모유리는 신원불상자, 아니 모근우와 유골에 대해 정말 몰랐을까. 무엇보다도 할머니 최무자가 깔려버렸다는 걸 몰랐을까…….
가능성 하나, 모유리가 깔아버렸다. 가능성 둘, 깔려버린 걸 모르는 체했다. 물론 세 번째 가능성도 있었다. 모유리가 모든 걸 사실대로 말했을 가능성. 가장 믿고 싶은 가능성이었다. 그러나 가장 믿어지지 않는 가능성이기도 했다.

산1번지에는 여전히 폴리스라인이 둘러져 있었다. 일단 현장 감식은 끝난 것 같았다. 그러나 아직 쓰레기를 치우는 작업이 남아 있었다. 그 과정에서 뭐가 또 나올지 알 수 없었다. 정말이지 어마어마한 쓰레기가 아닌가. 그러나 쓰레기에 덮였어도 결코 쓰레기가 될 수 없는 것이 있었다.

땅, 그것도 엄청난 땅.

사망한 최무자는 산1번지 외에도 일대의 도로와 나대지 상당 부분을 소유했다. 그 땅 전체가 수용될 예정이었고 보상금액이 어마어마했다. 로또에 비할 바가 아니었다. 게다가 이제는 모유리의 디엔에이까지 확인이 되었다. 모유리가 모유리라는 것이 확정된 것이다. 그것도 국과수 증명으로.

그러므로 모유리의 동기.

모유리는 그 땅 전부를 상속받게 될 것이다.

모유리가 최무자를 죽인 게 아니기만 하다면.

모유리가 최무자를 죽였더라도 안 들키기만 한다면.

사실이든 진실이든 감쪽같이 묻어버릴 수만 있다면.

그러나 결코 묻히지 않는 것도 있는 법이다. 쓰레기 더미에서 반짝이는 뭔가가 눈길을 끌었다. 허리를 굽히는데, 주머니 속 핸드폰이 진동했다.

디엔에이 감식 결과가 나왔다는 문자였다. 후배가 이미 전해준 모근우의 디엔에이 감식 결과가 자신에게도 온 모양이라고 생각하며 문자를 읽던 이재승의 입이 벌어졌다. 유골이 모기리가 아니라는 것이다.

20장

1

그즈음 벽 속에서 들리던 여자 울음소리를 듣는 사람은 모근우만이 아니었다. 모칠성도 들었다. 그해 여름에 학질을 심하게 앓은 다음부터였다. 학질을 귀신 들린 병이라고 하더니 그야말로 귀신이 몸 어딘가에 젖은 천 달라붙은 듯 척하고 들러붙어 떨어지지를 않았다.

동네 사람들이 수군거리던, 어리석은 것들의 종작없는 헛소리라고 여겼던 말을 모칠성은 그제야 믿게 되었다. 일본 부자가 집을 떠날 때 딸을 버리고 갔다는 말. 그 딸이 굶어 죽어 귀신이 되었다는 말.

그때까지 모칠성은 그런 말들을 귓등으로도 듣지

않았다. 부친은 콧방귀까지 꼈다. 그런 소문이 퍼진 이유를 알고 있다고 생각했기 때문이다. 그 일본 부자는 식산은행을 다니던 사람이었다. 그런 사람이 서둘러 일본으로 가버리고 난 후, 그 집에 금괴를 묻어두고 갔다는 소문이 퍼졌다. 금괴를 노리는 도적들이 많았으나 묻히지 않은 금괴가 발견될 리 없었다. 귀신 소문은 금괴 도둑들이 다른 도둑들의 접근을 막으려고 퍼뜨린 것이라는 게 그들 부자의 생각이었다.

모칠성은 그 일본 부자를 알고 있었다. 부친이 그 일본 부자를 통해 은행의 돈을 빌려 조선 사람들에게 다시 고리대로 넘기는 일을 했다. 그 일본 부자에게 떼줘야 하는 돈이 많았다. 그래서 더 높은 고리로 돈을 빌려줬다. 그러면 더 많은 돈이 그 일본인에게 갔고, 그러면 부친은 또 더 고리를 높이고, 담보도 더 잡는 식이었다. 그때 모칠성도 부친과 함께 산1번지를 드나들었다. 그 일본 부자가 나쁜 놈인지는 몰라도 딸을 버리고 갈 사람처럼 보이지는 않았었다.

그러나 그해 여름 학질을 앓은 이후로는 생각이 달라졌다. 사람이 망하면 뭐는 못 버리겠는가. 자식이라고 못 버리겠는가. 자신이 사람들에게 했던 짓들을 돌이켜볼 때 병신 딸을 버리는 것이 굳이 못할 짓으로 여겨지지도 않았다. 그런 생각을 하고 있으면 귀신이 옆에 달라붙어 '그럼, 그럼' 하며 장단을 맞췄다. 딸만 버려, 아들도 버리지. 그런 추임새도 넣었다. 그러면 귀신에 홀린 듯, 아니 마침내 귀신에 홀려서 자기 아들도 내다 버리고 싶어졌다.

아들 같지도 않은 아들, 모자란 놈이 아득바득 대들었다. 대드는 그 말이 어이없는 정도를 넘어 섬뜩하기까지 했다.

아버지, 아버지 어찌하여 이러십니까.

어디선가 들어본 듯한 말투가 아닌가. 이 미친 자식이 지금 예수쟁이를 흉내 내나? 세상에 그처럼 말도 안 되는, 끔찍한 흉내가 어디 있단 말인가. 아들의 의도가 바로 그러했다면 성공한 셈이었다. 아들에게서 그런 말을 들을 때마다 모칠성은 알 수 없는 자기혐오에 빠졌다.

아들은 동네 개를 죽였다. 아니, 도대체 개는 왜 죽인단 말인가. 잡아먹을 개를 왜 죽인단 말인가. 그게 그에게 보이려고 하는 일이 아니고 뭐겠는가. 그런데도 왜 어째서 아들이 개 한 마리를 죽일 때마다 자신의 팔이 뜯기고, 다리가 뜯겨 나가고, 나중에는 심장이 파먹히는 것 같은 걸까. 그래서 개값을 치르지 않을 수가 없었다. 개값을 치르고 나서는 아들을 때리지 않을 수 없었다. 세 여자가 달려들어 그 아이를 온몸으로 막았다.

그래도 소용없었다. 아들이 말했다.

저자가 나를 죽이게 놔두십시오.

잘못 들었나 했다.

잘못 들었을 것이다.

그러나 그런 말을 어떻게 잘못 들을 수가 있나? 그때 벽 속 여자의 목소리가 들렸다. 실은 오래전부터 들려왔다. 믿을 수가 없어 믿지 않았을 뿐. 벽 속 여자의 목소리가 똑똑히 들렸었다.

이렇게 될 거라고 했잖아.

그리고 또 들렸다.

이럴 줄 몰랐어?

그 말이 무슨 뜻인 줄 알아들었다. 모칠성은 귀신의 말처럼 부친 같은 사람이 되어 있었다. 자신의 부친보다 더한 사람이 되어 있었다.

부친은 가차 없는 사람이었다. 돈 못 갚는 사람이 있으면 어떻게든 끌어와 죽기 직전까지 팼다. 죽으면 돈을 못 갚으니 죽기 직전까지만 팼다. 그러다가 실수로 죽이기도 했다. 어려서는 아버지 같은 사람은 되지 않겠다고 결심했었지만, 결과적으로 모칠성은 부친으로부터 모든 것을 배웠다.

그러나 그게 잘못인가. 잘못이었다면 못 살았어야지. 그러나 잘만 살아오지 않았나. 아주 잘만 살고 있지 않나.

학질에서 완전히 회복하지를 못해 툭하면 살이 덜덜 떨리던 그즈음, 그리고 귀신에 들려버린 그즈음, 모칠성은 툭하면 헛것들의 목소리를 들었다.

돈이 없으면 죽어도 싼 거지.

그래서 이렇게 죽었지.

그래서 이렇게 부서진 채로 아무 데나 묻혔지.

그러니까 말야, 돈이 없다는 건 슬픈 게 아니라 무서운 거야.

그게 세상에서 제일 무서운 거야.

죽은 놈들은 죽어서야 세상 돌아가는 이치를 알게 된 모양이었다. 그렇더라도 너무 시끄러웠다. 집 뒤가 바로 야산이라 죽은 놈들이 묻힐 데가 많았다. 자신이 묻은 것, 아버지가 묻은 것, 일본 놈이 묻은 것, 그냥 지들끼리 묻고 묻힌 것들이 한꺼번에 와글와글 떠들어댔다.

어떤 날 밤에는 나뭇잎 흔들리듯이 사사사삭 들리기도 했다. 땅속에 심어졌다가 새순으로 돋아나고 그후 땅 위로 솟아난 말들이 뒤엉킨 가지처럼 얽혀 자라나 마침내 잎을 피우고 소리를 냈다. 어떤 날은 한목소리로 들리고 어떤 날은 수십 수백 개의 목소리로 들렸다.

그게 세상에서 제일 슬픈 거야.

그게 세상에서 제일 무서운 거야.

그 말을 할 때는 합창처럼 말했다.

그런데 너는 안 무서워?

돈이 있어서 안 무서워?

돈이 있다고 안 무서워?

어떤 날 밤에는 그 모든 목소리가 다 귀신의 목소리로 들렸다. 그날 밤에도 그랬다.

나갈 거야, 나갈 거야, 이제 나갈 거야.

나가자, 나가자, 이제 나가자.

사사사삭 소리를 내다가 세상이 떠나가라고 외쳐대는 아우성. 환희의 찬가. 더는 슬프다, 무섭다 말하지 않는 목소리들. 죽었는데 이제 무서울 게 뭐냐고 말하는 목소리들.

어찌나 시끄럽고 성가신지, 아주 다 불을 싸질러버리고 싶을 지경이었다.

동네 사람들이 불난 집으로 달려갔을 때, 모칠성과 모근우 부자는 마당 한가운데에서 서로를 붙잡고 서 있었다. 두 손을 머리 위로 올려 맞잡은 자세로. 밀려는 아버지와 막으려는 아들로 보이기도 했고, 그 반대로도 보였다. 어느 쪽이든 간에 둘 중의 한 힘이 조금만 약해지면 그 균형이 깨질 것 같았고, 깨지는 순간 박살이 날 것 같았다.

"불이 타는데……. 불이 활활 타고 꽝꽝 타는데…… 거기서 그러고 있을 이유가 뭐야."

동네 사람들이 자기 집 불도 아닌 걸 잡느라 여기가 그을리고 저기가 타는 동안 부자는 그러고만 있었다. 여자들 셋은 그 둘을 뜯어말리느라 집이 불타는 건 알지도 못하는 것 같았다.

도깨비불로 집이 타고 있으니, 그 집 사람들이 도깨비에 홀리든 귀신에 홀리든 이상할 것도 없었다. 동네 사람들은 그렇게 생각했다. 불이 쥐똥나무 아래에서 가장 활활 타는데, 거기에서 푸른빛이 번쩍번쩍했다. 그게 인광이라는 걸 그때도 알 수 있었다.

이재승에게 그런 이야기를 들려준 사람은 양혜규의 '정보원'이기도 한 곡교 토박이 노인이었다. 백세 시대라더니, 장히 늙은이였다. 그 노인에게 치매 끼가 있다는 건 옻닭집을 한다는 노인의 손자로부터 들었다. 치매 환자치고는 노인의 말이 똑똑했다. 모씨 집안에 대해 아는 것도 많았다. 노인의 남편이 죽기 전까지 모칠성의 집에서 일을 했다고 했다.

동네 사람들에게 '개값'을 치르고 다닌 사람이 바로 자기 남편이었다는 말을 할 때는 손자와 손자의 엄마가 동시에 웃었다. 하도 여러 번 들어 그다음 말이 뭔지 다 안다는 듯.

"순영네는 개도 안 죽었는데 개값을 받았어."

"개도 안 키웠는데 받은 집도 있어."

손자와 손자의 엄마가 한마디씩 노인의 말을 대신한 후, 이재승에게 그 말을 설명해줬다. 개가 한 마리 죽고 그 개값을 후하게 챙긴 걸 본 후, 동네 사람들이 개가 짖어도 가만 놔뒀다. 짖기도 하고 물기도 하라고 밤이면 풀어놓는 집까지 있었다. 도망간 개를 죽었다고 거짓말하는 집도 있었다.

"없이 살던 시절이라 그랬겠지. 그 집이야 또 돈은 넘쳐나는 집이고. 그렇다 보니 나중에는 그 집에서 일하고 받는 삯을 그냥 개값이라고 말하기도 했던 모양이야. 그건 나도 기억나네."

노인만큼이나 늙은 노인의 딸이 말했다.

"불은 왜 났답니까?"

도깨비불이라는 치매 노인의 말은 아무래도 허황된 것이라 이재승이 딸에게 대신 물었다.

"그 집 어른이 낸 불이라는 말도 있긴 했는데…….나는 그때 어렸을 때라 확실히는 몰라."

"모칠성이요?"

이재승이 확인하기 위해 묻는데, 노인이 다시 끼어들었다.

"나무 밑에서 불이 났다니까."

"불이 왜 나무 밑에서 납니까?"

"불이 왜 나무 밑에서 나겠습니까?"

노인이 이재승의 말을 똑같이 따라 했다. 아니, 따라 하는 것인 줄 알았다. 치매 노인에게 왜 그러십니까, 힐난할 수는 없는 일이라고 생각했는데 노인이 또 엉뚱한 말을 했다.

"우리가 거기다 묻었단 말야. 산에다 묻으면 누가 볼까 봐 거기다 그냥 묻었어. 관도 없이 둘둘 말아서. 그러니 불이 안 나겠습니까. 원통하고 원통해서."

노인의 딸이 또 질색을 했다. 개 얘기를 하는 거라고 했다. 개 얘기를 하는데 관 얘기가 왜 나오나. 아무리 치매 노인이더라도 그건 물어봐야 하는 게 아닐까 생각하는데, 노인이 먼저 말했다.

"그럼 개지, 사람이겠어?"

3

치매 노인의 집에서 나온 후 양혜규가 다른 노인을 만나보겠냐고 물었다. 조금 전에 만난 노인처럼 곡교에서 오래 산 노인이 두엇 더 있다는 것이다. 핸드폰 부재중 전화를 확인하느라 대답이 늦었는데, 양혜규는 그걸 망설임으로 해석한 모양이었다.

"그런데 뭐 하러 이걸 합니까?"

치매 노인의 집에 있는 동안 몇 통의 부재중 전화가 와 있기는 했지만 그중에 모유리에게서 걸려온 것은 없었다. 문자도 없었다. 생각에 잠깐 빠져 있던 탓에 이재승은 양혜규의 말을 제대로 이해하지 못했다.

뭐 하러 이걸 하냐니, 무슨 이런 개똥 같은 질문이 있나.

"사망 시간 나왔잖아요."

양혜규의 말이 맞았다. 유골의 디엔에이 결과와 함께 최무자의 부검 결과 역시 나왔다. 사망 원인은 '압궤 손상 및 이에 따른 다발성 장기 손상'이었다. 어렵게 말할 것 없이 깔려 죽었다는 뜻이다. 약물 반응은 없고, 붕괴 사고 이외의 다른 사인을 의심할 만한 손상도 없었다. 그러니 더 조사할 것도 없다는 뜻이었다.

"너, 이 동네에 고인돌 있는 건 아냐?"

"진짜요?"

난데없는 이재승의 말에 양혜규의 눈이 커졌다. 갑자기 무슨 말을 하는 건가 생각하기 전에 곡교 출신인 자신이 그걸 모르고 있었다는 사실에 더 놀란 것 같았다.

"그 말을 믿냐?"

"어우 참, 뭐 하시는 겁니까?"

"옛날얘기를 하자면 한이 없다는 거야. 더 파고들면 조선 시대, 고려 시대 얘기는 안 나오겠냐? 귀신도 더 단수 높은 귀신이 나오겠지. 옛날얘기란 게 그런 거야."

"그러니까요. 그런데 왜 자꾸 뭘 더 하시려고 하냐는 거지요. 그리고 저 사이버 팀인데요. 그래도 옛날얘기 되게 좋아합니다. 그런 게 콘텐츠거든요."

양혜규와 농담 같은 말을 나누는 중에도 이재승은 모유리에 대해서 생각하고 있었다. 최무자의 사망 추정 시간은 시신 발견 시각으로부터 24시간 전후로 추정됐다. 16일 오전 7시에 발견되었으니 15일 새벽에서 오전 사이라는 뜻이다. 15일 밤, 모유리가 산1번지를 찾았을 때 노인이 이미 사망한 상태였다는 것을 의심하기는 어려웠다. 그러나 14일 밤에는 어땠을까. 유튜버 지망생이 산1번지 앞에서 모유리를 봤다고 주장하는 14일 밤에는. 그때는 확실히 살아 있었을까. 깔리지도 않고, 눌리지도 않은 채 살아 있었을까.

부검은 과학이다. 그러나 과학이 모든 것을 다 말해주는 것은 아니다. 보이는 것이 다 말해주는 것도 아니다. 과학이 보여주는 것보다 사람의 동기가 더 우선할 때가 있다. 말하자면 죽이지는 않았으나 죽이고 싶은 마음이 더 악랄할 때가 있다. 그런 마음이 발화되기 전에 죽음이 먼저 올 수도 있다. 법은 그 마음에 대해서는 벌하지 않는다. 행해지지 않은 동기에 대해서도 벌하지 않는다. 반대의 경우, 위로하지도 않는다.

형사는 어때야 할까. 연민은 이상한 순간에 이상한 방식으로 스며든다. 이재승은 수사 중에 모유리가 스토킹 피해자였다는 사실을 알게 됐다. 한 사람의 삶이 완전히 너덜너덜해질 정도의 스토킹이었다. 시간이 흐른 후 스토킹 가해자는 자기 삶으로 돌아갔다. 모유리를 깔끔히 잊었다. 스토킹을 당하다 죽어 나가는 여성 피해자가 수두룩한 상황이니 모유리의 경우는 그나마 운이 좋다고 말할 수도 있을 것이다. 죽지도 않고 크게 다치지도 않았다. 그런 것조차 다행이라고 말할 수 있다면, 모유리는 다행이었다.

그러나 형사인 이재승은 안다. 그때 이미 모유리

삶의 어떤 부분이 끝장나버렸을 것이다. 가해자는 무슨 짓을 했든 간에 언제나 돌아갈 수 있는 곳이 있다. 그러나 피해자는 결코 돌아가지 못한다. 어떤 순간까지의 삶이 어떤 찰나에 완전히 박살 나버린다.

정보하는 모유리의 그런 마음을 어디까지 알았을까.

사람은 궁지에 몰리면 자신을 먼저 구하기 위해 무슨 짓이든 한다. 대부분의 사람이 그렇다. 부끄러워할 것도 없다. 그런 보통 사람이 없다면 특별히 좋은 사람도 존재할 수 없을 테니. 의인은 다른 사람을 구하기 위해 자신을 던지지만, 보통의 사람은 자신을 구하기 위해 다른 사람을 던진다. 자신이 뭘 내주는지 모른 채 덜컥 내주기도 하고, 내줘서는 안 된다는 걸 알면서 내던지기도 한다. 그건 본능이다. 보통 사람인 당신의 오른쪽에 좋은 사람이 드물게 한두 사람쯤 서 있다면 당신의 왼쪽에는 나쁜 놈과 뻔뻔한 놈과 치사한 놈들이 있다. 아주 줄줄이 줄을 서 있다.

정보하가 15일 밤 산에 갔던 이유를 처음부터 고분고분 털어놓은 것은 아니었다. '같다'와 '모르겠다'를 반복해 말했지만 정보하의 말은 간단히 요약됐다. 정보하는 만취한 상태에서 모유리에게 문자를 보냈다. 만나자고 했다. 왜 그랬는지 '모르겠다'고 말했지만 그에 대해서도 역시 말하는 사람이나 듣는 사람이나 알았다. 재개발 소식으로 온 동네가 들썩들썩했고, 토지 보상가가 거론됐고, 그러자 느닷없이 전 여자친구였던 모유리가 그리워지고, 후회되고, 한때 그 여자를 정말로 사랑했었다는 기억이 풍선처럼 부풀어 오르다가 더는 못 견디겠는 마음으로 터져버렸을 순간…….

진부한 스토리다. 너무 진부해서 특별히 나쁜 놈이라고 말할 생각조차 들지 않는. 자신에게도 만일 그런 일이 생긴다면, 전에 알고 지내던 여자가 로또에 당첨됐다는 소식을 듣는다면 속이 쓰리지 않겠는가. 그러므로 정보하에게 어떤 악의가 있었다고는 말할 수 없을 것이다. 그러나 잔불이 산을 태운다. 한 평범한 사람의 삶을 다 태워버린다.

정보하와 연락이 닿은 건 그날 저녁이었다. 횡설수설이 따로 없었다. 길을 헤매는 중인데 집을 못 찾아가겠다는 말을 계속 반복했다. 이 인간, 이거 얼마나 마신 거야……. 아주 꽐라가 되게 술을 마신 모양이었다. 벌써 이틀째 길을 헤매는 중이라고 말하기도 했는데, 이틀 동안 내리 술을 마시고 있었다는 뜻일 테다. 그러고도 계속 마시고 있는 거라면 그게 바로 길을 잃은 거나 다름없는 것일 테다. 그래도 흥미롭지 않을 수 없었다. 횡설수설하는 말을 잘 분간해 들어보면 정보하가 길을 잃었다는 곳이 야산이고, 그곳에서 하마터면 발을 헛디뎌 떨어져 죽을 뻔하기까지 했다는 것인데, 그게 또 하필이면 그날 오전 실족사를 한 변사체가 발견된 곳 근방이었기 때문이다. 공교로운 우연이다 싶었지만, 달리 생각하면 딱히 우연이랄 것도 없는 얘기였다.

"제가 미쳤다고 생각하시는 거죠? 제정신이 아니라고요. 저 맨정신이에요. 이틀 내내 맨정신이었다고요. 그런데 동네 뒷산에서 길을 잃다니 말이 안 되잖아요. 여기가 동네 뒷산이 아니라 무슨 지리산 속 같다고요. 자작나무도 있고 꽝꽝나무도 있다고요. 나는 느티나무, 버드나무 구분도 못 하거든요. 그런데 어떻게 자작나무를 알고 꽝꽝나무도 아는지 모르겠어요. 형사님, 제가 무슨 말 하는지 아시죠? 모유리 걔가 툭하면 그 나무들 얘기를 했잖아요. 바람은 또 어찌나 부는지……. 바람 피할 집을 간신히 발견하면 거기가 어딘 줄 아세요, 형사님?"

더 들을 필요가 없는 취객의 말이었다. 이재승은 전화를 끊었다. 정보하가 무사하다는 것을 알았으니 됐다. 그래도 조금 더 들어볼 걸 그랬다는 생각은 잠시 후에야 들었다. 바람 피할 집을 간신히 발견했는데 거기가 어딘 줄 알겠냐고 정보하가 물은 게 뒤늦게 궁금했기 때문이다. 혹시 산1번지라고 말했으려나.

산1번지 현장에서 정보하의 물건을 발견했었다. 금장으로 구청 로고가 찍힌 볼펜이 떨어져 있었다. 혐의점을 둘 만한 물건은 아니었다. 정보하는 산1번지에 수도 없이 들락거렸고, 최무자의 시신을 들어낼 때도 그곳에 있었으니까.

이상한 것은 그 볼펜을 발견했을 때 자신이 느꼈던 감정이었다. 불길했던 것이다. 산1번지 안으로 들어갔던 것들은 어떤 방식으로든 다 그 안에 갇힌다. 갇혀 죽는다. 정보하는 괜찮을까……. 어이없는 생각을 하는 와중에 자신 역시 산1번지 안에 있다는 사실을 깨달았다. 이런 씨……. 욕이 나오려는 걸 또 참았다. 그때, 또 뭔가가 보였다. 뭔가 질질 끌려간 흔적이었다.

21장

1

자작나무 숲은 임도를 30분쯤 달렸을 때 나왔다. 해가 완전히 저문 후였는데 갑자기 눈앞이 환했다. 달빛이었다.

숲속을 달리는 동안 내내 숨어 있던 달이 불쑥 문밖으로 뛰어나오듯 나타나 숲을 밝혔다. 숲의 달이 그렇게 밝을 줄 몰랐다. 달빛으로 환히 빛나는 숲은 눈부시게 아름다웠다.

그런데 눈부시다니. 고작 그렇게밖에 말할 수 없는 것일까. 그러나 서럽도록 아름답다거나 가슴이 무너지도록 그렇다고 말하는 것보다는 나을 것 같았다. 그런 수식어들은 쓰레기처럼 의미에 냄새를 입힐 뿐이다.

차를 세우기는 했으나 내리지는 못한 채 숲을 바라보았다. 하얗게 서 있는 나무들의 숲이었다. 하얗고, 곧게. 그리고 빛을 뿜어내는 숲이었다.

할머니.

소리 내 할머니를 부르지 않을 수 없었다. 그러려고 숲을 찾아온 것이 아니었으나 마침내 이르렀으므로.

할머니, 자작나무 숲이야.

할머니는 대답하지 않았다. 당연한 일이다. 죽은 사람은 대답할 수 없다. 죽은 할머니는 지금 내 차 안에 있고, 나는 그런 할머니를 버리러 가는 길이다.

그런데 궁금해진다. 죽은 사람은 과연 대답할 수 없는 것일까.

다행히 물어볼 사람이 있다.

내 차 안에는 죽은 사람이 또 하나 있다.

2

그날 낮 모유리는 할머니 집이 무너지고 있다는 말을 들었다. 카페 손님으로 왔던 동네 사람에게서였다. 모유리를 알아보고 걱정하는 말을 길게 늘어놓았다. 요

338

새는 할머니가 수레를 끌고 나오는 모습도 보이지 않는
다는 말도 했다.

　모유리는 동네 사람의 말을 귓등으로도 듣지 않았
다. 할머니가 두문불출하다시피 한 건 이미 오래된 일
이었다. 거의였던 것이 완전히가 되었다고 해서 놀라울
건 없었다. 집이 무너지기 시작한 것도 오래전부터였다.
아직 다 무너지지 않았다니 그게 더 놀라웠다. 언젠가
부터 쌓이는 것보다 무너지는 것이 더 많아졌다. 쌓아
올리는 일이 곧바로 무너뜨리는 일이었다. 그런데도 할
머니는 여기에서 옮겨 저기에다 쌓았고, 또 쌓았고, 동
시에 무너지고 또 무너졌다.

　그런데도 그날 할머니 집에 간 것은, 갈 수밖에 없
었던 것은 할머니가 정말로 깔려버릴까 봐서였다. 할머
니가 다칠까 봐 걱정된 게 아니고, 할머니가 죽을까 봐
걱정된 것도 아니었다. 모유리가 걱정한 것은 그 모든
지긋지긋한 일들, 집이 무너지고 할머니가 깔려버리면
벌어지게 될 모든 일들이었다.

　퇴근이 이른 날이었다. 그러나 퇴근하자마자 곧바
로 할머니를 보러 간 건 아니었다. 가고 싶지 않았고, 가
지 않겠다는 작정을 몇 번이나 했는데, 결국 그 밤에 참
지 못하고 산을 넘었다. 어리석은 짓이었다. 폭염과 열
대야를 생각했어야 했다. 할머니 집 앞에 이르렀을 때

모유리는 거의 탈진 상태나 다름없었다.

대문은 열리지 않았다. 고장 나서가 아니었다. 마구잡이로 쌓이고 무너진 것들이 대문까지 막아버린 것이다. 그렇게 된 것도 이미 오래전부터였다. 그 후로는 할머니조차 담장을 넘어 다녀야 했다. 모유리가 발길을 끊어버린 것도 그때부터였다.

모유리는 대문 앞에서 할머니를 소리 내 불렀다.

할머니!

할머니, 살아 있는 거야?

자작자작 밥은 지어 먹고 있어?

대답은 산비둘기가 대신했다. 두 겹으로 우는 새, 구욱 구우욱, 우는 새.

모유리는 담장을 올려다보았다. 중학교 여름방학 때 넘어본 적이 있었다. 그때에 비해 모유리는 키가 10센티 이상 컸지만 담장은 여전히 까마득히 높게 보였다. 담장보다 더 높이 쌓인 쓰레기들 때문일 터였다. 다행히 밟고 올라갈 데는 많아 보였다. 할머니가 들락날락하며 길을 만들어놓은 것이다.

그래도 그 더운 밤에 쓰레기를 밟아가며, 때로는 푹푹 빠지고 때로는 무언가에 발이 걸려가며, 때로는 뭔가를 무너뜨려가며 꼭대기까지 올라가는 것은 결코 쉬운 일이 아니었다. 마침내 정상에 이르렀을 때는 완전히 땀범벅이었다. 너도 귀신 같네. 이리 들어와, 같이 살자. 담장 안에서 그런 환영 인사가 들린다고 해도 이상할 게 없을 것 같은 모습이었다.

담장 위에서 모유리는 잠시 멈췄다. 할머니 집이 다르게 보였다. 밖에서 보는 것과 안에서 보는 것이 달랐고, 위에서 보는 것이 아래에서 보는 것과 달랐다. 어떤 의미에서는…… 아니, 어떻게 말한다 해도…… 그건 장관이었다. 쓰레기가 먹어버린 건 산1번지만이 아니었다. 쓰레기는 뒷산까지 먹어치우는 중이었다. 그 뒷산 너머 도시까지 먹어치울 작정인 것 같았다. 그건 쓰레기의 천하, 쓰레기의 세상이었다. 그 완벽한 무질서라니, 이건 일종의 저항이 아닌가. 모든 존재하는 것에 대한……. 모든 존재하는 것을 깡그리 쓰레기로 만들어버리는…….

그 쓰레기를 자신이 물려받아야 한다는 생각만 아니었다면, 어쩌면 모유리는 이렇게 생각했을지 모른다.

숭고하구나.

3

염소의 길이 보였다. 엄청난 쓰레기에도 불구하

고, 아니 어쩌면 오히려 그 때문에 길은 더 선명하게 보였다.

현관문이 열려 있었다. 불도 켜져 있었다. 그 불빛이 마치 휘파람 소리 같았다. 끌어들이고 당겨 들이는 소리.

그 소리가 들리면…….

엄마가 말하곤 했었다.

도망가.

그리고 또 말했었다.

너도 도망가.

엄마는 그때 왜 '너도'라고 말했을까. 왜 반드시 '너도'라고 말해야 했을까. 도망치는 건 스토킹당할 때 지긋지긋하게 했었다. 아무리 도망쳐도 머리채를 잡히고, 집 안에 갇히고, 죽기 직전까지 얻어맞는다는 것을 알았다.

그렇게 당해도 되는 사람으로 태어나지 않았는데, 그렇게 당해도 되는 사람처럼 커버렸다. 쓰레기에 짓눌려 그렇게 되어버렸다. 그러나 이제는 그러지 않을 것이다.

염소의 길은 현관으로 이어진 후 계단으로 뻗었다. 2층으로 올라가는 계단은 할머니 집에서 가장 위험한 곳이었다. 할머니 아니고는 누구도 올라갈 수 없었다.

중학교 여름방학 때 모유리는 그 계단에서 깔려 죽을 뻔했었다. 그 후로는 다시 올라가지 않았다. 지자체나 복지단체에서 조사가 나왔을 때도, 방송팀에서 촬영할 때도 모유리는 올라가지 않았다. 올라가면 뭐 하겠는가. 거기에 볼 게 뭐가 있겠는가. 더 많은 쓰레기나 있겠지.

그러나 그 밤에 모유리는 계단으로 향하지 않을 수 없었다. 불빛이 그곳에서 번져왔기 때문이다. 모유리는 한 계단, 한 계단 올라갔다. 아무것도 무너뜨리지 않으려고 애쓰며 올라갔다. 그랬는데도 흔들리는 소리가 들리고 무너지려는 소리가 들렸다. 사람의 목소리 같은 것도 들렸다. 무섭지는 않았다. 할머니 집에 없는 게 뭐가 있겠는가. 귀신쯤은 무섭지도 않았다. 소리가 점점 더 커졌다. 그 소리가 사람의 목소리처럼도 들렸다.

왔다…….

왔다 왔다 왔어…….

계단을 오르자 문이 열린 방이 보였다. 그 방 안에 등을 돌리고 앉아 있는 할머니가 있었다.

거짓말이 아니다. 처음에는 할머니인 줄로만 알았다. 정말로 그랬다. 당신이라도 그랬을 것이다.

할머니가 죽어 백골이 되었네, 생각했다. 그래서 묻고 말하기까지 했다.

할머니, 언제 죽어서 벌써 백골이 되었어?

죽었는데 왜 앉아 있어? 누워서 쉬어야지.

4

할머니가 아니었다.

5

뼈들이 고개를 돌리고 말을 건넸다.

이제야 왔네.

그리고 말했다.

내 딸.

당신은 믿을 수 있겠는지.

영화가 아니라면, 소설이 아니라면 백골이 그렇게 의자에 앉아 있을 수는 없다. 그런 건 가능하지 않은 일이다. 시신은 부패하고, 부패한 후에는 뼈가 된다. 뼈가 된 후에는 부서진다. 집이 무너지듯 무너져 의자에서 바닥으로 떨어진다. 고관절이 분해되고, 손가락과 발가락이 분리되고, 두개골이 떨어져 깨진다.

그 모든 과정을 모유리는 볼 수 있다. 본다. 히치콕

의 영화 〈싸이코〉를 보듯이. 뼈가 하나씩 떨어져 나갈 때마다 슬피 우는 할머니를 본다. 그 뼈를 하나하나 주 워 수습하는 할머니를 본다. 미안하다, 잘못했다 말하는 할머니를 본다.

너를 죽이고 그 아이를 살렸다. 너를 살리고 그 아 이를 죽여야 했는데 너를 죽였다. 어쩌자고 나는 그런 짓을 했을까.

미안하다고 말하기 위해, 매일매일 한탄하며 방바 닥에 이마를 찧어가며 후회하기 위해 땅에 묻지조차 않 은 아들, 백골이 된 아들 앞에서 할머니는 매일매일 통 곡한다.

그러니 내가 도망치는 것 말고 무슨 방법이 있었 겠어.

도망치다가 무너진 것을 또 무너뜨리고, 또 또 무 너뜨리고 그러는 것 말고 무슨 수가 있었겠어.

할머니, 그렇지 않아?

처음에는 뒷걸음치다가 나중에는 뒤돌아 달리기 시작했다. 고꾸라질 듯이 달렸다. 뒤에서는 계단이 무 너지고, 방이 무너지고, 천장이 무너지는 소리가 쫓아 왔다.

할머니가 악쓰는 소리도 쫓아왔다.

나까지 죽일 작정이냐!

내 아들을 죽이더니 이제는 나까지 죽일 작정이냐!

그래, 무너뜨려라! 다 무너뜨려라!

할머니가 죽어서 발견되기 사흘 전 밤의 일이었다.

22장

1

이야기의 해피엔딩을 가장 바라는 사람은 어쩌면 형사들일지도 모른다. 범인을 잡고, 동기를 밝히고, 합당한 벌을 받게 하고, 아니 합당한 것보다 더 큰 벌을 받게 하고…… 마침내 누군가는 행복해지는 것.

이재승은 다리 앞 시시티브이를 다시 확인했다. 사건 이전의 것을 확인하다가 사건 이후로까지 넘어갔다. 그러다가 멈췄다. 이틀 전 녹화 화면에 모유리가 등장했다. 다리 앞에 경차 한 대가 섰고, 모유리가 내렸다. 번호판이 렌트카였다. 모유리가 차를 렌트해서까지 산 1번지에 다시 나타난 것이다. 경차라면 운전이 미숙한 사람이라도 다리를 건너는 게 어렵지 않을 텐데, 모유리는 그 앞에서 멈췄다. 이재승은 영상을 빨리 돌렸다.

늦은 밤이었고, 다리의 가로등 불빛 가시범위는 아주 짧았다. 어떤 형체가 산1번지 쪽에서 나타났다. 이재승은 잠깐 숨이 멎을 뻔했다. 죽은 노인이 수레를 끌고 오는 것처럼 보였던 것이다. 잠시 후에야 그게 노인이 아니라 모유리라는 걸 알 수 있었다. 무슨 까닭인지 모유리가 수레를 끌고 오고 있었다. 수레에 무슨 문제가 있는지 아니면 바퀴라도 빠졌는지 그야말로 질질 끌고 오고 있었다.

"수레는 왜 끌어?"

시시티브이 자료를 가져다준 양혜규가 자기 자리로 돌아간 후였는데도 이재승은 문득이 말했다. 결국 혼잣말이었다.

수레에 실린 상자가 보였다. 잠시 후, 그 상자를 차에 싣는 장면이 잡혔다. 작은 상자였다. 그러나 아주 가볍지는 않은 모양이었다. 모유리는 여러 번 힘을 나눠 그 상자를 차에 실었는데, 무거워서인지 조심해서인지는 정확히 알 수 없었다.

그 쓰레기집에 쓰레기 말고 값나가는 물건이 있었을까. 아니면 쥐똥나무 아래에 묻혀 있던 유골 말고도 또 감춰야 하는 게 있었을까.

상자를 뒷좌석에 실은 모유리가 이번에는 수레 쪽으로 다가갔다. 수레는 단 한 번에 하천으로 굴러떨어졌다. 모유리는 쪼그려 앉아 수레가 잠기는 것을 한동안 지켜보았다. 완전히 잠기기를 바라는 듯했으나, 하천은 수레 하나도 삼키지 못할 만큼 얕았다.

사건은 이미 종결된 것이나 마찬가지였다. 최무자는 압궤 손상으로 죽었고, 붕괴를 야기한 다른 인위적 원인이 밝혀진 것도 없었다. 모근우의 사망에도 혐의점은 없었다. 최무자가 살아 있었다면 학대 감금 방치 그런 것들을 조사했겠지만, 모근우가 발견된 건 최무자의 사망 후였다. 게다가 모근우는 감금되어 있던 걸로 보이지도 않았다. 모근우가 발견된 방의 문에는 잠금장치조차 없었다. 옛날식 미닫이문은 힘만 조금 줘도 떨어져 나갈 것처럼 헐거웠다. 의지만 있다면, 그러니까 모근우에게 염소만큼의 의지라도 있었다면 밖으로 나올 수 있었을 것이다. 그렇다면 최무자는 모근우를 감금했다기보다 오히려 보호했을 가능성이 더 컸다.

모기리일 것으로 거의 확신했던 유골의 신원도 밝혀졌다. 모칠성과 채무 관계에 얽혔던 사람이었다. 다행히 장기실종자 데이터에 디엔에이가 등록되어 있었는데, 연락을 해보니 사망자의 부모, 형제가 모두 세상을 뜬 후였다. 사망자를 기억하는 사람은 아무도 없었다.

실종에 대해서도, 죽음에 대해서도.

개값…….

난데없이 그 말이 떠올랐다. 당시 곡교 주민들 다수가 그 일을 알았던 것이 아닐까. 그리고 입을 다무는 대가로 받은 게 개값이었다면…….

누가 알겠는가. 이제는 아무도 모르게 되어버렸다.

남은 건 떠도는 이야기뿐이었다. 이재승은 해피엔딩을 바랐다. 이야기의 해피엔딩을 가장 바라는 사람은 형사다. 이야기가 끝도 없이 이어져 모든 사람이 불행해지는 결말에 닿기를 원하지는 않았다. 그리고 또한 해피엔딩 같은 소망이 얼마나 소박한 건지를 잘 알기도 했다.

"이 새끼, 이거 올렸네!"

양혜규가 자기 자리에서 소리 질렀다. 이재승을 바라보며 소리 지르는 걸 보면 산1번지 사건과 관련된 것일 터였다. 양혜규가 카톡으로 링크를 보내왔다. 한 걸음이면 넘어올 자리였지만 유튜브 링크 전송이 몸보다 더 빨랐다.

산1번지를 촬영하기는 했지만 그게 전부 지워졌다고 말했던 유튜브 지망생의 방송이었다. 이 새끼, 이럴 줄 알았다. 삭제 운운할 때부터 '새끼가 구라를 치고 있다'고 생각했었다. 귀신에 홀린 것 같다느니 하는 말도 그랬지만 경찰이 보여달란다고 아무거나 보여줄 놈으로는 여겨지지 않았기 때문이다. 강제할 방법도 없었다. 그렇더라도 자기가 연루된 사건도 아닌데 굳이 뭘 감출 이유도 없지 않겠나 했었는데, 한 방 먹은 것이다.

유튜버 지망생에게는 그 동영상이 일종의 보물이었던 셈이다. 그날 아침에 언론에 사건이 최초 보도됐는데, 그러자마자 기다렸다는 듯이 영상을 올린 것이다. 화려한 데뷔였다. 구독자 수가 빠르게 증가하고 있었다. 사건도 사건이지만 그 집의 재개발 보상가가 엄청나다는 것에 더 많은 댓글이 달리는 중이었다. 그날 아침 언론 보도도 마찬가지였다. 사건보다 사건이 일어난 장소에 더 주목하는 기사였다. 유튜브 댓글은 땅값과 범인을 동시에 씹어대고 있었다.

손녀가 범인! 소름! 연쇄살인마다! 생명보험도 조사해봐야 한다. 백 퍼 있음! 이런 년한테 상속이 될 수도 있다니! 국민 청원 가자! 씨발 난 울엄마아버지할머니 할아버지 다 죽어도 빚밖에 안 남는다!

댓글들은 어마무시한 정도가 아니라 참혹한 지경이었다. 유튜버가 의도를 했든 안 했든 간에 방송은 이제 괴담이 아니라 범죄에 관한 것이 되었다. 아직 모유리의 신상까지 털리지는 않은 것 같았다. 그나마 다행이었다. 그러나 언제까지 그럴 수 있을지.

그런 일이 벌어진다면 형사는 뭘 할 수 있을지.

그런 일이 벌어지기 전에 뭘 해야 하는 게 아닐까. 그러나 형사는 벌어지지 않은 일에 대해서는 할 수 있는 일이 없다. 그게 법이다.

아마도 그런 씁쓸한 마음 때문이었을 것이다. 시시티브이 영상을 반복해 돌려 봤던 것처럼 이재승은 그 동영상도 반복해 돌려 보았다. 지워졌다고 유튜버가 주장했던 모유리의 모습이 생생히 재생됐다. 동영상은 편집된 게 확실했는데, 영상만 보자면 꼭 모유리가 집 안으로 들어갔다가 나오는 것처럼 보였다. 그러나 시간 프레임으로 따져보면 모유리는 집 앞에만 서 있었던 게 확실했다. '할머니, 할머니' 부르지는 않았지만 들어가지도 않았다. 들어가지 않는 게 아니라 못 하는 것처럼 보였다. 망설이는 것도 같았고 무서워하는 것도 같았다. 그때 이미 염소의 집인지 길인지 하는 게 무너져서였을지도 몰랐다.

동영상에는 모유리가 핸드폰을 들여다보는 장면도 있었다. 장문의 메일을 읽거나 하는 것처럼 꽤 긴 시간이었다. 그러나 정보하의 문자였을 것이다. 난데없는 문자라 오래 들여다보고 있을 수밖에 없었을 것이다. 동시에 어떤 마음이 있었다는 뜻일 테다. 누구라도 옆에 있기를 간절히 원했을 순간, 그때 다가온 손길을 믿고 싶었을 마음.

그래서 무시할 수 없었을.

그러나 정보하는 잊어버린.

모유리가 등을 돌리는 부분에서 이재승은 동영상을 멈췄다. 그리고 잠시 후에 다시 돌렸다. 그리고 또 앞으로 돌렸다가 다시 재생했다. 양혜규를 큰 소리로 불러 이어폰을 가져오라고 했다.

무슨 소리가 들리는 것 같았는데 자세히 들어야 할 것 같았다.

"……리야, ……리야."

기리야, 기리야 부르는 것도 같고, 유리야, 유리야 부르는 것도 같은 소리였다. 그리고 곧바로 이어지는 소리. 무너지는 것 같은 소리.

이재승이 이어폰을 뺐다.

"이때 무너졌으려나?"

이재승에게서 이어폰을 받아 동영상을 돌려 본 후 양혜규가 말했다.

"그건 몰라도 이때까지 노인이 살아 있었던 건 확실하겠네요."

"이놈은 못 들었으려나?"

"글쎄요. 이 정도 소리면 잘 안 들렸을 수도 있겠죠. 들었어도……. 이놈 이거, 일부러 할머니 목소리 살려놓지 않은 거 같거든요. 소리 증폭하는 거 어렵지도 않은데 말이죠. 모유리가 수상해 보이기를 바란 거죠, 이 새끼."

양혜규의 대답은 노인의 목소리에 대해서였으나 이재승이 물은 건 무너지는 소리에 관한 것이었다. '이 놈'에 대해 물었으나 모유리에 대해 말한 것이기도 했다. '이놈'이 들었다면 모유리도 높은 확률로 들었을 것이다. 문밖에 있던 모유리가 그냥 돌아서는 걸 본 최무자가 다급히 달려 나오다가 뭔가를 무너뜨렸다면, 그 붕괴는 처음부터 결정적일 가능성이 높았다.

이재승은 다시 이어폰을 꼈다. 양혜규의 말이 맞았다. 한 번에 무너지는 소리라고 여기기에는 너무 희미했다. 그 후 동영상이 말해주는 것은 더는 없었다.

"근데 혹시 모기리라고 말하는 것 같지 않았어?"

"거기서 모기리가 왜 나오겠어요? 모유리가 집 앞에서 그냥 가버리니까 부른 거겠죠? 아닌가? 이름이 비슷해서, 뭐."

이재승은 이어폰의 볼륨을 높였다. 다시 들어보니 기리가 아니라 유리인 것 같기도 했다. 그렇게 생각하고 들으니 들리지 않던 것까지 들렸는데, 그게 정말로 들리는 것인지 그렇다고 생각되는 것인지는 알 수 없었다.

유리야, 유리야……. 그게 아니다……. 그게 아니야…….

그게 아니면 어떻고, 그게 그거라면 어떻단 말인가. 그게 무엇이든 끝난 사건이었다.

그러나 형사에게는 끝이란 없다. 사건의 그림자가 남는다. 유령처럼 남는다. 귀신처럼 남는다고 해도 좋을 것이다. 모유리를 조사실에서 처음 봤던 날이 떠올랐다. 그날 왜 산1번지에 갔었냐고 물었을 때, 모유리가 울기 시작했었다.

할머니니까요!

외친 후, 터져 나온 울음이 격렬했었다. 모유리가 산1번지에 간 것은 시시티브이에 찍힌 15일 밤과 유튜버의 카메라에 찍힌 14일만이 아니었다. 모유리는 13일에도 갔고, 12일에도 갔었다. 산책로에서 주민들에게 목격됐다. 12일에는 동네 주민 중 하나가 모유리가 일하는 카페에서 모유리와 나눴던 대화를 들려주기도 했다.

이재승이 궁금한 것은 모유리가 매일같이 산1번지를 찾아갔는데, 할머니를 만나지 않은 이유였다. 죽었다는 걸 알아서가 아니었을까 의심했었으나 14일 밤까지도 노인은 살아 있었다. 그런데도 들어가 만나지 못한 이유가 뭘까. 매일 밤 갔다가 매일 밤 그대로 돌아섰던 이유가 뭘까. 무서웠을까?

뭐가?

다시, 울면서 외치던 모유리의 목소리가 떠올랐다.

어떤 할머니든, 할머니는 할머니니까요!

어떤 할머니라……. 어떤 할머니는 무서울 수 있고, 어떤 삶 역시 마찬가지다. 그러나 어떤 삶이든 살아 있는 한 그건 삶이다. 형사는 그 삶이 어떤 삶인지 판단하지 않는다. 그 삶이 끝나는 순간 그 죽음이 어떤 죽음인지만 본다. 그러나 자작자작 타는 삶에 대해서라면 이재승도 어느 정도는 안다고 할 수 있다. 자작자작 탄 것이 모유리 할머니의 삶만은 아니었을 것이다. 모유리의 삶 또한 마찬가지였을 것이다.

문득 창밖을 바라보니 소나기가 한차례 지나간 창밖이 맑았다. 모유리는 어디에 있을까. 비를 피했을까. 앞으로 상속받게 될 어마어마한 돈이 우산이 되어줄까. 돈은 힘이니까 그럴 수 있지 않을까.

핸드폰이 울렸다. '곡교동 노인 붕괴 사망—손녀 모유리.' 이름만 적어놓으면 분간을 하지 못해 사건을 같이 적어놓은 번호가 떴다.

어디냐고 물었더니, 자작나무 숲이라고 했다.

누구와 함께 있느냐고 했더니 할머니와 함께 있다고 했다. 잘못 들었나 했다. 잘못 듣지 않았다면 모유리의 정신상태를 걱정해야 할 것이다. 강력사건이 벌어지면 다치는 건 피해자만이 아니다. 피해자의 유족들은 살아 있는 지옥에 떨어진다. 죽느니보다 못한 삶이 시작된다. 그러니 일단 모유리를 달래고 위로해줘야 할 것 같긴 한데, 기어코 궁금증이 먼저 튀어나왔다.

"근데, 거 상자 속에는 뭐가 있었습니까?"

모유리는 잠깐 말이 없었다. 그러다가 대답했다.

"아빠요."

죽은 할머니와 함께 있다고 말한 모유리가 이번에는 상자 속에 아버지를 담아 옮겼다고 말하고 있었다. 아무래도 불안했다.

모유리가 이어서 말했다.

"제가 전부 사실대로 말하면 믿으시겠어요, 안 믿으시겠어요?"

"들어보죠."

"믿을 거라고 말하시면 말씀드릴게요."

"형사는 그런 약속 못 합니다."

그런 약속 못 한다고 말했는데도 모유리는 말을 이었다.

"아빠, 모기리 유골이요."

이재승은 대꾸하지 않았다.

"상자 속에 있던 거 말이에요. 다 부서져서 상자에

담기 좋더라고요. 이젠 할머니도 없는데, 할머니 집에 있는 건 다 버릴 건데, 거기에 둘 수는 없잖아요."

"사실이에요?"

모유리의 정신상태를 고려한다고 해도 뜻밖의 말이었지만, 묻지 않을 수 없었다.

"그래서 믿을 거라고 먼저 약속해달라고 했잖아요. 계속할까요?"

이재승은 양혜규를 손으로 불렀다. 그리고 노트에 모유리의 이름을 급히 적었다. 위치추적을 해야 할 상황이 생길 수도 있을 것 같았기 때문이다. 이런 정신상태라면 모유리가 스스로에게 가해를 가할 수도 있을지 몰랐다.

"모유리 씨, 괜찮으신 겁니까?"

2

어느 날이었는지는 기억하지 못한다. 전생의 일 같기도 하고, 바로 엊그제 있었던 일 같기도 하다. 아니, 꿈속이다.

모유리는 할머니의 수레를 뒤에서 밀고 있다. 어떤 양심 없는 인간이 재활용 스티커도 붙이지 않고 버린 이불 보따리가 수레에서 흔들리고 있다. 수레를 끄는 할머니에게 수레 뒤에 있는 모유리는 보이지 않는다. 이불 보따리에 가려서 더욱 보이지 않는다.

둘은 마치 피난길의 할머니와 손녀 같다.

오래전, 한국전쟁을 다룬 필름에서 그런 장면을 본 기억이 있다.

이불 보따리를 이고 지고 가는 피난민들.

그래서 모유리와 할머니는 백 년의 세월을 거슬러 올라간 낡은 시간 속의 유물 같다.

먼지를 뒤집어써 머리가 하얗게 보이는 건 모유리도 마찬가지다. 그래서 두 늙은이 같다. 더 늙은 할머니와 덜 늙은 할머니가 이불 보따리를 끌고 밀고 간다. 그래서 거짓말 같은 풍경이다.

모유리가 수레 뒤에서 묻는다.

할머니는 내가 그렇게 미웠던 거야?

얼마나, 얼마나 미웠던 거야?

아빠 대신 나를 살린 게 슬펐어?

내가 살아 있는 게 그렇게 싫었어?

2층에서 백골을 본 후 모유리는 악몽에 빠졌다. 귀신 같은 모유리가 귀신 같은 악몽에 빠졌다. 태어나서 처음으로 모유리는 강유리가 되고 싶어졌다. 귀신 같은 모유리로 사는 걸 그만두고 싶어졌다.

미친년! 그걸 말이라고 해!

악몽 속에서는 강유이가 나타나 모유리의 양쪽 귀를 잡고 흔들었다.

조금만 더 기다리면 되는데! 그 늙은이 이제 금방 죽을 건데! 이제까지 잘 기다려놓고!

꿈속에서는 모유리를 호기심으로 밟고 지나갔던 남자들도 나타났다. 예의 없는 남자들. 그러니까 나쁜 놈들. 그들이 물었다.

그런데 너네 할머니 집 평수가 얼마나 돼?

이제 그만둘 작정이다. 그만두고 싶다. 할머니에게서 아무것도 물려받고 싶지 않다. 그 집의 쓰레기를 깡그리 치우고, 그 아래 묻힌 것들도 다 꺼낼 작정이다.

사람들은 모른다. 그 아래 얼마나 많은 슬픔이 묻혀 있는지. 버려진 아기가 묻히고, 굶어 죽은 여자가 묻히고, 이름도 알지 못하는 또 어떤 여자들이 묻힌 그 땅을 한 늙은이가 어떤 마음으로 지켰는지 모른다. 그 늙은 여자가 지킨 것은 비밀이 아니라 슬픔이라는 걸 모른다.

꿈속에서 할머니는 길에 있고, 모유리도 길에 있다. 양심 없는 인간이 버린 이불 보따리를 수레에 싣고 있었다. 모유리가 그 이불 보따리를 수레에 같이 실었다. 보따리가 어찌나 큰지 수레가 다 찼다. 그래서 둘은 집으로 향했고, 다리 앞에 이르렀다.

수레가 잠깐 멈췄다. 다리 한가운데에서였다.

미워하지 못해 자작자작 타지 않았겠니, 내 마음이.

할머니의 대답이었다. 그 대답을 찾고 고르느라 할머니는 꿈 밖에서도 꿈속에서도 말없이 수레만 끌었던 모양이었다. 그 난데없는 대답에 모유리가 무너졌다. 주저앉아 대성통곡하기 시작했다. 할머니처럼 자작자작 울지 못해 꽝꽝 소리를 내며 울고, 활활 타듯이 울었다.

그게 아니다, 유리야. 그게 아니야, 내 손녀, 모유리야.

이불 보따리 너머 수레 저편의 할머니가 뒤도 돌아보지 않고 말했다. 모유리는 우느라 듣지 못했다. 우느라 수레를 다시 밀지도 못했다

할머니는 다시 수레를 끌기 시작했다. 다리 건너에서 무너지는 소리가 들렸다. 세상의 모든 짐이 다 실린 것처럼 무거운 수레를 끌고 가는 할머니의 굽은 어깨 위로 무너지는 소리가 내려앉았다. 그 무거운 수레를 혼자 끄느라 활처럼 휘어진 등 위로도 무너지는 소리가 떨어졌다. 무너지는 건 산1번지 집이 아니라 최무자의 인생 혹은 역사 전체인 것 같았다.

쓰레기를 모으는 쓰레기 할머니에게도 역사라는 게 있다면.

그런 늙은이에게도 세상이 보여준 예의라는 게 있다면.

자작자작 다 탄 줄 알았는데, 아직도 남은 게 있다면.

모유리에게는 있다. 남은 게 있다. 물어야 할 게 있다. 꿈을 꿀 때마다 모유리는 자작나무 숲을 향해서 간다.

에필로그

정보하는 언덕에서 길을 잃었다. 이해할 수 없는
일이다. 야산의 산책로에는 길을 잃을 만한 곳이 없었
다. 실은 언덕도 없었다. 산책로를 조성할 때 언덕을 깎
고 땅을 고르고 덱을 놓았다. 편백나무를 심어 편백나
무 숲길이라고 이름도 붙였다. 모유리와 좋은 사이일
때, 둘은 자주 그 길을 걸었다. 그 길에서 사잇길로 접
어들면 벤치가 있고, 그곳에 앉으면 쓰레기집과 다리가
내려다보였다. 그렇게 익숙한 곳인데, 길을 잃다니 말이
안 됐다.

게다가 바람이 너무 심하게 불었다. 이런 바람을
도시에서 만나본 적이 없었다. 그냥 온몸이 휙휙 날아
가버릴 것 같은 바람이었다. 그 바람을 뚫고 걷느라 잔

　　　타는 숲처럼

뜩 어깨를 숙여야만 했다. 그러다가 고개를 들면 산1번지 앞이었다. 그리고 모유리가 거기 서 있었다.

오기로 했잖아.

약속했잖아.

그렇다. 정보하는 약속했었다. 그러나 술김에 한 약속이었고, 술을 얼마나 많이 마셨던지 까맣게 잊어버렸었다. 믿고 싶으니 믿어졌다. 문자를 보낸 후 모유리에게 전화가 걸려왔었다. 만나자고 했다. 무섭다는 말을 한 건 그 후였다. 할머니가 무섭다고 했던가, 할머니 집에 들어가는 게 무섭다고 했던가. 그러고 나서 모유리가 갑자기 울기 시작했을 때, 정보하는 가로등에 기대섰던 몸의 중심을 잃고 길바닥에 주저앉았다. 미끄러진 몸처럼 말이 미끄러져 나왔다.

네가 뭐가 무서워, 씨발……. 네가 이제 무서울 게 뭐가 있어. 그 돈이면 씨발…… 그 돈이면…….

술에 곤죽이 되어 중얼거렸던 그 말을 정보하는 잊어버렸다. 얼마나 잊어버리고 싶었는지 잊어버리게 되었다. 그런데 그게 잘못인가? 누구는 그런 실수 안 하나? 취한 사람이 그런 말 좀 한 게, 그게 그렇게 무례한 일인가? 세상이란 게 원래 그런 거 아닌가. 그런 애가 그렇게 엄청난 유산을 받는 게, 그런 일이 벌어지는 게 더 무례한 거 아닌가.

세상은 세상의 모든 사람들에게 얼마나 무례한가.

렉이 걸린 필름처럼 산1번지 앞에 이르고 그 앞에 서 있는 모유리를 볼 때마다 정보하는 어김없이 똑같은 생각을 한다. 그러면 다시 원점이다. 언덕에서 길을 잃고, 폭풍 같은 바람이 불고, 어깨를 수그리고, 고개를 든다.

다시 산1번지 앞이다.

비까지 쏟아진다. 폭풍우다. 악몽의 클리셰가 너무 진부해서 웃음이 터져 나올 지경이다. 그러나 만족스러운 것도 없지 않다. 적어도 이 꿈에서만큼은 그는 주인공이다.

지금 꿈이라고 생각해?

산1번지 앞에서 모유리가 말하고, 그러면 그는 의지와 상관없이 뒷걸음질 친다. 이 꿈에서 주인공은 아무래도 폼 나는 역할이 아닌 것 같다. 결국 가난하고, 결국 지질하고, 결국 패배자인 것 같다. 그러니까 결국 그 자신의 역할이다.

걸음을 옮길 때마다 발밑에서 깨지는 소리가 들린다. 무너지는 소리가 아니라 깨지는 소리다. 깨져서 박살 나는 소리가 들리고, 맨발은 파편에 박혀 피투성이가 된다. 신발은 언제 사라졌을까. 피 묻은 발이 찍어놓은 발자국들이 길 위에서 한꺼번에 소리를 지른다. 스윽, 푹, 스윽, 푹 하다가 피, 피, 피! 하며 악을 쓴다.

　유리가 깨진다. 유리는 계속 깨진다.

　정보하는 마침내 주저앉는다. 포기하고 싶어진다. 돌아가고 싶어진다. 귀신 같은 모유리를 알지 못했던 때로. 그러나 다시 언덕길이다. 그는 다시 걷는다. 아무리 걸어도 이 악몽 속에서는 언제나 종착지가 산1번지일 거라는 걸 알면서도 걷는다.

냄새 입히는 여자들

최가은(문학평론가)

그 집

시취(屍臭)를 머금어 유난히 고약하고도 서러운 냄새가 소설을 읽는 내내 코를 찌른다. 지독한 악취가 사나운 만큼 서글픈 종류인 이유는 그것이 '곡교'를 짓누르는 무거운 공기에 기이한 목소리를 실어 나르기 때문이다. 기분 나쁜 휘파람 소리 같은, 자작자작 자작나무 타는 소리 같은, 때로는 꽉 막힌 울음소리 같은 누군가의 뭉개진 목소리는 악취가 진동하는 '곡교'와 긴밀히 관계되어 있던 이들은 물론, 이 땅과 여러모로 무관할 수 있었던 많은 이들을 마을 안으로 재차 끌어당긴다. 렛미인, 렛미인……. 누구를 어디로, 어떻게 받아들여야 하는 것인지 알지 못한 채로 소설 속 목소리에 귀를 내어주던 독자 또한 어느샌가 그곳의 냄새가 자신의 발밑까지 번져왔음을 깨닫는다.

이층집인 산1번지는 멀쩡하기만 하다면 저택이라 불릴 만한 집이었다. 그것도 대저택. 지어진 지 100년 가까이 된 집이라는데, 서구풍으로 공을 들인 석조 저택이 요즘 집들보다 더 튼튼하게 보였다. 외벽만 보면 그랬다. 외벽이 보이기라도 했을 때는 그랬다는 뜻이다. 지금은 외벽이고 내벽이고 보이는 데가 없었다. 집을 쓰레기가 아예 먹어버린 꼴이었다. (18쪽)

전염력 강한 문제의 냄새 그리고 목소리의 발원지는 곡교의 '그 집'이다. 동네 주민이라면 누구나 알고 있다는 '산1번지'. 수십 년간 마을의 온갖 쓰레기를 모으는 일에 열중해 있는 한 여성 노인 호더[1]는 한때 부잣집이었던 산1번지를 죽은 짐승이 우글거리고 벌레가 알을 까는 쓰레기집으로 만든 주범이다. 피가 뚝뚝 떨어지는

---

1   '축적가'라는 의미를 지닌 '호더(Hoarder)'는 소유물을 버리는 데 지속적인 어려움을 겪고, 불필요한 물품을 과도하게 수집하는 것을 특징으로 하는 정신질환, 저장강박증(Hoarding disorder)을 지닌 이들을 부르는 명칭이기도 하다.

"생선 뼈와 내장"(44쪽)에서부터 "무너진 폐가구"(10쪽), "30년도 더 된 신문, 깨진 엘피, 남의 집 앨범"(123쪽)까지. 노인에 의해 무차별적으로 받아들여진 쓰레기들은 '그 집'에서 한데 뒤섞이다 못해 스스로 집의 기둥이 되고 벽이 되고 담이 된다. 그러나 "쓰레기가 아예 먹어버린 꼴"(18쪽)을 넘어, "쓰레기의 거대한 무덤 혹은 공동묘지"(62쪽)가 된 '그 집'은 단지 도시 괴담 유튜버들의 흥밋거리인 흉가에 불과한 것은 아니다. 그것은 오랜 시간 동네 사람들에게 매혹과 혐오의 대상으로, 심지어 보호의 대상으로 존속해왔다. 거기에 남다른 가치가 있는 탓이다.

먼 과거부터 돈놀이를 하던 이 부잣집은 거대한 쓰레기 무덤으로 몰락한 뒤에도 분명하게 "넘치는 미래의 값"(14쪽)을 담보하고 있다. 곡교는 무엇보다 재개발 실현이 임박한 땅이고, 그 땅에서 가장 큰 집인 산1번지는 "로또"(292쪽)가 될 잠재력을 품고 있기 때문이다. 마을 구성원들에게 '그 집'이 아직까지 흥미로운 이야기의 중심이 되는 이유이다. 이는 사용가치는 물론 교환가치마저 온전히 상실한, 말 그대로 폐기 처분 되어야 할 '쓰레기'가 돈에 미친 오늘날의 사회에서 이야기의 중심을 차지할 수 있는 유일한 이유이기도 하다.

몰락과 추락의 흔적. 아무짝에도 쓸모없는 거대한

폐기물. 그러나 실은 그것이 어느 찰나에, 누군가의 비루한 인생에 새 날개를 달아줄 수 있을 만큼 강력한 힘을 숨기고 있다면. 그런 동화 같은 반전은 확실히 모두의 이목을 끌어당길 만하다. 그런데 이제는 심지어 그 꿈값을 당장 상속받을 자가 있다고 한다. '산1번지'는 그야말로 '곡교'의 중심이 될 운명인 것이다.

그러나 꿈의 상속이 본격적으로 전개되려 할 때, '미래의 값'인 쓰레기집은 자신의 과거로 거슬러 올라간다. '그 집'이 집 안에 가득 찬 쓰레기를 비워낼 때마다 이미 죽은 사람은 물론 죽다 만 사람, 죽지 못한 혼의 몫까지 그러모아 말 그대로 독하디독한 냄새를 뿜어내기 때문이다. 악취는 '그 집'의 미래를 보려 들어섰던 이들 모두의 뒷덜미를 잡고 놓아주지 않는다.

김인숙의 『자작나무 숲』은 '귀신 들린 집'과 '모녀의 징그러운 애증 관계'라는 핵심적 모티프를 바탕으로, 여성 고딕의 경이로운 계보 위에 서 있는 소설이다. 그런데 김인숙은 여기에 가부장제의 '상속'과 '대속'이라는 한국 여성 서사의 결정적인 유산을 겹치며 기존의 여성 고딕 계보를 비틀고, 그 위에 자신만의 인장을 확실하게 새긴다. '그 집'의 상속은 무엇을 의미하는가. 아니, '그 집'으로부터 대물림되는 것의 정체는 정확히 무엇인가.

아이들은 어른들의 말을 그대로 믿지 않았다. 쓰레기 밑에 묻힌 게 금괴뿐이라고 생각하지도 않았다. 노인의 남편과 아들이 그 밑에 묻혀 있다고 믿었다. 둘이 동시에 사라졌다가 둘이 동시에 죽었다는데, 그 시체를 본 사람이 아무도 없다고 했으니까.

그런데 그런 이야기는 어디에서 나왔을까. 궁금할 것도 없었다. 그런 집에 그런 이야기가 없다는 게 더 이상한 것일 테다. 쓰레기집에 쓰레기만 있고 비밀은 없다는 걸 누가 믿겠는가. (60쪽)

『자작나무 숲』은 2022년 발표되었던 동명의 단편소설[2]을 확장하여 다시 쓴 장편소설이다. 단편소설에서 1인칭 시선으로 '그 집'과 할머니 그리고 자신의 엄마를 집요하게 응시했던 화자 '나'는 장편소설에서 '최무자'의 손녀이자 '그 집'의 유일한 상속녀 '모유리'가 되어 거꾸로 곡교의 일부 혹은 산1번지의 역사로서 응시된다. 이와 같은 시점 변화와 함께 불어나는 것은 '그 집'을 둘러싼 이야기의 방대한 양이다.

---

2   김인숙, 「자작나무 숲」, 『자음과모음』 2022년 겨울호.

'나'의 강렬한 주관이 걸히며, '그 집'은 쓰레기에 묻혀 있던 모씨 집안의 끔찍한 서사를 여러 각도에서 직접 비추는 (깨진) 거울이 된다. '그 집'의 주인이 드디어 죽었다. 그런데 쓰레기에 깔린 것이 하나가 아니다. 이미 죽어 있던 자와 죽어가고 있던 자는 누구인가. 여기서 대체 무슨 일이 벌어졌던 것일까. 진실과 허구의 경계를, 현실과 초현실의 경계를 넘나들며 무한히 증식하는 이야기들. 소설은 '모유리'의 한때 연인이었던 '정보하'의 눈을, 사건의 핵에 다다르려는 형사 '이재승'의 눈을, '그 집'의 여자들을 예의 주시하는 동네 사람들의 눈을 차례로 거쳐 질문의 폭을 좁혀간다.

그런데 모씨 집안 남자들의 역사, 말하자면 쓰레기 집의 역사가 여러 버전의 서사가 되어 그 실체를 드러내면 낼수록 오히려 진실로의 접근은 까다로워지기만 하는 것 같다. 집에 관한 이야기가 구체화되는 만큼 독자는 시체의 정체가 아니라 '그 집'에 얽힌 여자들의 불가해한 행동에 다시 주목하게 되기 때문이다. 달리 말해 일견 추리소설의 외양을 갖춘 『자작나무 숲』은 그것의 핵심 질문을 모조리 비껴가며 자신만의 서사를 쓴다. 범인이 누구인가(whodunit) 혹은 어떻게/왜 범죄를 저질렀는가(howdunit / whydunit), 그게 아니라면 죽은 이가 모기리인가, 모근우인가의 문제로부터 조금씩 미끄러지며 애초의 질문과는 전혀 다른 곳에 도착하는 것이다.

거기에는 또 다른 '쓰레기'인 여자들의 삶이 있다. 여자들과 쓰레기가 서로를 질식시키며 공생하는 끈덕진 관계의 민낯이 있는 것이다. 자신을 부정하는 어린 엄마 뱃속에 납작하게 들러붙어 살아남은 징그럽고 불길한 "그것"(49쪽). 세상의 온갖 추악한 것을 '그것'에게 내보이고 되먹이며 키워내, 다시 '그것'을 잡아먹으려는 그의 어미. 그 어미와 어미가 품은 '그것'을 살리기 위해 제 손으로 아들의 숨을 끊은 노인까지. 스토킹과 성폭행, 혐오와 멸시, 사랑으로 둔갑한 남성의 옹졸한 나르시시즘적 욕망에 끝없이 대상화되고 버려지고도 끈질기게 제 서사를 다시 쓰는 그녀들이야말로 이 세상의 '쓰레기'다. 쓰레기인 그들은 쓰레기로 무엇을 하는가.

그런 수식어들은 쓰레기처럼 의미에 냄새를 입힐 뿐이다. (9~10쪽)

'쓰레기'는 의미에 냄새를 입힌다. 이 구절을 풀어헤치며 여자들의 삶을 들여다보기 위해 다시 상속의 문제를 불러오자. 최무자가 쓰레기를 끌어안는 것은 얼핏 '그 집'의 상속을 제 선에서 끊으려는 시도처럼 보인다. 상속 혹은 대물림. 그것은 오늘날 우리 시대의 평범함과 비범함을, 아니 평범과 평범에 못 미치는 삶을 시작부터 구분 짓는 유일한 기준이다. 더 이상 꿈은 공짜가 아닌 것이다. 꿈을 꿀 수 있게 하는 최소한의 대물림, 자원이 필요하다. 물려줄 것 없는 부모를 만나 "불행한 청춘들"은 "그냥 살아 있기만 하면"(217~218쪽) 꿈을 꿀 수 있게 되는 상속자들의 삶을 동화 속 낙원처럼 상상한다. 귀신인지 쓰레기인지 모를 무언가에 썐 듯 불길하기만 한 '모유리'가 실은 '상속녀'라는 사실이 그녀를 완전히 다른 사람으로 보이게 하는 것처럼.

그러나 상속은 누구로부터 누구에게 이어지는 시스템인가. 그 대물림을 위해 무엇이 침묵하고 무엇이 희생되는가. 상속이 철저히 가부장제의 논리를 따른다는 사실은 부정하기 어렵다. 집과 재산은 그것의 대물림을 수행할 유일한 존재인 아들이 있음으로써 완성된다. 하필 '모씨' 성을 가져 명이 짧은 아들(들)의 보존을 위해 '그 집'의 늙은 여자들은 여느 집의 늙은 여자들이 그러하듯 아들(들)의 죄를 싸고돌거나 서로를 괴롭히고 공모하며, 함께 입을 다문다. 하지만 세상에는 지켜야 하는 게 있는 것만은 아니다. 버려서는 안 되는 것도 있다. 이 단순한 진리를 알지 못했던 늙은 여자들은 새로 들어온 여자의 울음 역시 당연하다는 듯 틀어막고 본 것을 못 본 척하며, 마침내 그의 어린 딸마저 내다 버린다.

그러나 저주 들린 '그 집'에서 용케 살아남는 것은 새로 온 여자다. 쓰레기를 주워 '그 집'에 터지도록 밀어 넣는 최무자는 다른 무엇보다 이 잔혹한 집의 대물림을 끊고 싶었던 걸까. 이렇게 늙고 저렇게 늙어도 절대 죽어주지 않으면서. 동네 최고의 부잣집을 거대한 쓰레기 무덤으로 만들면서. 그러나 대물림을 끊는 일은 쉽지 않다. "쥐와 고양이와 벌레의 똥과 오줌에 뒤섞인 쓰레기"(62쪽)를 담장 너머까지 쌓아 올려도, 아들과 남편에게 "새벽 시장에서 주워 온 우거지나 생선 머리, 선지피 따위"(265쪽)만 먹여도, 치솟는 땅값과 그에 더불어 금값을 유지하는 '그 집'의 가치는 떨어지지 않기 때문이다.

그뿐만이 아니다. 오늘날의 쓰레기는 그 지독한 악취와 부패의 흔적에도 불구하고 그것이 내포한 시간의 축적을 언제든 매끈하게 지워낼 수 있다. 공공행정의 관리 대상이 된 폐기물 처리 시스템은 "배출자의 '외부화된 기억'을 익명화하고 눈에 띄지 않도록 처리해서, 일상적 망각이 반복적으로 완수되도록"[3] 한다. 우리는 언제든 사물에 들러붙은 온갖 종류의 흔적을 말끔하게 처리함으로써 우리에게 질척거리며 따라붙을 과거는 물론, 그것이 다시 쓰일 현재의 가능성으로부터도 멀찍이 떨어져 새 사물에 산뜻하게 안착할 수 있는 것이다. 특히 고독사와 같은 곤란한 죽음의 '뒤처리'를 해결하는 '특수청소업체'는 "새로운 세입자"를 "앞선 세입자의 시간과 단절"시킴으로써, "부동산 상품의 경제적 가치를 복원"[4]할 수 있다. '최 팀장'과 같은 청소업체 구성원들이 '그 집'의 쓰레기를 완벽히 비워내는 일은 망자를 향한 망각의 절차이자, 동시에 쓰레기집을 꿈의 집으로 전환하는 행위인 것이다.

그렇다면 최무자가 행하는 쓰레기 쌓기는 사실상 '그 집'의 부동산 가치 앞에서 아무 의미를 획득하지 못한다. 그러나 정말 그럴까? 이런 의문이 가능한 이유는 상속의 문제가 경제적 논리를 따를 때에도 대속의 문제는 여전히 남아 있기 때문이다. '그 집'에서 대물림되는 것은 돈의 가치만이 아니다.

그즈음 벽 속에서 들리던 여자 울음소리를 듣는 사

---

3   임태훈, 「죽은 자의 빈집에서, '특수청소'와 사회적 기억의 관리: 쓰레기 처리 제도의 변화와 소비 대중의 기억 문화(2)」, 『문학과환경』 제23권 4호, 2024, 197쪽.
4   같은 글, 194쪽.

람은 모근우만이 아니었다. 모칠성도 들었다. 그해 여름에 학질을 심하게 앓은 다음부터였다. 학질을 귀신 들린 병이라고 하더니 그야말로 귀신이 몸 어딘가에 젖은 천 달라붙은 듯 척하고 들러붙어 떨어지지를 않았다.

동네 사람들이 수군거리던, 어리석은 것들의 종작 없는 헛소리라고 여겼던 말을 모칠성은 그제야 믿게 되었다. 일본 부자가 집을 떠날 때 딸을 버리고 갔다는 말. 그 딸이 굶어 죽어 귀신이 되었다는 말. (321쪽)

얼마 후, 아내가 도끼 같은 것을 질질 끌며 2층으로 올라왔을 때도 마찬가지였다. 언젠가는 삽을 가지고 올라왔던 아내가 이번에는 도끼를 들고 올라왔다. 도끼에서 피가 줄줄 흐르고 있었다. 자세히 보니 눈물이었다. 도끼에서 눈물이 흘렀다. 아니, 펑펑 쏟아지고 있었다.

복도에는 여전히 벽 속에서 나온 여자가 있었다. 벽 속의 여자가 울기 시작했다. 아내도 울기 시작했다. 두 여자가 폭풍처럼 울고 벼락처럼 울었다.

종이꽃이 그들의 울음에 비를 맞듯이 젖었다. (314쪽)

벽 속의 여자. 제 울음소리로 벽 안의 몸들에 들러

붙어 그 몸을 휘젓는 여자. 풍문에 따르면 그 여자는 패
망 후 급히 조선 땅을 떠났던 일본 부자의 딸이다. 정신
적 장애가 있다는 이유로 버려진 딸은 '그 집'의 첫 번째
쓰레기가 되었다. 쓰레기는 냄새를 입히고, 냄새는 오
랜 시간에 걸쳐 집 안 곳곳으로 퍼져나간다. 여자의 원
한 담긴 울음이 "모근우의 첫 울음소리"(245쪽)에서 늙
은 세 여자의 통곡을 거쳐 삽으로, 도끼로, 도끼의 피로,
최무자의 눈물로 옮겨붙는 것처럼. 이 정처 없이 떠도
는 일본 여자 귀신의 혼은 소설 전체를 마치 초역사적
이고 초현실적인 여자 귀신의 원한 서사로 전환하려는
듯하다.

그러나 탁월한 여성 고딕/여성 서사는 그처럼 전형
화된 '여성성'으로 환원하려는 해석에 끝까지 맞서 저
항하는 독자적인 힘을 마련해놓는다. 『자작나무 숲』의
힘은 그 자신 쓰레기가 되어 쓰레기를 긁어모으는 모
녀(할머니-손녀)의 비틀린 행위에 있다. 여자의 울음소
리에 귀 기울이며, 지켜야 할 것뿐만 아니라 버려서는
안 되는 것들을 모조리 긁어모아 쓰레기 탑을 쌓는 여
자들. 그녀들은 임신과 출산에 관계하는 가부장제적 폭
력성을 외면하지 않으면서, 동시에 출산과 여성 신체에
관련된 보편적 공포를 적극적으로 전유하며 잊힌 역사
를 증언한다. 엄마의 뱃속에서, 꿈에서, 구부러진 다리

위에서 그리고 '그 집'에서 쓰레기와 관계하면서. 이처럼 쓰레기를 망각의 절차로 외부화하지 않으려 안간힘을 쓸 때 쓰레기는 제힘으로 '그 집'에 냄새를 덧입힌다. 의미에 냄새를 입히면 그 의미는 뭉개진다. '그 집'에 축적된 의미가 하나의 매끈한 서사로 쉽사리 완성되지 않는 이유이다.

바로 여기서 최무자의 쓰레기 쌓기와 모유리의 소설 쓰기가 만난다. 둘은 수레를 미는 뒷모습 외에도 여러모로 닮은 구석이 있다. 쓰레기로서 쓰레기를 모으는 일. 그것은 절대적으로 무용한 일에 절박한 에너지를 투사하는 일. 그렇게 자본의 매끈한 질서와 개연성의 정직한 질서에 적극적으로 구멍을 내고 미끄러지는 일. 그 구멍에 또 한 번 더러운 냄새를 입히는 일. 그 지독한 악취를 기어이 독자의 발밑까지 질질 끌고 오는 일이다. 여자들은 의미의 의미를 뭉개며 '그 집'의 역사를 끝없이 다시 쓰고 있는 것이다.

자작나무 숲으로

유리야, 유리야……. 그게 아니다……. 그게 아니야……. (355쪽)

쓰레기를 모으는 쓰레기 할머니에게도 역사라는
게 있다면.

그런 늙은이에게도 세상이 보여준 예의라는 게 있
다면.

자작자작 다 탄 줄 알았는데, 아직도 남은 게 있
다면.

모유리에게는 있다. 남은 게 있다. 묻어야 할 게 있
다. 꿈을 꿀 때마다 모유리는 자작나무 숲을 향해서
간다. (361~362쪽)

모유리가 꿈을 꿀 때마다 자작나무 숲을 향해서 가
야만 하는 이유를 이제 우리는 어렴풋이 알 수 있다. 할
머니를 묻고, 아버지마저 묻으러 가는 이유. 그것은 '사
건'이 종결되어도 아직 남은 게 있기 때문이다. 혹은 남
은 게 있어야 하기 때문이다. 모유리의 꿈은 단지 혈육
을 향한 애도와 예의를 치르는 일은 아닌 듯하다. 그녀
의 꿈은 세상의 '쓰레기'들을 묻어 이 땅에 냄새를 입히
는 것이다. 자꾸만 하나의 의미로, 단일한 서사로 환원
되려는 세상의 질서에 찝찝하고 불쾌한, 징그럽고 께름
칙한 냄새를 입히는 것.

번져가는 악취와 함께 '그 집'의 쥐똥나무 아래 묻
혀 있던 수많은 뼈들이 수치와 원한, 배반과 모욕, 구원

과 영원의 서사를 한꺼번에 노래하기 시작한다. 코를 찡그리고 귀를 틀어막은 우리는 다시 한번 이 무시무시한 '대속'의 자리에 꼼짝없이 붙들려 있다.

작가의 말

　같은 제목으로 썼던 단편소설이 있다. 그때의 등장 인물은 쓰레기를 모으는 호더 할머니와 사라진 아들 그리고 '나'와 '나'의 미혼모 엄마. 그때는 이름도 없던 사람들이었다. 속절없는 유산과 슬픔뿐이었던 사람들.

　단편을 장편화하는 건 이름을 붙여주는 일이었다. 그건 참 좋은 일이었다.

　그래서 마지막 문장 어디쯤에서 마음이 아팠다. 단편소설에서는 없었던 문장인데, 여기에 이르려고 내가 이 소설 혹은 이 숲에 이토록 오래 머물렀구나 싶었다.

　소설의 첫 문장처럼 몇 년 전 우연히 자작나무 숲에 이르렀었다. 빛이 환했었다. 자작나무도, 숲 사이로 스며드는 빛도 그때 처음 본 것이었을 리는 없다. 그러나 어떤 순간은, 매번, 처음이다. 어떤 사연과 어떤 비밀도 어떤 순간으로 들어오면 처음이 된다.

나는 이제 그날의 그 숲에서 멀리 와 있다. 그러나 여전히 내가 묻은 것들, 묻지 못해 흘려놓고 온 것들을 생각한다.

감사해야 할 사람들이 있다. 그때 그 숲에 우연히 같이 있어준 분들께. 그분들은 이미 잊었겠으나 혹시 기억한다면 아마 의아해하실 것이다. 그런 순간이 왜 이런 소설이 되었을까. 그 순간에 내가 흘려놓았던 어떤 마음을 알아봐준 편집자 김정은 씨께 많이 감사한다. 이 소설 속 주인공들이 이름을 가지게 된 건 전부 김정은 씨 덕분이다.

2025년 12월
김인숙

자작나무 숲

초판 1쇄 발행 2025년 12월 30일

저자 김인숙

펴낸이 허정도
편집장 박윤희
책임편집 김정은
마케팅 신대섭 김수연 배태욱 김하은 이영조 **제작** 조화연
2차 저작권 문의 안희주 문주영

펴낸곳 주식회사 교보문고
등록 제406-2008-000090호(2008년 12월 5일)
주소 경기도 파주시 문발로 249 (10881)
전화 대표전화 1544-1900 **주문** 02)3156-3665 **팩스** 0502)987-5725

ISBN 979-11-7061-350-3 (03810)